ARNIM TÖPEL

# Mord beim Männer-Ballett?

*Sechster Fall für Mister Nochdenkerles*

*Kurpfälzer Mundart-Krimi*

# Prolog

Ein Mann lugt durch einen Türspalt. Er verharrt, lauscht, späht erst nach links, dann nach rechts. Was er wahrnimmt, lässt ihn kurz, aber entschlossen nicken. Er macht kehrt und geht leisen Schrittes zurück in einen Raum, der als Umkleidekabine für Sportler dient. Nur wenige Spinde sind belegt. Sieben Paar Schuhe verlieren sich vor der Wand mit den vertrauensvoll unverschlossenen Stahlschränken. Geräuschlos inspiziert der Mann Spind um Spind und nimmt die darin verwahrten Kleidungsstücke in Augenschein. Schließlich zieht er eine Hose heraus, fördert aus deren Gesäßtasche eine handliche Plastikschachtel zu Tage und macht sich an dieser zu schaffen.

„Ou, tschuldischung!“

Ein zweiter Mann erscheint in der Tür, rotwangig, strahlend, wohlbeleibt. Über dem rechten Arm trägt er ein rosafarbenes Sakko: „Isch such de Robbat. Weje de Gaasche[1]. Wu kannen dea soi?“

Der Angesprochene steckt das Behältnis eilig wieder in die Tasche und legt die Hose zurück in den Spind.

„Kää Ahnung“, murmelt er, bevor er den Raum hastig und grußlos verlässt. Der zweite Mann zuckt die Achseln, schürzt die Lippen und schickt ihm aus voller Kehle ein Lied hinterher.

---

[1] Gage

„Do kreische die Weiwa!"

Sitzungspräsident Gernot Hafele wusste, wie man einen Saal auch zu fortgeschrittener Stunde zum Kochen brachte: „Hea! Stimmts? Oddahawwischrescht?"
Die Antwort fiel ebenso einhellig wie ohrenbetäubend aus: „Hajo!"
Und das, obwohl sie bereits gut fünf Stunden dauerte, die große Prunksitzung der *Glickerbacher Grunzer*. Keinerlei Ermüdungserscheinungen zeigten sich in der bis auf den letzten Platz gefüllten Mehrzweckhalle, sah man von einem einzelnen Herrn am dritten Tisch vorne links aus Bühnensicht ab. Dort waren gemäß einer ausgeklügelten Planung diverse Prominente platziert worden, Kommissar Günda erkannte Gemeinderäte, Apotheker, Pfarrer, Schulleiter sowie *derre Ihre*[2]. Ein Gespräch kam gelegentlich kurz in Gang, aber nicht über Getränkedialoge „Derfisch Ihne eischenge? – Gärnn!" und anerkennende Zwiesprache „Die hawwes halt druff!" – „Alladings!" hinaus.
Er selbst hatte durchaus wohlwollend dem Abend beigewohnt, die Stimmung war ausgelassen und die Speisenauswahl ganz nach seinem Geschmack: Schnitzel oder Wurstsalat. In seinem Fall Schnitzel *und* Wurstsalat.
Nun jedoch beschlich ihn die Sehnsucht nach einem verdienten Feierabend: *Slangt langsoom.*

Sein Nachbar zur Linken sah dies offenkundig völlig anders. Zu Kommissar Gündas Überraschung zeigte sich Fritjof Freese, im Polizeialltag sein engagierter, alerter, ambitionierter, wenn auch hochdeutscher Assistent, hemmungslos begeistert. Dabei hatte er ihn im Vorfeld erst mühsam überreden müssen, ihn zu dieser Veranstaltung zu begleiten.
„Freese, bidde!"

---

[2] deren Ehefrauen

„Was soll ich dort, Tschief? Lauter alte Leute, und dann bestimmt so eine Gruftatmosphäre."
„Nämm des äfach wie ä Forttbildung. Du lärnnsch die Mendalideed vun de Leit do kenne. Des hosch du needisch. Aiig. Un die Gliggabacha wärre des zum schätze wisse."
„Und was habe ich davon? Wahrscheinlich werde ich sowieso fast nichts verstehen."

Damit lag Freese zwar richtig, anfangs hatte Kommissar Günda so manchen fragenden Blick aufgefangen, doch schon bald hatte die Woge des wachhabenden Wahnsinns – „Warum schickst du mich in die Hölle?" – auch seinen Nebenmann ergriffen: „Hölle, Hölle, Hölle!"
Spätestens als sich Freese der ersten Polonaise angeschlossen hatte, war Kommissar Günda sicher, an diesem Abend einen gewichtigen Beitrag zu dessen Integration zu leisten.

„Hä? Sach bloß, du hosch des vastanne?", fragte er ihn während der Büttenreden ein ums andere Mal ungläubig, wenn sich Freese bei jeder Pointe vor Lachen krümmte.
„Bitte?"
„Witzisch?"
„Und wie!"
„Waas?"
„Alles!"
„Alla donn."

Ihm konnte das nur recht sein. Ein sich sichtlich amüsierender Freese würde vermutlich einiges an Vorbehalten gegenüber dem *Voanehmspreschla* wettmachen, was ihrer Arbeit nur zugute käme. Denn dass sie beide unter Beobachtung standen, lag für Kommissar Günda auf der Hand. Dafür waren sie zu bekannt. Und zu wenig Glickerbacher.

„Alla! Wolle man reilosse, unsan Ronnie, de Voddahofa?"
„Hajo!!!"

Die Woge der Begeisterung schwappte in ungeahnte Höhen, als ein Mann mit rosa gleißendem Sakko und kalkweißen Schlaghosen die Bühne betrat. Die eigenwillige Kombination der Bekleidung fand ihre Entsprechung in einer Frisur, die Kommissar Günda an Zeiten erinnerte, da jedes *Bärschtl* einen Jeansanzug trug und aus mindestens einer der Taschen deutlich sichtbar der braune Griff *vunnemme Hoabärschtl* ragte.
Er knuffte seinen Nachbarn in die Seite: „Obacht! Teekesselsche *Bärschtl.*"
„Jetzt nicht, Tschief", raunzte Freese ungehalten, der ganz gebannt dem Geschehen auf der Bühne folgte.

Ronnie Vorderhofer entpuppte sich als Sänger, der verschiedene Schlager zum Besten gab, die allesamt im Hochgebirge spielten und sich um *Dirndl* und *Wadln*, *Haxn* und *Madln* drehten. Die Musik kam als Playback, doch gesungen wurde live. Was auch unbedingt nötig war, wurde das Publikum doch ständig einbezogen: „Ich will die Hände sehen! Wo sind die Hände?"
*Doo. Als noch*[3], dachte Kommissar Günda, dem derlei Rituale zwischen Künstler und Publikum neu waren. Er ging schon lange nicht mehr zu Konzerten, aus einer unbestreitbaren Schwerfälligkeit, aber auch, weil er irgendwann das Gefühl hatte, schon alles gehört zu haben. *Schad eigendlisch.* Er konnte sich nicht erinnern, dass die Stones, Creedence Clearwater Revival, die Allman Brothers oder Deep Purple jemals die Hände hatten sehen wollen. Man winkte allenfalls mit der Bierflasche. Oder ganz selten mit dem Feuerzeug, wenn man seiner Begleiterin seine romantische Ader demonstrieren wollte.
*Alla gud*, dachte er, *die Zeide ännare sisch*, und er streckte, wann

[3] immer noch

immer es gefordert war, stets artig die *Batschhänd* in die Luft. Wie alle anderen auch. Der Mann hatte zweifelsohne sein Publikum im Griff. Auch am Tisch war man voll des Lobes: „Wie de Hansi passööhnlisch, gell?“, brüllte ihm sein Gegenüber zu.
Kommissar Günda zuckte fragend mit den Achseln: „Hansi? Wella Hansi?“
Er hatte keine Ahnung, um welchen Hansi es sich hier handeln könnte. Hansi Müller etwa, der Fußballer? Hatte der nicht dunkle Haare? Zumindest gehabt? Und sang der mittlerweile? Hansi Flick? Hans-Peter Briegel? Seines Wissens gab es außerhalb der Fußballer-Szene überhaupt keine Hansis. Er bestätigte die überschwängliche Anerkennung vorsorglich mit zwei gereckten Daumen und einem dreifachen Nicken, um sich nicht zu blamieren. Bestimmt war er der einzige in der Halle, der diesen berühmten Hansi nicht kannte. Selbst Freese wusste Bescheid: „Verblüffend, unglaublich, Tschief!“, kreischte er in einer Applauspause: „Wenn man die Augen schließt, meint man, der Hansi Hinterseer steht da oben.“
„Du kennsch disch jo aus, Reschbeckt!“ Im Lob schwang eine gehörige Portion Ironie mit, was seinem Assistenten entging.
„Ja, aus dem Skiurlaub“, schrie er glückselig grinsend gegen die Lärmkulisse an. „Wir hatten das Riesenschwein, Karten für Hansis Auftritt zu ergattern. Phantastisch. Das beste Konzert meines Lebens.“
„Des kannischma voastelle“, erwiderte Kommissar Günda unhörbar, der um die Kompetenzen seines Assistenten wusste, die überall lagen, aber nicht im musikalischen Bereich. Zum Leidwesen von Wiebke Freese, die ihm dieses Defizit ihres Sohnes schon früh anvertraut hatte.

Das Verblüffendste sollte noch kommen. Und zwar in Gestalt eines weiteren Songs, der sogleich mit Pfiffen und Trampeln begrüßt wurde und der auch Kommissar Günda irgendwie bekannt vorkam. *Oukey*, es war nun einmal das Markenzeichen

jedes erfolgreichen Schlagers, dass man ihn ohne weiteres bereits beim ersten Hören mitsingen konnte, dennoch, dieser Titel weckte bei Kommissar Günda augenblicklich Erinnerungen. Wohlige Erinnerungen. Sogar noch an die Vor-*Bärschtl*-Zeiten. An erste, zaghafte Berührungen mit Mädchen. Mit und ohne Flaschendrehen. Indes, er kam nicht drauf, woher er diesen Titel kannte.
Der Inhalt half ihm auch nicht auf die Sprünge. Das Lied richtete sich an eine Frau. Die sei alles für ihn, sei ein Engel für ihn, versicherte der Mann treuherzig blickend. Und dann ging er ins Detail: wie sie gehe, wie sie stehe, wie sie *wasweeßnisch*.

Schließlich wandte sich der Sänger direkt an sein Publikum. Kommissar Günda wollte schon wieder die Hände heben, als er von einer nicht minder eindringlichen Forderung überrascht wurde: „Und jetzt alle! La la la la lala laa!"
Da wusste es Kommissar Günda schlagartig, und er war schockiert: *A nää. Des gibts net! Des kann jo net sei!*
Dieser Mann verging sich doch tatsächlich an *Hot love*. Eine seiner ersten Schallplatten war diese T. Rex-Single gewesen. Ewig her. Wie alt mochte er gewesen sein? Vielleicht zehn. Nun war seine Begeisterung für diese Band lediglich eine frühe und eher kurze Phase auf dem Weg zu seiner Leidenschaft für Rockmusik gewesen, dennoch, eine derart weichgespülte Schlagerversion hatte dieser Klassiker des Glam-Rock nicht verdient.
Er blickte in die Runde um festzustellen, wer seine Empörung teilte. Niemand.
„La la la la lala laa! La la la la lala laa! La la la la lala laa!"
Auch als der Sänger längst seinen Vortrag beendet hatte, fand der Saal kein Ende. Fritjof Freese ebensowenig.

Nur mit Mühe brachte Sitzungspräsident Hafele die Menge zur Räson: „Donge, donge, donge an unsan Ronnie Voddahofa!

Sensazionell, saarisch bloß! Wie de Hansi passööhnlisch. Awwa Leit, jetz losst denn doch gehe, dea muss noch weida uff die näckscht Sitzung, un mia hawwe doch noch unsan Höhepunkt!"
Kommissar Günda war beunruhigt: Woran wollte man sich nun noch vergreifen?
„Ausmarsch!"
„La la la la lala laa! La la la la lala laa! La la la la lala laa!"

Der Saal hatte seinen Ohrwurm gefunden. Kommissar Günda wusste, er musste sich wehren. *Die Hände, ich will die Hände sehen!* Nun ersehnte er diese Aufforderung. *Am beschde uffs Geschl, dass Ruh is!* Vergebens. Er spürte, wie sich auch in seine Gehörgänge etwas bohrte, das er kaum mehr unter Kontrolle haben würde:
„La la la la lala laa! La la la la lala laa! La la la la lala laa!"

„Soot[4]. Un jetzat! Seid ia bereit? Fa denn Höhepunkt vun derre Sitzung? Fa denn absolude Höhepunkt? Denn hawwe mia uns nadierlisch wie imma zum Schluss uffghoowe."
„Hajo!"
„Was glaabschn du?"
„Auf!"
„Isch kanns schia[5] nimmie heewe!"
Gernot Hafele kostete die Spannung bis zum Letzten aus; „Ia wisst, was jetz kummt?"
„Nää!"
„Kää Ahung!"
„Isch loss misch iwwarasche!"
„Jedes Joa is des bei uns de absolude Knalla. Isch varoot eisch schun des Moddoo: De Samma uff laaf!"
*Sammer?* Kommissar Günda stutzte. Matthias Sammer war da? Womit sollte der denn bei einer Fasnachtssitzung aufwarten?

---

[4] Kurpfälzer Allzwecküberleitung
[5] fast

Balljonglage? Bauchreden mit einem Fußball?
„Wolle ma sie reilosse?"
*Sie?* Also Matthias Sammer samt Familie? Oder kam er gar mit einer ganzen Mannschaft?
In der Halle gab es nun kein Halten mehr, kaum einer blieb noch sitzen. Kommissar Günda schon. Wenn auch nur eine Zeitlang, Freeses mahnender Blick zeigte denn doch Wirkung.
„Alla guud, donn saarisch bloß: Voahang uff fa die Houli Haxe! Do kreische die Weiwa! Awwa voll!"

Und so geschah es. War die Geräuschkulisse für Ronnie Vorderhofer bereits beeindruckend gewesen, so steigerte sie sich nun ins Ohrenbetäubende. Auch die Männer im Saal fielen gellend ein, als sich zaghaft und äußerst langsam ein nackter männlicher Fuß durch den immer noch geschlossenen schweren Vorhang schob, um alsbald den Blick auf eine kräftig behaarte Wade freizugeben.
*Also doch de Samma?* Kommissar Günda war sich nicht sicher. Vielleicht auch wieder einer, der einen Prominenten imitierte. Diesmal eben einen Fußballer. *Wisso eigendlisch net?*

*You can leave your hat on*, gurgelte Joe Cocker unvermittelt mit brachialer Lautstärke aus der Anlage. Und *de Haxe* schob sich in Zeitlupe weiter durch den Vorhang. Schon erschien das bloße Knie, Ansätze eines mächtigen Männeroberschenkels waren erkennbar. Nicht gerade ein Ausbund an Fitness, was aber niemanden zu stören schien.
Kommissar Günda erfasste eine Mischung aus Abscheu – der männliche Körper hatte ihn noch nie interessiert, nicht einmal sein eigener –, Furcht und Faszination. Denn noch immer war kein Beinkleid in Sicht.
„Voahang uff! Voahang uff! Voahang uff!", skandierte die Halle.
*Voahang zu!*, wollte Kommissar Günda am liebsten rufen, doch er wusste, er stand damit alleine, und ergab sich der über-

mächtigen Forderung aus dem Plenum, die weiter präzisiert wurde: „Eff Ga Gaa[6], Eff Ga Gaa!“

Ein dumpfer Schlag ertönte, Joe Cocker wurde rüde unterbrochen, gleichzeitig verlosch das Licht. In der Halle wurde es binnen kurzem still.
*Stromausfall*, dachte Kommissar Günda nicht ohne Dankbarkeit.

Während sich die Augen mühsam an die veränderten Lichtverhältnisse anpassten, war plötzlich ein fast unheimliches Quietschen zu vernehmen, das Kommissar Günda erst nicht orten, dann nicht einordnen konnte. Er schaute sich um, darauf gefasst, etwas unternehmen zu müssen. Freese spürte etwas von der Beunruhigung, die seinen Chef ergriffen hatte, legte ihm die Hand auf den Unterarm und deutete mit der anderen in Richtung Bühne.
Die war jetzt in rotes Licht getaucht, der Vorhang hatte sich geöffnet. Und da standen sie. Wie gemeißelt. Unwillkürlich zählte Kommissar Günda: Vierzehn behaarte Männerbeine, sieben Bademäntel – *Glick ghabt* – und sieben bereits jetzt puterrote Männerschädel. *Befoa dass des iwwahaupt oofängt? Bissl schwaches Bild*, monierte Kommissar Günda innerlich, musste aber sogleich Abbitte leisten, als er erkannte, was den Männern bereits derart zugesetzt hatte. Sie trugen allesamt Badekappen. Solche, wie sie die Frauen in den Sechzigern bevorzugt hatten, seltsam verziert mit erschlafften Gummiröschen. Und sie saßen eng, diese Badekappen, sehr eng.

Eine düster dröhnende Computerstimme meldete sich: „Läddies un Tschentlmäähn! Sis is se Truus. Des is de Samma. De Samma uff Laaf.“

---

[6] FKK

Jetzt verstand Kommissar Günda. Nix Sammer, vielmehr der Sommer der Liebe, die wilden Sechziger, *Summer of Love.*
Noch wusste er nicht, ob er sich erleichtert fühlen sollte. Denn noch war nichts überstanden.

Und richtig, Tina Turner sang nun *Simply the Best* und – er hatte es kommen sehen – die Bademäntel fielen. Unwillkürlich senkte Kommissar Günda den Blick, doch es war zu spät. Das Bild der sieben Männer in Bikinis hatte sich schon auf seiner Netzhaut eingebrannt.
Das nächste Geräusch, ein Knallen, konnte er nicht einordnen, die Musik schon: Lambada. *Lambadda?*, dachte er. *Was hottn des mit de Seschzischa zum du?* Alsbald erkannte er die Quelle *vun demm Battsche*: die Männer hieben sich mit Wonne *uff de Bobbes*[7].
Ein Musikfetzen löste den anderen ab, manches verstand er: *Sex Bomb*, *I'm too sexy*, *Yes Sir, I can boogie*, manches gab ihm Rätsel auf: *Rock mie heit Nacht*? Das klang nicht gerade nach B. B. King, *noch net mol noochem Kässidies Däifitt*[8]. Und dann schrie noch jemand *How much issn Fisch? – Kää Ahnung. Wuhea soll ischn des wisse?*
Die ganze Zeit über gaben die Männer auf der Bühne alles: Kniebeugen, Liegestütz – *halwa!* –, Spagat – *än Väddelze.*
Währenddessen purzelten zur Freude der Zuschauer Apfelsinen, Pampelmusen und sogar eine Melone aus den Oberteilen.

„Zugabe! Zugabe! Zugabe!“, forderte das Publikum, als abrupt die Musik erstarb.
„Obacht, jetzt kummt des beschde“, brüllte ihm sein Gegenüber zu. Der Mann hatte wohl seherische Fähigkeiten. Oder Insiderkenntnisse. Jedenfalls hatte er aus Kommissar Gündas Sicht nicht unbedingt Recht, denn aus den Lautprechern erscholl *The*

---

[7] Po
[8] David Cassidy

*time of my life. Dirty Dancing?* Das kam einer Vorwarnung gleich. Und richtig, die Männer traten ein, zwei Schritte zurück, der kräftigste ging nach links, der schmächtigste nach rechts.
*A nää, bidde net!*, dachte Kommissar Günda, als er sah, wie der Mann zur Linken sich aufpumpte. Ähnlich dem Fußballer, dessen Namen er sich nicht merken konnte. Während der Mann zur Rechten theatralisch um Gnade flehte.
„Roina[9]! Roina! Roina!"
Der Angefeuerte federte kurz und wollte offensichtlich jeden Moment losstürzen. Plötzlich riss er seinen Mund auf, griff sich an die Brust, torkelte noch Richtung Bühnenrampe und sank wie in Zeitlupe rücklings zu Boden.
„Braffoo!"
„Zugabe!"
„Roina, du bisch de Häddscht!"
„Roina! Roina! Roina!"
Der Vorhang wurde geschlossen.

„Hawwisch eisch zu viel vasproche? Sie hawwe sisch widda mol iwwadroffe, unsa Männas vum Männaballett. Nochmol än donnande Applaus fa die Houli Haxe! Un bsunnas fa unsan Roina, de Häddling[10]! Kummt noch was?" Gernot Hafele schien kurz verunsichert. „Isch glaabs net. Wahrscheinz sin sie fäddisch wie än Reddisch, die Sseggl. Die wärre jo aa net jinga. Leit, des waa sie, unsa Brunksitzung, die ärscht. Isch bedange misch bei allene, die wu mitgholfe hawwe. Mia feiare noch bissl, bleibt ruisch hogge."

Kommissar Günda sah sich um: Alle strahlten begeistert. Kein Zweifel, die Veranstaltung war ein voller Erfolg. Nur ihn beschlich ein ungutes Gefühl.

---

[9] Rainer
[10] besonders harter Typ

„Keine Chance. Vermutlich das Herz. Überanstrengung. Was hat er denn gemacht, dass er derart verschwitzt ist?“

Der junge Notarzt aus Heidelberg hatte offenkundig keinerlei Erfahrung mit derartigen Veranstaltungen und keine Ahnung, an wen er sich in diesem großen Kreis wenden sollte. Und so richtete er die Frage unbestimmt an die Runde. Vielleicht irritierte ihn auch, dass einige der umstehenden Männer in ähnlich schweißgebadetem Zustand waren wie der Mann, über den er sich gerade beugte.

„Gschafft hodda sisch, dea Dabbes!“
„Wer sind Sie, wenn ich fragen darf?“, hakte Fritjof Freese ein, dem man den Alkoholkonsum der letzten Stunden schlagartig nicht mehr anmerkte. Er hatte auf Kommissar Gündas Geheiß den Notruf getätigt.
„Isch? Isch bin demm Seini“, antwortete die Frau schluchzend.
„Geh mol hea, Babett.“
Einer der Männer tat einen Schritt auf sie zu und nahm sie in die Arme. Sie ließ es teilnahmslos geschehen. Die anderen Männer folgten. Keiner sagte ein Wort.

Babette Funke löste sich aus der letzten Umarmung, wandte sich ab und kniete sich zu ihrem Mann. Vorsichtig nahm sie ihm die Badekappe ab und legte sie langsam zur Seite. Dann strich sie ihm durch das Haar. Schließlich schmiegte sie ihre Hände an seine Wangen und murmelte tonlos: „Bisch du babbisch[11]. Bisch du so babbisch.“

---

[11] klebrig

Die beiden Ermittler saßen sich im Gastraum vom Roten Ochsen gegenüber. Kommissar Günda rührte schon viel zu lange in seiner Kaffeetasse. Mit dem Löffel stieß er dabei in unregelmäßigen Abständen an das Porzellan.
*Klong, klong, klong.*
Beide scheuten das Gespräch. Zu tief saß noch der Schock. Dass so ein schöner Abend derart enden musste! Sie hatten sich zwar noch in der Nacht für den nächsten Morgen verabredet, doch nun schien keiner von ihnen gewillt zu sein, das schreckliche Ereignis Revue passieren zu lassen. Dabei hätte es allen Grund gegeben, sich damit auseinanderzusetzen, hatte doch Kommissar Günda unmittelbar, nachdem sie die Diagnose des Notarztes gehört hatten, eine Forderung verlautbart, die Freese völlig überrascht hatte: „Isch will ä Obdukzioon!"

Schließlich war es Kommissar Günda, der das Schweigen an diesem späten Vormittag brach: „Isch vasteh des net. Wie ma des äfach mache kann." Er schüttelte den Kopf. „Uumeeglisch. Un des in alla Öffentlischkeit."
„Na ja, vielleicht einfach, weil es Spaß macht?", bot Freese an.
„Ia meiikt des gaa net, was ia derre Welt oodud."
„Wir? Womit?"
Freese hatte keine Ahnung, wovon sein Chef sprach.
„Mit dem Lied!"
„Welches Lied?"
„A, mit dem *Lalalalaa* nadierlisch!"
„Ach das. Toller Ohrwurm! Sagen Sie bloß, das gefällt Ihnen nicht. Sie haben ganz laut geklatscht, das habe ich genau gesehen."

Man merkte Freese die Erleichterung an, dass sich sein Chef bemühte, das Gespräch auf etwas Unbeschwertes zu lenken. Da bot sich dessen Lieblingsthema *Musik* geradezu an. Er selbst hätte nie gewagt, etwas Derartiges anzuschneiden. Zum einen

wusste er, wie rigoros Kommissar Günda bei diesem Thema sein konnte. Zum anderen war er sich nicht sicher, wie sehr Rainer Funkes Tod seinen Chef mitgenommen hatte. Er war dünnhäutiger geworden, so viel stand fest. Es wäre auch gut möglich gewesen, dass er ihn brüsk zurechtgewiesen hätte, hätte er an diesem Morgen mit einem derart banalen Thema aufgewartet. Umso erleichterter war er, dass es Kommissar Günda offenbar ebenfalls daran gelegen war, das Eigentliche, sie beide Beschäftigende noch zu verschieben.
„Loggisch hawwisch geglatscht. Dass ia endlisch uffheat, denn aame Mann zum beleidische. Dea kann sisch jo nimmie wehre."
„Wer? Inwiefern kann sich jemand nicht wehren?"
„A, dea isch doud. Hie."
„Was? Unser Hansi ist gestorben? Quatsch. Davon hätte ich gehört. Ich hab ja seine Seite abonniert. Da sind Sie einem bösartigen Gerücht aufgesessen. Und das ist perfide, weil ihm doch gerade dieser Riesenhit geglückt ist. Man muss aber sagen, der Ronnie kam verblüffend nah an das Original heran. Ich zeige es Ihnen mal, dann können Sie vergleichen."

Freese zückte sein Smartphone und nach wenigen Augenblicken präsentierte er ein Video. Fassungslos starrte Kommissar Günda auf den winzigen Bildschirm.
„Warten Sie, ich mache mal ein bisschen lauter. Das muss man unbedingt mit einer gewissen Lautstärke hören, sonst kommt die Stimmung nicht rüber."
„La la la la lala laa!"
„Un wie die riwwakummt. Voll brudaal."
„Ein echter Hinterseer-Gassenhauer."
„Ä-ä, Freese. Dea hot des geglaut. Uumeeglisch."
„Was hat er?"
„Ge-glaut hot dea des!"
„Geklaut? Von wem?"
„Vum Bohlän."

„Gestohlen? Vom Bohlen? Das kann natürlich sein, dieser Bohlen steckt ja hinter allen großen Hits."
„Sicksch! Du kennsch denn also doch. Jetz bin isch bissl beruischt. Des waa gaa net schlescht, des *Gediddon*[12], *Tschiepsta*[13], *Tschildren of se Reffoluuschen*[14]."
„Genau! Und *Brother Loui, Loui, Loui*", beeilte sich Freese zu ergänzen, froh, ausnahmsweise seine Pop-Kompetenz unter Beweis stellen zu können.
„Hä?"
„Und vor allem natürlich *You're my heart, you're my soul.*"
„Hea mol, des wüssdisch awwa."
„Doch, doch, hat der alles geschrieben, eine Hitmaschine, dieser Bohlen. Dann sein Riesenerfolg mit den Castingshows."
„A so, du mähnsch de Dittsche, de deitsche. De Dieda *Bohlön.* Isch, isch mähn de Maiik, de Maiik *Boulän.*"
„Nie gehört."
„Moment, des hammia glei. Geb mol ei in dei Glumb: *Boulän.*"
„Können Sie das mal buchstabieren?"
„Allo: b wie Bollezei, o wie Onga, el wie Labbeduddl[15]... odda geb mol ei *Tee Punkt Rex.*"
„Einen Moment... Tatsächlich: *Marc Bolan, Teeniestar in den frühen Siebzigern.* Hübsches Kerlchen."
„Gell? So hawwisch aa mol ausgsehe."
„Sie hatten dunkle Locken?"
„Wie de Addonis passööhnlisch. Gugg mol, ob du ä Ffideo finsch vun dem Lied in doim Jutuub."
„Sie meinen: La la la la lala laa?"
„Freese! Des Lied heeßt im Ogginaal nadierlisch annaschda, nämmlisch *Hot Laaf.*"

---

[12] Get it on

[13] Jeepster

[14] Children of the Revolution

[15] Weichling

„Hot was?"
„Laaf."
„Kleiner Witz, schon klar. Ich wusste gar nicht, dass Sie solche zweideutigen Lieder kennen, Tschief."
„Zweideudisch? *Schieß mai Wumänn in gould, bat schieß not wärri ould*[16], was issn dodroo zweideudisch? Des froorisch disch. *A ha ha!*"

Andächtig hörten sie sich gemeinsam eine Aufnahme aus der ZDF-Sendung *Disco* an. Kommissar Günda war anschließend entzückt: „Isch bin gonz schää iwwarascht, Freese. Jetz, wu isch doin Hansi gsehe hab un eewe des Ogginaal, mussisch saare: Alda Schlabbe[17]! Net grad schlambisch! Des hot schun was. Un, Freese, des is koomisch, mia gedenkt des noch gonz genau, wie ich des dorttmols gsehe hab im Färnnseh. Des waa schun ä Sach. Un die Meedlin, die sin eh all druff gstanne. Kamma vastehe, odda?"
„Also, ehrlich gesagt, mir gefällt Hansis Version besser. Hat irgendwie mehr Pfiff."
„Alladings: Dünnpfiff."
„Ich hab das im Konzert live erlebt, und ich kann nur sagen: Wenn der Mann singt, hat man das Gefühl, er singt nur für mich."
„Also fa misch schun mol net."
„Wie dem auch sei, ich bin ganz froh, dass wir uns mit solchen Bagatellen beschäftigen. Es ist schlimm genug, was da gestern passiert ist am Ende von einem solch schönen Abend. Aber es hilft nichts, kommen wir zur Sache: Sind Sie immer noch der Meinung, wir brauchen eine Obduktion?"
„Binnisch."
„Wieso?"

---

[16] She's my woman in gold, but she's not very old
[17] Ausruf der Anerkennung, wörtlich: alter Schuh

„Wisso net?"
„Na, weil der Fall klar ist. Wir waren doch dabei, als es passiert ist, haben es in aller Deutlichkeit gesehen: Ein viel zu schwerer Mann übernimmt sich hoffnungslos, lässt auf einer Bühne, in einer Stresssituation alle Vorsicht außer acht und erleidet einen Herzinfarkt. Und das auch noch in aller Öffentlichkeit. Zum Glück war den Besuchern der Veranstaltung der Ernst der Lage nicht klar. Die hielten das für eine raffinierte Inszenierung und haben dieses schreckliche Ereignis gar nicht mitbekommen. Jemand war geistesgegenwärtig genug und hat dafür gesorgt, dass der Vorhang geschlossen bleibt. Wo sehen Sie da Unklarheiten? Was macht Sie misstrauisch? Außer, dass Sie grundsätzlich nicht verstehen können, dass ein Mann tanzt. Was ich – nebenbei bemerkt – auch sehr gerne tue."
„Mooment, Freese. Isch hab schun reischlisch gedonzt in moim Leewe."
„Ach ja?"
„Isch sach bloß: *Hot Laaf.* Am libbschde im frie Stiil."
„Früh?"
„Ä-ä. Frie. Frei. Gibts net bloß beim Schwimme. Kennsch des net? Des hot denn Voadeil ghabt, du bisch uff die Donzfläsch…"
„Sie sind auf die Tanzfläche…"
„Hosch bissl rumgeguggt, bissl rumgezuckt, bissl rumgezabblt…"
„Und wo war der Vorteil?"
„Du hosch beim Donze die Bierflasch gaa net abstelle misse."
„Kein Wunder, dass Sie so erfolgreich bei der Damenwelt sind."
„Bidde?"
„Nix, nix."
„Freese, isch sach da mol ähns..."
„Ja, tun Sie das, Tschief, sagen Sie mir, was Sie veranlasst, bei dem Toten eine Obduktion vornehmen zu lassen."
„Hmpf. So halt."

„Sie meinen, Sie haben wieder einmal so ein eher unbestimmtes Gefühl?“
„Du hoschs afasst. Marioon? Mia deede donn gärnn mol zahle.“

Sogleich gesellte sich die Wirtin im Roten Ochsen zu ihnen. Sie waren die einzigen Gäste, die Gastwirtschaft öffnete erst später, aber Kommissar Günda hatte sie gebeten, eine Ausnahme zu machen, und für die beiden Ermittler machte Marion Helche die immer gerne.
„Zamme, Tschief?“
„Uff jedn Fall. De Freese mescht des heit.“
Widerwillig zückte der seinen Geldbeutel.
„Hawwe Sies grad vum Roina ghabt?“, fragte die aufmerksame Wirtin ihre Stammgäste bedrückt. „Schlimm, gell?“
Beide Männer nickten.
„Fassenacht oohne de Roina, des geht net. Des geht gaa net! De Roina, des *is* die Gliggabacha Fassenacht. Mit Leib un Seele.“

„Selwa die Schuld! Dea Sseggl! Wie heeßt des so schää: Wea sisch in Gefahr begibt, dea kommt darin um."
Freese nickte bestätigend, was ihm einen tadelnden Blick seines Chefs einbrachte.
„Sie haben also damit gerechnet, dass so etwas über kurz oder lang passiert", fasste er zusammen.
„Rischdisch. Mähna korzz wie long. De Roina, dea hots jo mim Härzz ghabt. Schun eewisch. Isch hab imma gsacht: Du langsoom, Digga!"

Babette Funke hatte zunächst keine Reaktion gezeigt, als die Ermittler vor ihrer Tür gestanden waren. Nachdem Freese um Einlass gebeten hatte, man habe ein paar Formalien zu besprechen, hatte sie die Männer ins Esszimmer geführt. Dort saßen sie nun um einen großen, schweren Tisch, der Platz für sechs Personen bot. Eine schmale, handgestickte Decke, wie sie *sellemols*[18] zur Aussteuer der Töchter gehörte, lag auf dem glänzenden Kirschbaumholz. Die Ermittler nahmen nebeneinander an einer der Längsseiten Platz, zu Freeses Linken saß Babette Funke. Der Stuhl am anderen Ende des Tisches blieb leer.

Familie Funke lebte und arbeitete im Gewerbegebiet der Gemeinde. Im vorderen Bereich des Grundstücks befand sich die Firma: *Fliesenfachgeschäft Funke, Handel und Meisterbetrieb.*

Schon gleich im Schaufenster des Ladens fanden sich Hinweise auf die Fasnachtsleidenschaft des Inhabers. Plakate für die verschiedenen Veranstaltungen der aktuellen Kampagne hingen an prominenter Stelle, und auf einem gelben Karton fand sich ein Fotorückblick auf die letzte Saison: *Die Houli Haxe in Aktion.*

---

[18] einst

Durch den Hof, in dem zwei Firmenfahrzeuge parkten, gelangte man zum Wohnhaus, ein Flachdachbungalow aus den Siebzigern. Auch dort zeugten zahlreiche gerahmte Fotos davon, dass sich hier alles um die Fasnacht drehte. Im Flur, im Esszimmer und erst recht im Wohnzimmer, in das die Ermittler von ihrem Platz aus sehen konnten. Blickfang dort war eine Vitrine mit bunten Orden und polierten Pokalen.

Beileibe nicht alle Bilder zeigten Männer. Ein Foto war Kommissar Günda sofort aufgefallen.
„Sin Sie des, drauß im Flua?"
„Ähä."
„Babett, die Ärscht?"
„In derre Kambannje simmia zammekumme, de Roina un isch."
Sie stockte, fing sich aber rasch: „Isch bin jo schun als klähni Grott[19] bei de Fassenacht gwest. Des kummt vun moim Vadda, des waa demm imma gonz aiig, ä Zeitlang wara soggaa im Voastand vum Varoi. Mei Muddi net so. Awwa die is halt mit. Isch, isch hab gedonzt bei de Gardde, späda hot des uffgheat, awwa isch waa schun noch als debei, un irgendwonn hots gheeße *Hea, Ruddl[20], doi Dochda, wie wäaren des?* Zack, waa isch Babett, die Ärscht. Aus dem Hause Krause." Sie verzog ihr Gesicht angestrengt zu einem Lachen.
Kommissar Günda griff nun doch zum Mirabellenschnaps, den ihnen Babette Funke angeboten hatte.
„Sie net?", wandte sie sich an Fritjof Freese. „Selwa gebronnt. Vun moim Schwora[21]."
Kommissar Günda nickte ihm zu.
„Doch, doch."
Zögerlich nahm auch Freese ein Glas.

---

[19] Mädchen, eigentlich: Kröte

[20] Rudolf

[21] Schwager

„Alla. Uff Moina. Denn Sseggl. Un fortt mit!“
„Soviel ich sehe“, Freese bemühte sich wieder um Sachlichkeit, „hatte Ihr Mann einen eigenen Handwerksbetrieb.“
„Stimmt. Hodda vun soim Vadda iwwanumme. Mia bleddlä. Alles.“
„Äh, ich dachte, Ihr Mann war Fliesenleger.“
Babette Funke schaute fragend zu Kommissar Günda, der zuckte mit den Achseln. „Tschuldischung. Dea is noch bissl frisch doo. Freese, *bleddlä*, des saaare mia zum Flieseleje. Meiik da des endlisch mol.“
„Aha. Worauf ich hinauswollte, wie kommen Sie jetzt zurecht?“
„Hm.“ Sie schnaubte leise, aber vernehmlich. „Wie isch klaa kumm? Beschdens. Gugge Sie mol, dea hot doch des ledschde halwe Joa nix mea gmacht im Betrieb. Ea heeds im Kreiz, sachda. Vun weje, un donn jogglt dea als zum Drähning. Fimf Mol die Woch. A, do heedischs aa im Kreiz.“
„Und wer führt jetzt den Betrieb? Oder anders gefragt, wer plättelt?“
Kommissar Günda verdrehte die Augen.
„Mia hawwe drei Gselle un zwee Lehrbuu. Isch bleddl als aa. Des Birroo, des waa eh mei Sach. Moina, dea hot jo bloß die Fasnacht im Härnn ghabt.“
„Frau Funke, es gibt noch einen Punkt, den wir ansprechen müssen. Nicht wahr, Herr Kommissar…“
„Gönau“, bestätigte der und lehnte sich zurück.
„Und der wäre?“
Aufmunternd nickte Freese seinem Vorgesetzten zu.
„Derfisch?“ Kommissar Günda deutete auf die Flasche.
„Klaro. Isch aa. Des brauchisch jetzat.“
Babette Funke schenkte erst dem Kommissar nach, dann sich.
„Sie, isch vakaaf Ihne aa die gonz Flasch. Odda wolle Sie liewa ä frischi? Kenne Sie aa hawwe. Ibbrigenz günschdischa als wie vun moim Schwora. Sie net?“
Sie schaute fragend in Freeses Richtung.

„Danke nein. Folgendes: Wegen der Beerdigung, wir brauchen den Körper Ihres Mannes noch…“
„Wie bidde? Organspende?“ Babette Funke reagierte fast schroff. „Was wolle Sie vun demm nämme? De Ronze[22]?“
„Nun, es sind einfach noch diverse Untersuchungen vorzunehmen.“
„Roine Rudihne[23]“, besänftigte Kommissar Günda und setzte das Glas an: „Un fortt mit!“

---

[22] Bauch
[23] Routine

Die Nachricht von Rainer Funkes Tod sorgte in Glickerbach überall für tiefe Betroffenheit. Funke war überaus beliebt, in vielen Bereichen engagiert, einer der Motoren der Vereinsszene und vor allem in der Fasnacht die prägende Figur, und das seit Jahrzehnten.

Nun galt es, Entscheidungen zu treffen. Was bedeutete sein Tod für die Fasnacht in Glickerbach? Ausgerechnet in der Hochphase der Kampagne. Etliche Veranstaltungen standen noch aus: zweite Prunksitzung, Kinderfasching, Damensitzung, Seniorensitzung, Kehraus. Der erste Gedanke lag auf der Hand: alles absagen.

Dann gab es im engsten Kreis der Vereinsverantwortlichen erste Stimmen, die auf die wirtschaftlichen Folgen hinwiesen: Ausfallhonorare für die Künstler, Caterer, Hallenmiete, die bereits vereinnahmten Eintrittsgelder müssten erstattet werden, ein Desaster für die Vereinskasse.
„Hea mol, hosch du bloß Geld im Kopp?“
„Entschuldischung! Isch mach do vleischt de Kassia! Dodefoa bin isch gewählt worre. Isch saachs bloß, wies is. Roin sachlisch. Wenn mia alles absaare, des koscht. Des kann uns hiemache.“

Das war ein gewichtiger Aspekt für einen kleinen Verein wie die Glickerbacher Grunzer. Gut, Zuschüsse seitens der Gemeinde könnte man möglicherweise erbitten, ebenso Spenden seitens der Mitglieder. Vielleicht gäbe es ja auch irgendwo überregional einen Topf, der die Vereine bei derlei Ausfällen unterstützte. Die engagierten Künstler würden vielleicht auch auf ihre Gagen verzichten.
„Wahrscheinz, Heinz. Deedsch du des mache?“
„Uff jedn Fall.“
„So siehsch du aus.“

Dann machte Gernot Hafele einen verwegenen Vorschlag: „Un wenn mia die Kambannje äfach duaschziehe?“
„Waas?“
„A, alles.“
„Die gonze Va-oostaldunge?“
„Gönau.“
„Un was is mit derre Pijädeed[24]?“
„Isch saach eisch ähns, de Roina, dea deed saare: *Macht des! Nix absaare, Leit. Fasnacht is Fasnacht! Feiat, dasses kracht! Un feiat fa misch die Fassenacht mit!*“
„Gernot, isch glaab, do hosch du Rescht.“
„Des stimmt.“
„Leit, mia widme donn awwa alle Va-oostaldunge unsam Roina.“
„Des isses.“
„Was sescht de Kassia?“
„Vum Prinzipp ä guudi Idee. Awwa nochmol: weje de Pijädeed.“
„A, hea doch uff mit demm Kees. Des hawwe mia doch gekläat.“
„Schun. Awwa bloß wejem Roina. Wie dea des sehe deed. Un was is mit demm Seinare?“
„Sei Babett? Des stimmt alladings.“
„Die misse ma ärschda froore.“
„Die muss nadierlisch eivastanne sei.“
„Uff jedn Fall.“

Alsbald machte sich eine kleine Delegation der Glickerbacher Grunzer schweren Herzens auf den Weg, galt es doch zunächst, noch einmal förmlich das Beileid auszusprechen. Babette Funke reagierte gefasst. Aber alle wussten, sie zeigte ihre Gefühle nicht und hatte sich unter Kontrolle. Wie es in ihr aussah, das ahnten sie alle sehr wohl. Man kannte und man mochte sich.

---

[24] Pietät

Auf die Frage, ob die Kampagne dennoch weiterlaufen dürfe, reagierte Babette Funke spontan und eindeutig: „Was sunscht? Absaare? Uff kähn Fall! Die Fasnacht geht weida. Die muss weidagehe. Moin Roina, dea heed des gewollt. Ubedingt. Des weeß isch genau. Gonz genau."
„Gell? Des glaawe mia nämmlisch aa."
Die Mitglieder der Delegation waren erleichtert.
„Un du, du bisch donn unsan Ehregascht."
Babette Funke schluckte und senkte den Blick.
„Ehregascht nadierlisch bei allene Va-oostaldunge."
Sie nickte traurig: „Schää vun eisch."

Es dauerte einen Moment, bis sie weitersprechen konnte: „Seid ma net bees, awwa isch weeß net, ob isch des pack. Des is alles noch so frisch."

Die Männer waren getroffen und erleichtert zugleich, sodass ihnen erst auf dem Rückweg einfiel, wen sie noch um Erlaubnis fragen müssten: „De Maiiguss[25]!"
Betretenes Schweigen, das schließlich der Kassier beendete: „Dea, dea hot doch gaa kää Indresse an de Fassenacht. Dea waa doch noch nie debei."
In diesem Punkt war man sich einig: „Stimmt, denn hawwisch aa noch nie gsehe."
„Was sollen dea dezu saare? Dea kann des doch gaa net be-uadeile. Dea schwetzt doch schun eewisch nimmie rischdisch mit soim Vadda."
„Stief..."
„Hä?"
„Stiefvadda."
„Is jo worscht! De Roina, dea hot alles gmacht fa denn, wie

[25] Markus

wenna de rischdische Vadda wäa."
„Des stimmt."
„Awwa de Maiiguss, dea hot jo noch net mol *Vadda* zu demm gsacht."
„Saachsch du *Vadda* zu doim?"
„Nää, isch saach *Babbe*."
„Isch *Babba*."
„Un isch, isch saach *Alda*."
„Ealisch?"
„Awwa bloß, wenna net doo is."

„Auf, Männas! Mia gähne[26]!"

Fritjof Freese war überrascht. Er hatte gerade in der alten Glickerbacher Turnhalle den Trainingsraum der Houli Haxe ausfindig gemacht und nach mehrmaligem Klopfen keine Antwort erhalten. Daraufhin hatte er die Klinke heruntergedrückt und den Kopf durch den Türspalt geschoben. Vorsichtig, um niemanden beim Training zu stören. Und nun diese seltsame Anweisung: Man spornte sich zum gemeinsamen Gähnen an?

Er war sich erst nicht ganz sicher, wie die gerade gehörte Aufforderung zu verstehen war, gleichwohl, sie war eindeutig. Vermutlich war Gähnen in diesem Kreis ein einstimmendes Ritual vor dem Training. Gut, Gähnen steckte bekanntermaßen an, es hatte damit tatsächlich etwas Verbindendes. Einem solchen festen Ritual als Gast zu folgen, das würde gewiss als Geste des Respekts Zustimmung finden und für eine gute Gesprächsatmosphäre mit dem Männerballett sorgen.

„Uaaa!", ließ er sich also lauthals vernehmen und verzichtete bewusst darauf, den weit geöffneten Mund mit der Hand zu bedecken. Es sollte ruhig jeder sehen, wie aufgeschlossen er gegenüber diesen volkstümlichen Riten war. Er wusste ja, dass man ihn in Glickerbach immer noch etwas argwöhnisch betrachtete ob seines Hochdeutschen. In der Tat, es würde noch lange dauern, bis er mit den Einheimischen in deren Sprache würde reden können, da machte er sich nichts vor. Echten Ehrgeiz in dieser Hinsicht hatte er ohnehin nie entwickelt, insgeheim hoffte er, das Thema *Dialekt* hätte sich in absehbarer Zeit erledigt. Die Anzeichen des Niedergangs waren bereits unverkennbar, infolge der vielen Zugezogenen wurde immer häufiger in der Region hochdeutsch gesprochen.

---

[26] gehen

Noch gab es freilich gerade in Glickerbach etliche Kreise, in denen er als Norddeutscher das Nachsehen hatte. Diese Männer-Truppe gehörte zweifelsfrei dazu. Zielstrebig setzte ihn Kommissar Günda gerade dort alleine ein: „Fas Drähning“, wie er beteuerte. Freese hatte allerdings den leisen Verdacht, die Vorstellung von einem hilflos lauschenden Assistenten amüsierte ihn auch ein wenig.

Diese Runde von ehemals sieben, nun nur noch sechs Männern war, das ahnte Freese, eine besondere Herausforderung. Wie zu groß geratene Vögel kauerten sie zusammengesunken auf einer dieser alten Bänke, wie sie in Turnhallen an den Wänden stehen, dimensioniert für die Extremitäten von maximal Zehnjährigen. Um sie herum lagen jede Menge Gymnastikmatten in verblichenem Blau, denen man ihre Betagtheit ansah. Freese war fasziniert. Er fühlte sich augenblicklich in seine Schulzeit versetzt. Von der Decke hingen zwei Ringe, hinter einem geöffneten Tor erspähte er allerlei Turngeräte: Barren, Kasten, Bock, Medizinbälle und zwei Mattenwagen. Damals war er im Bodenturnen durchaus talentiert gewesen. Seine Spezialität: Rad und Radwende. Das konnten die wenigsten Jungs. Damit hatte man den Mädchen ganz schön imponieren können. Ob er heute wohl noch dazu in der Lage wäre?
Erst jetzt bemerkte er, wie ihn die Männer anstarrten. Vorsorglich gähnte er ein zweites Mal.
„Ou, bissl mied? So oostrengend bei de Bollezei?“
„Die viele Stroofzettl, gell?“
„Bitte?“
„Tschuldischung! Sei-hen Sie mü-de et-waas?“
„Bin isch aa imma. Grad vum Schloofe.“
„Nein, ich dachte, weil Sie doch eben sagten *Los, gähnen wir!* Da bin ich natürlich dabei.“
„Hä? Wea soll des gsacht hawwe?“
„Na, Sie! Sie haben doch gerade den Gähn-Leader gemacht.“

„Isch? Des wüssdisch awwa."
„Ich habe es doch genau gehört: *Gähnen wir eine Runde!* Gute Idee, das entspannt sehr schön. Wieso machen Sie nicht mit? Oder gähnen Sie nur intern?"
„Vleischt weil isch net mied bin?"
„Das hat doch damit nichts zu tun, es lockert ungemein. Auf, auf, meine Herren, keine Müdigkeit vorschützen, gähnen wir! Auf die Plätze! Fertig! Los!"
Freeses Vorgähnen zeigte bei den ersten Wirkung. Und fand Anklang.
„Dehähm mach isch des jetz aa imma."
„Un bei de Ärwet[27]."
„Wissen Sie, ich habe früher Leistungssport gemacht, Turnen."
Freese fand, diese leichte Übertreibung war hier erlaubt: „Entscheidend ist, dass man sich strikt an das ausgetüftelte Trainingsprogramm hält. Manche dehnen zur Auflockerung, Sie gähnen eben. Toll! Ich war immer aufgeschlossen für neue Methoden. Also, gähnen wir, was das Zeug hält! Ich gähne gerne vor. Uaaaahhh!"
„Interessant. Machen Sie das beruflich?"

Die Männer hatten im Eifer des Gähnens nicht bemerkt, dass eine junge Frau die Halle betreten hatte. Sie trug eine Jogginghose und ein Kapuzenshirt, beides türkisfarben und üppig geschnitten. Ihre durchtrainierte Figur ließ sich dennoch erahnen. Dafür hatte Freese einen Blick. Umso peinlicher war ihm seine gegenwärtige Mimik, er musste nämlich gerade tatsächlich gähnen. Rasch schlug er beide Hände vors Gesicht. Auch die Männer reagierten, sie erhoben sich umgehend und begannen, ihre Extremitäten auszuschütteln. Es knackste gehörig in der Halle.
„Entschuldigt bitte die Verspätung. Ich habe noch mit dem

---

[27] Arbeit

Vereinsvorstand gesprochen. Grünes Licht, die Kampagne geht weiter!“

Die Zustimmung war verhalten, aber dennoch spürbar.

„Wir waren uns ja sowieso einig, dass wir gerne weiter machen wollen, ganz in Rainers Sinne. Er hätte das bestimmt gewollt. Aber klar, wenn das der Verein anders sehen würde, müssten wir das akzeptieren. Umso besser, dass wir alle einer Meinung sind. Dann…“ Sie klatschte in die Hände. „Dann macht das Glickerbacher Männerballett also weiter. Ich freue mich. Ich weiß zwar noch nicht, wie – zu ersetzen ist Rainer sowieso nicht –, aber da lasse ich mir etwas einfallen. Auch wenn mir das genauso wenig leicht fällt wie euch, ich weiß das wohl.“

Die Männer reagierten betreten.

„Ich brauche ein bisschen für die Vorbereitung, wir müssen umstellen. In der Zwischenzeit wollen wir aber das Training nicht schleifen lassen. Fit sein, das müsst ihr allemal. Denkt dran, diesmal tanzen wir für Rainer.“

Nun nickten die Angesprochenen entschlossen.

Freese wusste nicht so recht, wie er sich verhalten sollte. Einerseits hatte er eine Mission, andererseits hatte er sofort gespürt, dass diese Ansprache Vorrang hatte.

„Entschuldigen Sie, das war jetzt erst mal wichtig“, wandte sich die Trainerin an ihn: „Jenny! Ich bin die Trainerin. Darf ich fragen, wer Sie sind?“

„Mein Name ist Freese, Fritjof Freese“, begann er zurückhaltend. Er hatte den Eindruck, seine Stimme verlor sich in der Halle fast, deshalb wurde er doch etwas nachdrücklicher: „Sokodo.“

„Sokodo?“

„Polizei. Sonderkommission. Von hier. Aber man sagt ja nicht *hier*, sondern *do*.“

„Doo!“, korrigierte einer aus der Runde.

„Polizei? Wieso das?“

„Nun…“, Freese hatte Mühe, die richtigen Worte zu finden, denn er selbst sah ja auch keinerlei Anlass für ihr Tätigwerden: „Reine Routine. Ich hätte nur ein paar Fragen.“
„Isch weeß. Zum Beispiel: Wea kann bessa gähne als wie isch?“
„Kähna!“
Jetzt endlich löste sich die Stimmung ein wenig. Diese Erfahrung hatte Freese schon des Öfteren gemacht. Er trug in dialektalen Kreisen immer wieder ungewollt zur Erheiterung bei. Zu seinem Leidwesen. Und gelegentlich zu seinem Ärger. Wie in diesem Moment. Und so rutschte ihm eine Bemerkung heraus, die er sogleich bereute: „So sehr scheinen Sie Ihren Mittänzer jetzt auch wieder nicht zu vermissen.“
„Des waa doch bloß Spass.“
„Hea mol, dodefu wärdd dea aa net widda lebendisch, wenn mia all Tribsal bloose.“
Trainerin Jenny nahm die Männer in Schutz: „Sie dürfen keinen falschen Eindruck haben, Herr Kommissar.“
Freese zuckte, entschied sich aber dann doch dagegen, seinen Dienstgrad zu korrigieren.
„Erst wollte keiner von uns weitermachen. Wir standen alle unter Schock. Unfassbar! Ausgerechnet Rainer! Er war doch das Kraftwerk unserer Truppe. Das Herz.“
*Herz, hatte sie eben tatsächlich Herz gesagt?*
„Fasnacht, das war sein Leben. Und das Männerballett, das war so etwas wie Rainers Baby. Er hat die Gruppe gegründet.“
„Des stimmt net.“
Der Einwurf ging unter.
„Wir haben uns zusammengesetzt und erst mal alle geheult. Aber dann haben wir uns überlegt, was hätte Rainer gewollt? Und da war uns klar, wir müssen weitermachen.“
„Wie lang trainieren Sie die Männer schon?“
„Ein knappes halbes Jahr.“
„Und?“ Freese drehte sich in die Runde. „Ist sie eine gute Trainerin?“

Er war bemüht, seine unbedachte Äußerung wettzumachen.
„Des glaabsch awwa."
„Un wie."
„Des sieht ma doch."
„Ja, das sieht man allerdings."
Freeses Blick ruhte wohlwollend auf der Trainerin. Ein fein geschnittenes Gesicht, das durch die zum Zopf gebundenen Haare besonders gut zur Geltung kam. Er lächelte, was er sogleich als unpassend empfand, denn sie ging nicht auf die Komplimente ihrer Schützlinge ein: „Wars das? Dann würde ich gerne mit dem heutigen Training beginnen. Unser nächster Auftritt ist bald. Und ich habe noch keine Ahnung, wie wir die Lücke schließen. Wahrscheinlich müssen wir die gesamte Choreographie ändern."
„Nur eines noch: Wussten Sie, dass Rainer Funke herzkrank war?"
„Aber ja."
Freese blickte in die Runde: „Die Frage richtete sich an Sie alle."
„Hajo."
„Klaro."
„Un net nua des. Die Haxe, grande Probblähm."
„Meniskus, dea wäa ball fällisch gwest."
„Dea hot einige Baustelle ghabt."
„Isch aa."
„Un isch ärschda."
„Ja, jeder hat hier seine Einschränkungen."
„Ich frage mich", gab Freese zu bedenken, „ob Rainer Funke überhaupt sporttauglich war?"
Die Äußerung geriet etwas zu scharf, das wusste er sofort. Entsprechend bestimmt kam die Antwort der Trainerin: „Jeder macht bei uns mit im Rahmen seiner Möglichkeiten."
„Vielleicht war Herr Funke körperlich der Belastung nicht gewachsen."
„Moment!"

Entschlossenen Schrittes ging Trainerin Jenny in das Lager mit den Turngeräten. Bald darauf hörte man das Quietschen einer metallenen Spindtür.
Die Männer nahmen derweil Abstand von Freese.
„Hea, was sollen des?"
„Was mähndan dodemit?"
„Dea Hannebambl[28]!"

Freese sah keine Veranlassung, seine Bemerkungen zu erläutern. So herrschte frostiges Schweigen, bis die Trainerin wiederkam, einen Ordner unter dem Arm.
„Bittesehr."
„Was ist das?"
„Atteste. Ich verlange von jedem vor Beginn der Saison eine ärztliche Untersuchung, die bestätigt, dass er hier Sport treiben darf und den Anforderungen gewachsen ist."
„Und von ärztlicher Seite gab es keine Bedenken?"
„EKG normal. Auch unter Belastung alle Werte einwandfrei."
„Dea hot halt sei Medikamende nämme gemisst."
„Des mussisch aa. Isch habs aa mit de Pump."
„Isch mit de Gall."
„Mia sin all voasischdisch."
„Und ich achte darauf, dass sich die Anstrengungen in Grenzen halten. Ich bin ausgebildete Sportpädagogin, ich habe lange in einer Reha-Einrichtung gearbeitet."
„Mia hawwe dem eckschdra soä Deeßl gekaaft."
„Entschuldigung, was haben Sie?"
„Gö-ka-hauft."
„Das habe ich verstanden. Und was haben Sie gekauft?"
„Ä Deeßl. Oine Dose. Fa die Hose. Ä Deeßl fas Heeßl."
„Moment, jetzt erinnere ich mich. Kann das sein, sind Sie nicht bei der Prunksitzung aufgetreten als Büttenredner?"

---

[28] Nichtsnutz

„Bin isch."
„Das war ja köstlich, Sie als Putzfrau."
„De Holga, des is unsa Muldidalent."
„Mooment, de Roina, dea hot des fria aa als gemacht."
„Stimmt."
„Dea waa ä Zeitlang Sitzungspräsident, als Bänglsänga[29] issa aa mol uffgedreede, isch bring des gaa nimmie alles zamme, was de Roina alles gemacht hot fa die Fasnacht."
„Die Ordde gstaldet."
„Stimmt, des aa noch."

Freese war beeindruckt, hier handelte es sich nicht nur um die höfliche Anerkennung der Leistungen eines Verstorbenen, diese umfassende Wertschätzung war echt und tief empfunden.
„Un de Roina, dea waa än Froind fa uns alle. Än guude Froind. Denn konntsch imma oorufe, dea hot ähm imma gholfe."
„Selbscht, wenna selwa genung am Hagge ghabt hot."
„Un des hot dea aa ghabt."
„Jeda hot sei Päckl zum draare[30]. De Roina aa."
„Alläa schun wejem Maiiguss."
„Awwa wenn du denn gebraucht hosch, donn waa dea doo."
„De Roina, des waa äfach de Beschde."

Freese verstand beileibe nicht alles, hatte jedoch das Gefühl, er sollte die vertraute Gemeinschaft nicht länger stören. Das war im Grunde auch ein guter Abschluss. Alles für ihn Wesentliche hatte er erfahren: „Das wars aus meiner Sicht, vielen Dank, dass Sie sich die Zeit genommen haben."
Er blickte in die Runde.
„Nur eines noch: Wissen Sie, ob er seine Medikamente am Samstag genommen hat?"

---

[29] Bänkelsänger

[30] sein Päckchen zu tragen

„Bstimmt."
„Ich geh defu aus."
„Vor dem Auftritt spreche ich immer noch einmal mit allen. So habe ich das auch diesmal gehalten. Ich vergewissere mich, ob alles in Ordnung ist. Das hängt auch mit meiner früheren Tätigkeit zusammen, ich habe mir das angewöhnt. Da war jedenfalls alles okay. Aber im Nachhinein frage ich mich schon, ob ich aufmerksamer hätte sein müssen."
„Hea doch uff, Tschennie. Mach da kää Voawüaf. Des waa demm Roina sei Entscheidung. Des waa än awachsene Monn. Dea hot gewisst, bissl Rissikoo bleibt imma."
„Vleischt hodda än Infekt ghabt. Odda noch was annares."
„De Jingschde wara jetz aa nimmie."
„Manschmol kummt halt ähns zum annare."
„Un dea waa guud druff, de Roina. Soggaa aiig guud druff."
„Eines steht fest", fasste Jenny zusammen: „Er hat an diesem Abend alles gegeben."
„Und das…", ergänzte Kommissar Gündas Assistent mit höflichem Bedauern: „Das war eben etwas zu viel."

Freese erstattete Bericht, erging sich in ausgiebigen Schilderungen seiner Eindrücke von den befragten Personen und machte keinen Hehl daraus, dass er dieses vage Gefühl seines Chefs, dass hier etwas nicht stimme, durch nichts bestätigt sah.
„Indressant, wie du die Leit siehsch."
„Finden Sie? Nun ja, der Fall gibt ja ansonsten nicht viel her."
Kommissar Günda ließ sich nicht auf die Spitze ein: „Wisso finsch du die Wittfraa koomisch?"
„Wen?"
„Die Wittfraa." Kommissar Günda lächelte nachsichtig: „Du hosch doch in de Schul Franzöösisch ghabt."
„Ein paar Jahre, ja."
„Bei uns, do gibts viel Wördda, die wu vun de Franzose kumme. Weje de Besatzung vun denne. Des Trottwaa beispielsweis…"
„Der Bürgersteig."
„S Porttmanee."
„Der Geldbeutel."
„De Boddschamba."
„?"
„Was fa schäänes Wortt: Boddschamba. Kennsch net, gell?"
Freese schüttelte den Kopf, wirkte aber auch nicht sonderlich interessiert.
„Doch, doch", insistierte Kommissar Günda. „Wischdisch. Des soot[31] ma kenne. Zwee schääne Wördda zammegsetzt. *Bodd*, des kummt vum franzöösische *Bodd*."
„Aha. Im Französischen gibt es dieses Wort? Das ist mir neu."
„Obacht, isch vakläa da des mol: In jedare Kisch…"
„Wo?"
„Wu ma als kocht."
„In der Küche?"
„Gönau. In jedare Kisch brauchsch du än Bodd. Bessa gsacht: viele vun denne."

---

[31] hier: sollte

„Töpfe?“
„Du hoschs.“
„Jetz des annare Wortt: Schamba. Des kummt vum Franzöösische Schoombre.“
„Schlafzimmer?“
„Hosch uffgebasst in de Schul, des meiikt ma. Un jetz root mol, wellen Bodd dass ma im Schoombre brauch.“
„Vielleicht einen Eiskühler? Für Champagner?“
Kommissar Günda sah seinen Assistenten mitleidig an: „Net direkt.“
„Jetzt weiß ichs, bei meiner Oma gab es auf dem Nachttisch so ein kleines Töpfchen mit Süßigkeiten: Betthupferl.“
„Nää. Aa net.“
„Ein Topf im Schlafzimmer? Und was soll da drin sein?“
„Am beschde nix.“
„Nichts?“
„Außa wenn ma muss.“
„?“
„Freese, was muss ma nachts?“
„Schlafen?“
„Du bisch zu jung, des kummt noch: rapple[32].“
„?“
„Psch psch, vastehsch?“
„Jetzt weiß ich, was Sie meinen: ein Nachttopf.“
„Des is bei uns de Boddschamba. Meiik das mol, skamma als brauche.“
„Daran habe ich meine Zweifel. Aber gut, und das andere Wort?“
„Die Wittfraa, gönau. Isch geb da mol än Tipp. Du weesch jetzat, viele Wördda bei uns kumme vun de Franzose. Allo! Denk mol bissl nooch. Witt.“
„Ah, vite, vite! Schnell, schnell!“

---

32 pinkeln

„Gönau. Allo, was heeßt des dann, die Wittfraa?“
„Die schnelle Frau?“
„Fascht.“
„Das sagt man vielleicht, wenn die Ehe nur kurz war.“
„Gönau. Un wie long wäa korzz?“
„Vielleicht zwei Jahre?“
„Des is awwa schun long fa die heudisch Zeit.“
„Unter einem Jahr.“
„Korräckt. Sicksch, des is des Schääne on dia.“
„Meine Kombinationsgabe?“
„Nää. Dia kamma äfach alles vazehle.“

Freese nahm diesen Ausflug in den Dialekt nicht übel, noch immer waren die Ermittler froh, wenn sie sich von ihrem eigentlichen Thema ablenken konnten.
„Wittfraa, des is bei uns die Widwe. Awwa isch muss zugewwe, des Wortt kenne nimmie viel. Un wisso finsch du die vum Funges Roina koomisch?“
„Na ja, sie ist zwischendurch schon ein bisschen sehr nüchtern, die Frau. Mehr oder weniger gefühllos, ganz pragmatisch. Fehlt nur noch, dass sie das Grab zuplättelt. Damit er auch ja nicht mehr hochkommt.“
„Isch glaab, die waa gonz schää gedatscht. Die wollt sisch des bloß net oomeiike losse.“
„Das ist ihr allerdings gelungen.“
„Freese, des kannsch du dia wahrscheinz net voastelle, wie des is. Die ware dreißisch, vleischt värzzisch Joa zamme. Die hawwe die meischde Zeit vun iam Leewe zamme vabrocht. Do kennt ma sisch in un außewennisch. Die weeß schun, wu die denn kratze muss, befoa dasses denn juckt. Un jetz issa fortt. Äfach so. Vun jetz uff noochhea. Un ea kummt aa nimmie. Des hot die noch gaa net rischdisch realissiat. Un donn kumme mia un die gonze Leit, un alle wolle was un saare was. Do hot die doch gaa kähn Kopp defoa.“

Fritjof Freese verstand zwar nicht alle Worte, sehr wohl aber die Botschaft, die ihm sein Vorgesetzter vermitteln wollte. So ernst erlebte er ihn nicht oft.
„Wenn man Sie so reden hört, könnte man meinen, Sie haben selbst eine solche intensive, langjährige Beziehung erlebt."
„Intensief ja, long nää. Leida."
Das Gespräch nahm nun für Kommissar Günda eine zu persönliche Wendung, und so versuchte er, wieder ein wenig Leichtigkeit ins Spiel zu bringen: „Ibbrigenz, des heeßt *bleddlä*, meiik da des bidde mol. Mit bee wie bleedi Blunz[33]. Awwa die Idee, des Grab zum bleddlä? Des gfällt mia. Die Leit suche heit doch dauand neie Foame vun de Bestaddung. Hauptsach pflegeleischt fa die Noochfahre. Wenn mei Grab gebläddlt wäa, müschtsch du bloß als korzz mim Butzlumbe driwwa. Schun glänzt die Sach widda."
„Tschief, Sie reden jetzt aber nicht mit mir über die Pflege Ihrer Grabstätte. So alt sind Sie nun wirklich nicht!"
„Des kann manschmol schnella gehe, als wie du denksch. Du siehschs am Roina."
Darauf wusste Freese nichts zu antworten.

Das Telefon läutete.
„Hier spricht die Sokodo, Fritjof Freese am Apparat, was kann ich für Sie tun? – Wegen des Obduktionsergebnisses? Moment, ich stelle auf Lautsprecher, Kommissar Günda sitzt mir gerade gegenüber und möchte bestimmt mithören."
„Alladings. Allo, was hebdan rausgfunne, Oddoo? Saach dei Sach!"
„Folgendes…" Eine näselnde Stimme ertönte und erging sich in Details zum Körperbau des Untersuchten.
„Babbl net rum, isch will bloß wisse, wisso hots denn varisse?"
„Härzzkaschba."

---

[33] einfältige Frau

„Bitte was?“ Freese verzog den Mund. „Ich vermute, das bedeutet Herzinfarkt. Ein merkwürdiger Ausdruck für so einen schlimmen Vorgang.“
„Ibbrigenz schun de zwedde. Beim dridde gibts ä Freispiel.“
„Oddoo! Bidde! De Freese hot Rescht. Ausnahmsweis.“
„O! Was ischn lous, Tschief? So kenn isch disch gaa net, du bisch doch sunscht so logga.“

Kommissar Günda erzählte von der Veranstaltung und dass sie Zeugen gewesen waren bei Rainer Funkes Zusammenbruch. Ihnen stünde nun nicht gerade der Sinn nach Pathologenscherzen.
„Un sunscht?“
„A, alles schun so bissl ramboniat bei demm.“
„Nommal in demm Alda, odda? Ende fuchzisch. Isch kenns.“
„Awwa Günda, du bisch wenigschdens bissl voasischdisch.“
„Hä?“
„Du bewegsch disch nie.“
„Hea, Oddoo, net fresch wärre. Fa disch langts grad noch.“
„Meine Herren“, mischte sich Freese ein. „Wir waren noch bei unserem Hypertoniker.“
„Freese, du kennsch Wördda.“
„Stimmt doch, oder?“
„Voll.“
„Soweit wir wissen, musste er Medikamente einnehmen.“
„Regglmäßisch. Dea waa aa gut eigstellt.“
„Aber vermutlich der Belastung bei einer solchen sportlichen Extremleistung nicht gewachsen“, ergänzte Freese.
„Doch, doch. An sisch schun. Wenna des Sach genumme heed.“
„Er hat seine Medikamente nicht genommen? Dann haben wir ja die Erklärung für seinen Zusammenbruch.“
„Halwa. Eian Donzbäa, dea hot sisch dodefoa bissl was eigepiffe.“
„Wie?“

„Dassa abgeht wie die bei de Tua de Frangs[34]. Beim Radrenne, do wäa dea glei mol diskalifiziat[35] worre."
„Sie meinen, er hat etwas zur Leistungssteigerung genommen?"
„Gönau. Isch saachs mol so: Eian Donzbäa, befoa dassa tobt, hot dea sisch gedopt."

---

[34] Tour de France

[35] kein Schreibfehler, eine launige Aussprachenvariante

Kommissar Günda mochte es sich ungern eingestehen, aber insgeheim hoffte er, ein Indiz dafür zu finden, dass ein anderer für den Tod verantwortlich war, nicht Funke selbst. Der Mann war etwa in seinem Alter gewesen. So sehr unterschied sich ihrer beider gesundheitliche Verfassung nicht. Auch er hatte das eine oder andere Zipperlein. Es gab Ärzte, die ihm schon manche Operation angedeihen lassen wollten, seine Hüfte könnte über kurz oder lang Probleme machen, hieß es, seine Knie, bei ihm würden allgemein die Gelenke schwächeln. Er sollte unbedingt abnehmen, wenigstens ein wenig.
*Fa waas?*, fragte er sich. Genauer: *Fa wenn?* Eine Frau gab es nicht in seinem Leben, für die er das auf sich genommen hätte.

Eines hatte ihm Rainer Funke auf jeden Fall voraus gehabt, er hatte einen Bereich gefunden, in dem er voll und ganz aufging, dem er sich nach dem Ende seiner Berufstätigkeit ganz hätte widmen können. So etwas fehlte Kommissar Günda. Noch war er viel zu gerne Polizist. Sein Beruf machte ihm Freude – den Begriff Spaß vermied er weitgehend. Was machte schon Spaß? Das klang doch schon nach einer allzu flüchtigen Momentaufnahme.
Zweifelsohne, er ging in seiner Arbeit auf. In Ermangelung einer Familie hatte er schon immer mehr Zeit investiert als andere, sich festgebissen, den Feierabend verpasst, das Wochenende durchgedacht. Selbst zum Urlaub musste er sich zwingen. Abschalten, das gelang ihm selten. Aber das brauchte er im Grunde auch nicht.

Freilich wusste er sehr genau, seine Tage als Kommissar, als Leiter der Sokodo, die waren gezählt. Und ihm war klar, dass er nicht umsonst eine eigene Abteilung erhalten hatte, um die ihn viele in der Zentrale beneideten. Es war genau besehen – da machte er sich nichts vor – ein Abstellgleis, die Endstation. Kaltstellen, das konnte man ihn nicht, dafür war er zu agil und

letztlich zu erfolgreich in seinem Beruf. Aber abgeschoben, das hatte man ihn erfolgreich.
Gewiss, nicht zu seinem Schaden. Er hatte sich nach anfänglicher Skepsis mehr als arrangiert mit der Situation. Niemand bevormundete ihn, dirigierte ihn nach Belieben, verfügte über seine Arbeitskraft. Er genoss das Privileg, weitgehend selbstbestimmt zu arbeiten.
Dass ihm mit Freese ein junger Mann zugewiesen worden war, entpuppte sich obendrein als Glücksfall. Er wusste genau, so war das von oberster Stelle nicht geplant gewesen. Ausgeheckt war vielmehr, ihn wegzuloben in eine neue Abteilung, die sich alsbald als überflüssig erweisen sollte. Die von diesem jungen Kollegen über kurz oder lang übernommen und wieder in das Große Ganze eingegliedert werden möge.
Freese, ein wacher, durchaus kritischer Kopf, war tatsächlich völlig anders als sein Chef, wie man schon an seiner hochdeutschen Sprache hören konnte. *Schief* hatte er ihn anfangs genannt und ohne Zweifel unterschätzt. Aber Freese hatte rasch die besonderen Qualitäten seines Chefs erkannt und zu schätzen gelernt. Sie waren als Team zusammengewachsen, und Freese hatte sich als überraschend loyal erwiesen. Was ihm Kommissar Günda gar nicht zugetraut hatte, als sie sich das erste Mal begegnet waren. Ein smartes, durchaus etwas selbstgefällig daherkommendes *Bärschtl*, sich seiner Jugendlichkeit, seiner Attraktivität und seiner guten Ausbildung durchaus bewusst. Freese wiederum hatte nicht erwartet, dass dieser kauzige Typ kurz vor der Rente ihm würde Paroli bieten können. Ja, ihm immer wieder einen wichtigen Ermittlungsschritt voraus sein würde.

So hatten sie gemeinsam dieses Abstellgleis zum Leben erweckt und zu einem Dreh- und Angelpunkt entwickelt, auch immer mal wieder für frustrierte Kolleginnen und Kollegen, die dort Zuflucht und Zuspruch suchten.

Womöglich wäre diese Sokodo ja sogar ein wegweisendes Modell. Gerade in Zeiten der Spezialisierung, des permanenten Delegierens und sich Vergewisserns, für alles kompetent, aber niemals verantwortlich zu sein. Ja, vielleicht hatte so etwas wie die Sokodo tatsächlich Zukunft. Er allerdings hatte die nicht, da machte sich Kommissar Günda nichts vor.

Daran gemahnte ihn auch und gerade dieser Vorfall. Immerhin war mit Rainer Funke ein Altersgenosse gestorben. Vermutlich war es das, was ihn sofort und bis ins Mark getroffen hatte. So weit, so erklärlich.

Nachdem sich herausgestellt hatte, dass ein Dopingmittel im Spiel gewesen war, verschob sich Kommissar Gündas Einschätzung erheblich. Die wesentliche Frage war, ob Funke selbst entschieden hatte, diese Substanz zu sich zu nehmen, die seine Leistung steigern sollte. Wenn dem so war, dann hatte er wohl Zweifel gehabt, ob er ohne ein entsprechendes Mittel würde mithalten können. Und das war ein Gedanke, der Kommissar Günda größeres Unbehagen bereitete, als er erwartet hätte, und der ihn hoffen ließ, er erwiese sich als falsch.
Doping im Sport, das konnte er gerade noch nachvollziehen, gerade im Profibereich. Auch wenn er es schlimm fand, dass Menschen zu derartigen Mitteln greifen mussten, es ging eben ums Geld. Und dem ordnete sich letztlich alles und jeder unter.
Das war beileibe nicht nur im Sport so. Dass in allen Berufen die Menschen auf solchem Wege gegen den Stress ankämpften, gegen den Druck, so war sie nun einmal, diese Welt, in der der Flachmann in der Schublade noch den harmlosesten Ausweg darstellte.

Hier jedoch war etwas im Freizeitbereich vorgefallen. Rainer Funke widmete sich einem Hobby, um sich und anderen Freude zu bereiten. Wenn er bewusst nicht nur Traubenzucker und

Vitamine zu sich genommen hätte, dann wäre das Ausdruck seiner grundsätzlichen Sorge, er könnte nicht mehr mithalten. Nirgends. Nach dieser Lesart hatte ihn der Gedanke derart gequält, dass er keinen anderen Ausweg gesehen hatte, als sich in Lebensgefahr zu bringen. Heimlich. Keiner hatte etwas von seinen Selbstzweifeln ahnen sollen.

So stellte sich das für Kommissar Günda dar, sollte kein Fremdverschulden vorliegen. Und diese Vorstellung rührte, traf und beunruhigte ihn. Würde jeder irgendwann an einen solchen Punkt gelangen? Am Ende auch er?

„Tschief?"

Kommissar Günda war derart in Gedanken versunken, dass er seinen Assistenten ganz aus den Augen verloren hatte.

„Ich gehe nochmal in die Halle, die Spurensicherung kommt gleich, vielleicht entdecken die doch noch etwas Brauchbares. Wollen Sie mitkommen?"

„Nänää. Geh du mol schää alläää. Slangt, wenn ähna vun uns dumm rumsteht, wenn die rumgugge."

„Auch wieder wahr. Ich halte Sie auf dem Laufenden."

„Mach des. Un Freese?"

„Ja, Tschief?"

„Donge."

Kommissar Günda wusste, wie wenig Freese von der Idee überzeugt war, hier liege ein Verbrechen vor.

*Un drotzdähm strengda sisch oo. Fa misch. Des gfällt mia. Aiig.*

All das steckte in diesen beiden, so seltsam ineinander verwobenen Silben: *Donge.*

Und Freese, der ewige Dialektneuling?

Der verstand das wohl.

Unentschlossen wanderte Kommissar Günda in seinem Büro auf und ab. Ihm gefiel das Kreisen seiner Gedanken nicht.
„Marioon?"
Wie so oft, wenn er einen Anstoß brauchte, einen anderen Ansatz, wandte er sich an die Wirtin im Roten Ochsen, in dessen Nebenzimmer die Sokodo Einzug gehalten hatte.
„Tässl Kaffee, Tschief? Sticklsche Kuche? Keeskuche heedisch."
Prompt erschien Marion Helches Kopf in der Durchreiche.
„Selwa gemacht?"
„Mache glosst. Vun meinare Donde."
„Die vun Fußheim?"
„Pscht. Awwa net weidasaare."

Die herzliche Abneigung zwischen den beiden Nachbargemeinden Glickerbach und Fußheim hatte zwar an Brisanz verloren, war aber immer noch im allgemeinen Bewusstsein. Zumindest bei den Älteren. Mit Argwohn wurde etwa die Ausweitung der Baugebiete betrachtet, Fußheim rückte bedenklich nahe an Glickerbach heran. Manch einer unkte schon: „Wenn mia net uffbasse, wärre mia vleischt irgendwonn zammeglegt. Wie Rout un Sand Lee[36]. Loome un Dilje[37]."

„Hawwe Sie grad viel zum schaffe, Tschief?"
„Sgeht."
„Wenn Sie wolle, kenne Sie sisch zu mia in die Gaststubb hogge, isch mach bissl Paus, hab mia des vadient."
Das kam ihm durchaus gelegen: „Net u-gärnn!"

Der Rote Ochse war eine Gastwirtschaft im alten Stil, wie es sie kaum mehr gab. Nachmittags war früher Ruhezeit gewesen, aber gerade die Senioren – und von denen gab es immer mehr in

---

[36] Rot und St. Leon
[37] Leimen und St. Ilgen

Glickerbach –, gerade die Seniorinnen und Senioren verspürten um diese Zeit *Glischde*[38] *uff bissl was Sießes.*
Das machte sich Marion Helche geschäftstüchtig zunutze. Auch wenn damit ihre Ruhe am Nachmittag dahin war. Aber bis zum Ansturm der pünktlich Unterzuckerten blieb gerade noch ein wenig Zeit.
„Auf, hogge Sie sisch bissl zu ma, Tschief."
Nur zu gerne nahm Kommissar Günda ihr gegenüber am Stammtisch Platz.
„Hea mol, Marioon, wisso bisch du eigendlisch net dortt gewest?"
„Wue?"
„A, uff derre Brunksitzung. Fascht gonz Gliggabach hawwisch dortt gsehe."
„Mich hot des jo gewunnat, dass Sie do hiegange sin. Des is jo eigendlisch net so Ia Mussisch[39], stimmts?"
„Do hosch du Rescht, Marioon. Awwa weesch was? Mia gfällt des. Die gewwe sisch Mieh, die Leit vun de Grunza, die losse sich was eifalle. Meischdens sin die Voaträg soggaa vun de eigene Leit. Awwa die akennsch oft gaa net, so wie die vagleidet sin."
„Isch weeß. Isch hab jo aa schun mol mitgemacht."
„Bidderädd[40]?"
„Nää."
„Bauchredna?"
„Tschief, bidde! Tanzgardde nadierlisch."
„Rumhupfe? Des hosch du gemacht?"
„Draue Sie mia des etwa net zu, Tschief?"
„Doch, doch!"
„Die Figua hawwisch imma noch."

---

38 Gelüste
39 Musik
40 Büttenrede

„Des stimmt!“ Kommissar Günda war in der Sache überzeugt, aber er wusste auch, eine andere Antwort wäre an dieser Stelle nicht zulässig: „Uff jedn Fall. Ubedingt.“
„Fungemariesche waa isch aa mol.“
„Ou, Reschbeckt.“
„Awwa donn bin isch mim Rottscha[41] zammekumme.“
„Rottscha? Kennisch denn?“
„Nää. Dea is schun long fortt, des waa moin ärschde… rischdische. Un demm hot des net gebasst, dass mia die alde Männas all unna de Rock gugge kenne.“
„Des gfällt mia ibbrigenz aa net, Marioon.“
„O! Gewwe Sies zu, Tschief, des wolle die Männas doch alle.“
„Isch net. Ealisch. Isch gugg imma weg. Isch will des net sehe. Die Strimpf, die koomische Nailoons.“
„Sie sin so goldisch, Tschief.“
„Gell?“
„Uff jedn Fall, seitdähm dass isch do nimmie mitmach, hawwisch schun bissl de Kondakt valore. Isch kenn zwaa die Drähnarin. Awwa bloß priffaht. Un was sollisch do uff derre Sitzung allää? Do kumm isch mia schun so bissl dabbisch voa bei denne gonze Päalin[42].“
„Un isch, was soll ischn saare?“
„Sie ware doch zu zwett dortt!“
„Wuhea weeschn du des?“
„Tschief, des sprischt sisch rum bei uns. Alles. Mim Freese ware Sie dort, gell?“
„Wenn isch des gewisst heed, dass du do ä Beziehung hosch zua Fasnacht, wäa isch nadierlisch mit dia hiegange. Näckscht Joa mache ma des.“
„Wenn sies dann noch hiekrieje näckscht Joa, die Gliggabacha Grunza.“ Marion Helche zog die Stirn in Falten. „Des Joa geht

---

41 Roger

42 Pärchen

des, de Roina hot jo schun alles voabereidet. Awwa oohne denn? Isch kann ma des iwwahaupt net voastelle. Ea is äfach nimmie doo. Des waa bstimmt fuaschbaa in de Hall. Än Schock, wie des bassiat is. Sie hawwe des jo alles gsehe."
„S hot jo kähns gemeiikt, isch aa net glei. Obwohl... Mia is des schun glei koomisch voakumme. Schlimm fa demm sei Fraa."
„Schweeß. Isch kenn die Famillje guud. Isch waa jo mol mim Hansi zamme."
„Hansi?"
Kommissar Günda zuckte zusammen. „Mit demm Sänga? Mit demm Eschde?"
„Nää. Hansi, des is de Soohn vun de Babett."
„Do gugg. Marioon, du hosch schun bissl was alebt, gell?"
„Tschief, Sie misse viele Freschlin kisse, befoa dass Sie…"
„Än Goldhamschda finne, isch weeß. Un was waa jetz mit doim Hansi?"
„De Hansi, des is schun soän Strooma[43]. Donn waa aa mol was mit Droge. Awwa de Liebling vun demm seinare Muddi, des wara imma. Heit noch."
„Nommal, odda?"
„Des is schun bissl aiig bei denne. Die waa imma uff demm seinare Seit, gonz egal, wassa widda oogstellt hot. Un dea hot einiges oogstellt. Un de Roina, dea hot alles ausbiggle gemisst. Hodda aa gemacht. Mia waa des donn bissl zu aiig. Desdaweje hawwisch denn irgendwonn uff de Moond gschosse."
„Aha. Awwa dea is imma dehähm gebliwwe? Bei de Muddi? Wie de Freese?"
„Nänää, Tschief, dea waa schun iwweraal, nie was Reschdes, angeblisch hodda aa mol bleide gemacht. Uff jedn Fall issa zurickkumme voa… Losse Sie misch mol iwwaleje… Voa drei Woche. Bloß uff Bsuch. Heeßts."
Sie hob vielsagend die Hände.

---

[43] Herumtreiber

„Hosch du als noch mit demm was zum du, mit demm Hansi?"
„Isch? Oh liewi Zeit, nää. Dea hot sei Kumbls vun fria. Die fahre liewa uff Kallsruh[44]. Awwa des wolldisch Ihne eigendlisch grad gaa net vazehle. Wie kumm isch jetz dodruff?"
„Kää Ahnung, Marioon."
„Ah, was isch saare wollt, die Leit vazehle, de Roina, dea heed sisch iwwanumme an demm Oowett. Dea heed soggaa was genumme. Doping, vazehle die Leit. Awwa ich saach Ihne ähns, Tschief, des waa soän liewe, nedde Kärll, bodeständisch un gonz vaninfdisch. Wie dea soin Härzzkaschba ghabt hot, hot dea glei mol uffgheat mim Raache[45]. Un mim Schnaps. Ab un zu, gonz selde mol ä Bierle bei mia. Awwa meischdens alkoholfrei. Dea hot vleischt net so ausgsehe, awwa des waa än kloore Kärll. Dass dea so dabbisch worre is, dassa was nimmt? Bei soim Härzz? Des kannisch ma net voastelle. Doping? Dea? Im Leewe net! Apropoo, noch ä Stickl Keeskuche?"

---

[44] Karlsruhe

[45] Rauchen

„Raten Sie mal, wen ich gerade in der Mehrzweckhalle getroffen habe!“
„Kää Ahnung. Wahrscheinz widda ähna vun denne Hansis, vun denne viele.“
Fritjof Freese stand vor Kommissar Gündas Schreibtisch, seine Vorfreude auf dessen Reaktion konnte er kaum verbergen: „Viel besser. Von der Spurensicherung…“
Sein Chef machte keine Anstalten weiterzuraten.
„Axel Kornfeld!“, platzte es schließlich aus Freese heraus.
„De Weize? Hea uff! Isch hab gedenkt, dea will nix mea mit uns zum du hawwe seit derre Sach mit demm Bierle. Die Mimoos!“
„Eben. Kann ich aber auch nachvollziehen. Ich hatte mich ja damals über Ihren Optimismus gewundert, dass er das bestimmt wegsteckt. Mir war schon klar, dass er nicht einfach zur Tagesordnung übergehen wird. Immerhin haben Sie ihn mit Bier geduscht, und das nicht zum Spaß[46].“
„Weilas vadient hot, dea Ssefftl. Sacht dea doch, isch heed de Bärnt Aut[47]! Do keent isch misch heit noch uffreje!“
Durchaus lustvoll hieb Kommissar Günda mit beiden Händen auf den Schreibtisch.
„Na ja, vor allem hat Sie geärgert, dass er sich hier in unserer Sokodo einnisten wollte.“
Kommissar Günda mochte sich nicht beruhigen: „Isch wäa so gedatscht, hot dea gsacht. Isch misst in die Reha. Isch glaab sgeht los. Ea misst des do iwwanämme, mei Sokkodoo. Isch weeß schun, was demm do gfällt.“
„Klar, die Unabhängigkeit, das freie Arbeiten, fern der Zentrale.“
So aufgebracht er war, es freute Kommissar Günda, dass sein Assistent das so zum Ausdruck brachte: „Gell? Un dodezu unsa Marioon. Do issa doch imma gonz gogglisch, wenn die

[46] siehe *Männas!* Fünfter Fall für Mister Nochdenkerles
[47] Burnout

ufftaucht. Als wenn die was wisse wollt vun soämme alde Sack."
„Der Weizen ist etwa in Ihrem Alter, oder?"
„Gönau, Freese, drigg ma des grad nochmol nei. Awwa isch goggl net so rum wie dea. Odda?"
„Nein, nein", bestätigte sein Assistent mit einem süffisanten Grinsen. Er wusste, dass auch sein Chef durchaus etwas für die Wirtin übrig hatte. Rein väterlich, versteht sich. Aber er sah sie ausgesprochen gerne, so viel stand fest.
„Allo, wie kummtn des, dass dea die Sach unnasucht mim Funges Roina? Strafvasetzt?"
„Nein, ich hatte den Eindruck, er wollte das unbedingt. Vielleicht will er sich ja mit Ihnen versöhnen."
„Vun mia aus. Isch bin net nachtragend. Allo! Unne? Hodda was rausgfunne?"
„Nein. War natürlich schwierig, es gibt in dem Sinne keine richtigen Ansatzpunkte. Aber ich muss auch sagen, er wirkte auf mich ein wenig unkonzentriert."
„So kennisch denn. Wahrscheinz waare paa Weiwa drumrum. Donn dreht dea imma uff wie än Gsteade[48]."
„Nein, nur der Hausmeister und ich waren da."
„Des is halt so ähna", Kommissar Günda ließ sich nicht beirren. „Schun imma. Un isch kenn denn noch vun de Ausbildung. Wenn dea än Rock sieht, drehda ab. Bissl wie du. Obwoohl, du bisch aa bissl ruischa worre, kann des sei?"
„Tschief, mit Verlaub, ich bin doch in einem ganz anderen Alter. Der Weizen dagegen…"
„Mooment! Mia sin Bescht Eetscha[49]. Des saare die in de Weabung aa imma."
„In welcher Werbung? Apothekenrundschau?"
„Freese, net fresch wärre. Awwa du hosch jo Rescht. Dodebei hot dea soä neddi Fraa dehähm."

---

[48] Gestörter

[49] Best Ager

„Gehabt, Tschief."
„Hä?"
„Er hat sich mir offenbart. Seine Frau hat ihn an die Luft gesetzt."
„Des gschiedem Rescht, demm Ssefftl."
„Schön, dass Sie so gar nicht nachtragend sind, Tschief."

Nach diesem kurzen Ausflug in das Seelenleben eines selbsternannten *Schikkoloo*[50], wie Kommissar Günda noch einmal nachlegte, regte er an, nun endlich eine Strategie für das weitere Vorgehen auszuarbeiten. Fritjof Freese schüttelte den Kopf. Allem Anschein nach habe es sich doch lediglich um die Verkettung unglücklicher Umstände gehandelt, ohne jedes Fremdverschulden. Für alles andere gebe es beim besten Willen kein überzeugendes Indiz.
„Des stimmt net!", beharrte Kommissar Günda. Immerhin hätten mehrere Personen, die den Toten gut, wenn nicht sogar sehr gut kannten, ausgesagt, sie hielten es für ausgeschlossen, dass Rainer Funke derart leichtsinnig gewesen sei, eine für ihn lebensbedrohliche Substanz einzunehmen.
„Die können viel erzählen. Sie wissen so gut wie ich, dass keiner weiß, was in ihm wirklich vorging. Niemand konnte in den Kopf von Rainer Funke sehen."
„Doch!", widersprach Kommissar Günda. „Demm Seini."
„Also, Tschief, darf ich mal ganz offen sein?"
„Bidde."
„Ich finde diese Formulierung überhaupt nicht mehr zeitgemäß. Das ist dem Seine. Als handelt es sich um einen Gegenstand. Das ist frauenfeindlich."
„Moomendemol, Freese. Des is kää Priffileeg fa die Männas. Bei de Fraue geht des aa: Des is derre Ian."
„Wie dem auch sei, das macht es nicht besser. Für mich klingt

---

[50] Gigolo

das alles nach Besitzanspruch. Das hat doch in einer aufgeklärten, modernen Beziehung nichts zu suchen."
„Finsch? Find isch net. Fa misch klingt des äfach schää. Ramondisch."
„Also schön, dann einigen wir uns darauf, es ist schon sehr traditionell, dem Seine."
„Nää. Des is falsch. Soggaa kroddevakeat."
„Na schön, dem Sei-ni."
„Bessa, awwa bloß halwa. Prowias nochmol! Grad des zwedde."
„Seini."
„Fällt dia was uff?"
„Abgesehen davon, dass sich jedem Deutschlehrer alle Haare zu Berge stellen würden, nein."
„Freese, des brummt."
„Was brummt?"
„Du! Du brummsch. Des brummt bei dia. Awwa voll."
„Seini brummt?"
„Gonz aiig. Un mia, mia brumme net. Nie. Ssseini heeßt des, Ssseini!"
„Zeinii?"
„Freese! Bidde! Du weesch, was isch mähn."
„Na schön, das ist dem Ssseini."
„Demm!"
„Demm Ssseini."
„Jetz kammas losse."
„Danke."
„Bidde. Uff jedn Fall, isch will, dass du nochmol mit derre sprichsch."
„Mit wem?"
„A, mit de Babett. Ob die sisch des voastelle kann mit demm Doping."
„Und warum ausgerechnet ich?"
„Gonz äfach, Freese." Kommissar Günda strahlte seinen Assistenten an: „Du, du bisch Moina."

Widerstrebend machte sich Kommissar Gündas Assistent auf den Weg. Um die Ecke vom Roten Ochsen fiel ihm ein klobiges, ungepflegtes Fahrzeug auf. Ein Lieferwagen? Handwerker? Dafür war der Kastenwagen zu betagt. War ja auch egal. Selbst wenn er sich weit lieber mit diesem Rätsel beschäftigt hätte als mit der auf ihn wartenden Angelegenheit.

Wie er befürchtet hatte, war er bei Babette Funke nicht gerade willkommen.
„Sie schun widda? Was wolle Sie jetz noch vun mia?"
„Ich hätte nur noch ein paar Fragen. Kann ich vielleicht kurz reinkommen?"
„Vun mia aus."

Noch immer stand die Schnapsflasche auf dem Tisch, aber die Füllhöhe hatte sich doch beträchtlich gesenkt. Nicht auszuschließen, dass dies bereits die Folgeflasche war. Freese konnte sich vorstellen, dass es zahlreiche Kondolenzgäste gab. Er wählte seinen alten Platz, Babette Funke den ihren. Vor ihr stand ein benutzter Aschenbecher.
Sie zündete sich eine Zigarette an und antwortete Freeses fragendem Blick: „Jetz derf isch des jo widda. De Roina steats[51] jo nimmie."
Sie nahm einen tiefen Zug: „Soot. Un jetzat?"
Dass er nicht zu den bevorzugten Gästen gehörte, ließ sich für Freese daran ablesen, dass ihm nichts angeboten wurde. Er war darüber nicht böse.
„Frau Funke, Ihr Mann musste Medikamente nehmen."
„Wejem Härzz. Bekonnt. Waas des?"
„Wissen Sie, ob er am Samstag seine Tabletten genommen hat?"
„Isch geh defu aus."
„Aha. Aber sicher sind Sie sich nicht."

[51] stört es

„Sie! Isch saach Ihne jetz mol was. Mia sin jetz zamme ball värzzisch Joa. Isch mach demm des Frihstick, des Middagesse, des Nachtesse. Isch wasch demm sei Sach, biggl denn gonze Kroom. Isch leg demm des Zeigs raus, wassa ooziehe soll, isch holl demm sei Arzznei in de Abdeeg[52]. Heed isch denn aa noch mit de Tabledde fiedare[53] solle? Wolle Sie etwa saare, isch bin schuld? A, so weit kummts noch!"
„Nein, nein."
Babette Funke funkelte ihn mit zornigen Augen an: „Isch weeß net, wie des bei Ihne is. Hawwe Sie ähni, die wu so dabbisch is un des alles mescht fa Sie?"
Freese wurde es unbehaglich, das Gespräch lief eindeutig in eine falsche Richtung.
„Allo, wie siehtsn aus bei Ihne? Wea meschtn des alles fa Sie, beispielsweis Ia Hemma[54]?"
„Nun... Also die Hämmer macht eigentlich keiner."
„Wie?"
Babette Funke sah ihn verständnislos an: „Un wenn die dregget sin?"
„Schmutzig?"
„Gönau."
„Schmutzig in dem Sinne werden die ja nicht."
Keimte zu Beginn des Gesprächs in Freese ein leicht schlechtes Gewissen auf, weil er in haushälterischer Hinsicht die Dienste seiner Mutter in Anspruch nahm – wohlbemerkt auf deren ausdrücklichen Wunsch und was diese Frau Funke nichts, aber auch gar nichts anging –, so fühlte er sich zunehmend im Recht. Das hier, penibel umsorgte Hämmer im Haushalt, das hatte mit Reinlichkeit nichts mehr zu tun.
„Indressant", ätzte Babette Funke. „Do hawwe Sie jo Glick!

[52] Apotheke
[53] füttern
[54] Hemden

Hemma, selbschtreinigend. Awwa do sin Sie die Ausnohm. Bei uns wärre die schun als schmutzisch, die Hemma."
„Gut, ein bisschen vielleicht."
„Die misse imma tiptop sei, des is doch klaa. Sunscht kumme die glei in die Weschmaschin."
„In die Waschmaschine?"
„Soffortt."
„Die Hämmer?" Freese blickte ungläubig.
„Donn wärre sie uffghängt un gebigglt."
„Faszinierend", bekannte Freese.
„Grad ausnahmsweis, wenn isch mol aiig viel Ärwet hab, dann kumme die in die Reinischung."
Es gab hier Spezialreinigungen für Werkzeuge? Wahrhaft, ein seltsames Völkchen. Freese hoffte allerdings, das Thema hätte sich nun erledigt. Weit gefehlt. Babette Funke hakte unerbittlich nach: „Wie mache Sie des mit denne Hemma, die sisch selwa reinische? Wenns donn mol tatsäschlisch doch zu aiig is mim Dreck?"
„Also wenn das wirklich mal nötig ist, hilft da ein bisschen Schmirgelpapier, vielleicht eine Stahlbürste."
„Fa die Hemma? Derft isch Sie mol froore, hawwe Sie ähni?"
„Ob ich eine Frau habe. Äh, immer mal wieder."
„Des wunnat misch net. Isch garandia Ihne mol was: Do bleibt kähni long."

Freese verzichtete auf ein Widerwort. Ihn wunderte nichts mehr. Am Ende wurden in diesem Haushalt sogar Schrauben und Dübel geföhnt. Pedantisch konnte man das nicht nennen, eher zwanghaft. Wer hier die Hosen anhatte, daran bestand für ihn jedenfalls kein Zweifel. Das machte die Sache allerdings nicht gerade leichter. Wie sollte er nun sein eigentliches Thema anschneiden? Er entschied sich für den direkten Weg: „Frau Funke, unsere Untersuchungen haben ergeben, dass Ihr Mann vor seinem Tod sein Medikament nicht eingenommen hat."

„Geht des schun widda los? Wolle Sie jetz mia die Schuld gewwe? Bin isch demm sei Krangeschweschda?"
„Stattdessen hat er ein leistungssteigerndes Mittel zu sich genommen."
Babette Funke wurde still.
„Mit anderen Worten, Frau Funke, Ihr Mann war gedopt."
Immer noch keine Reaktion.
„Was sagen Sie dazu? Überrascht Sie das?"
„Donn kummt des vun Ihne. Isch hab des schun gheat, des Gerüscht. Des stimmt nie im Leewe."
„Die Obduktion hat das eindeutig ergeben."
Babette Funke schnaubte: „Donn is die eewe falsch, eia Obdukzioon. Baschda. Misse Sies nochmol unnasuche."
„Wir können das machen, so oft wir wollen, das Ergebnis wird immer das gleiche sein: Ihr Mann war gedopt."
„Des sin Valeumdunge!"
Babette Funkes Stimme überschlug sich.
„Aufhören! Schluss jetzt!"
Im Türrahmen stand ein nicht mehr ganz junger Mann, dem man die Strapazen der vergangenen Nacht ansah. Und dass diese Nacht für ihn erst jetzt, immerhin kurz vor 14 Uhr, zu Ende gegangen war.
„Was fällt Ihnen ein? Meine Mutter hat gerade ihren Mann verloren, und Sie haben nichts Besseres zu tun, als ihr irgendwelche Ammenmärchen aufzutischen? Lassen Sie meine Mutter gefälligst in Ruhe!"

„Simma widda guud?"
Kaum hatte sich sein Assistent auf den Weg gemacht, da tauchte bei Kommissar Günda ein Mann auf. Deutlich älter als der, der Freese zurechtgewiesen hatte. Aber nicht minder mitgenommen.
„Äh… Bisch du des, Weize?"
„Hawwisch misch bletzlisch so va-ännat, Tschief?"
„Nänää, du siehsch bloß so…"
„Gedatscht, sachs narre. Gedatscht, so seh isch aus, un so fihl isch misch aa. Isch weeß des jo selwa, isch mach mia nix voa. Un, wie wäas?"
„Woomit?"
„Simma widda guud?"

Kommissar Günda zögerte erst und gab sich dann einen Ruck.
„Alla guud, du Sseggl, hogg disch!"
Entgegen seinen sonstigen Gewohnheiten schaute sich Axel Kornfeld nicht neugierig um. Stattdessen senkte er reumütig den Blick.
„Dud ma leid, die Sach dorttmols", begann er, während er sich mühte, seine Leibesfülle auf Freeses Stuhl unterzubringen.
*Mia net*, lag es Kommissar Günda auf der Zunge, aber er verbiss sich die Replik. Sein Blick blieb auf einem fingerabdruckgroßen Fleck direkt unter Kornfelds Hemdkragen hängen. *Körrieworscht*, tippte er. Er schaute an ihm herab und landete an einer Stelle, an der dem Hemd ein Knopf fehlte. Dort quoll dafür das auch nicht mehr ganz blütenweiße Unterhemd hervor.
Nun war dieser Mann von der Spurensicherung ohnehin nicht gerade bekannt für sein Modebewusstsein, aber derart ungepflegt hatte er ihn bislang noch nicht gesehen.
„Des waa alles bloß soä Missvaständnis. Isch wollt doch grad helfe."
„Wemm?"
„A, dia. Eisch. Demm gonze Lade. Isch bin so, du kennsch misch."

*Alladings*, dachte Kommissar Günda.
„Un isch hab halt gedenkt…“
„Isch heed de Bärnt Aut, isch weeß.“
„Gönau. Un donn mussisch nadierlisch glei mol helfe, ich kann net annaschda, so binnisch halt. Des is bei mia im Blut.“
*Apropoo, eine Blutprobe könnte gerade nicht unheikel sein*, dachte Kommissar Günda, denn er meinte, eine leichte Alkoholfahne wahrzunehmen. Über den Schreibtisch hinweg. Um diese Uhrzeit selbst für Kornfeld *bissl aiig.*
„Isch vasteh des, dass du disch geäiigat hosch. Dass du gekrängt waasch. Du hosch des halt falsch vastanne, du hosch gedenkt, isch will disch vadränge do un hosch disch uffgeregt un mia des Bierle deshalb iwwa de Ronze gekippt. Wahrscheinz dud dia des alles genauso leid wie mia.“
„Hmpf.“
„Stimmts?“
„Ach Gott…“
„Desdaweje, Tschief: Simma widda guud?“
„Vun mia aus. Auf, Weize, geb ma Batschhand!“
Kommissar Günda streckte die Rechte über den Schreibtisch, Axel Kornfeld mühte sich, ihm mit seiner entgegen zu kommen, was erst gelang, als er sich ganz aus dem Stuhl geschält hatte. Ächzend ließ sich er sich wieder zurückfallen.
Kommissar Günda hatte auf ein Ende des Besuchs gehofft, doch zu seinem Leidwesen schien sich Kornfeld häuslich niederlassen zu wollen.
„Un sunscht? Irgendwas Neies?“, setzte Kommissar Günda an und bereute es sogleich. „Nix weidas, odda?“
Axel Kornfeld wiegte schwer den Kopf.
„De Freese hots dia bstimmt schun vazehlt.“

*Nää!* Er war aber auch zu *dabbisch.* War doch klar, worauf das hinauslief. Schon hörte er es, *des gonze Ehe-Elend.* Und er gäbe die Klagemauer ab. Aber vielleicht gab es doch noch einen Ausweg:

„Dassa nix gfunne habt? Hawwisch gheat. Bissl schad. Awwa vleischt hebda doch noch Glick. Isch deed nochmol genaua gugge."
„Ä-ä. Des annare."
Kommissar Günda seufzte und ergab sich seinem Schicksal: „Isch weeß nix, un des langt mia."
„Du bisch so diskrääät, Tschief. Des gfällt mia. Un desdaweje will isch disch aa ins Vadraue ziehe."
„Donge. Des muss awwa net sei."
„Doch! Des hosch du vadient. Skann jo net sei, dass des alle wisse, bloß du net. Dann wäasch du doch beleidischt."
Wenn er sich nicht täuschte, hatte Kornfeld gerade aufgestoßen. „Moini", begann Kornfeld, doch dann stockte er. Die Sache konnte sich hinziehen.
Dann rief sich Kommissar Günda zur Ordnung. Das war nun wirklich nicht fair. Der Mann schien tatsächlich am Ende zu sein. Er kannte ihn ganz anders, großmäulig, angeberhaft, immer einen unpassenden Spruch auf den Lippen. Doch nun wirkte er eingefallen, und das trotz seiner Leibesfülle. Er schien abgenommen zu haben, wirkte fahrig, haltlos, ja, der Mann machte einen zutiefst verzweifelten Eindruck. Also nahm sich Kommissar Günda vor, ihm wenigstens die Gelegenheit zu geben, seinen Ballast loszuwerden. Wenn auch bestimmt zum wiederholten Mal.
„Moini, die hot misch valosse."
„Hm", gab Kommissar Günda zurück.
Kornfeld sackte in sich zusammen und blinzelte verstärkt.
Kommissar Günda wollte dessen Reaktion überspielen, auf dass der sich wieder fange: „Issie fortt?"
Nicht besonders originell, das wusste er.
„Nää. Awwa isch. Isch bin fortt. Sie will misch nimmie sehe."
Noch vor wenigen Momenten hätte Kommissar Günda dafür größtes Verständnis gehabt. Jetzt musste er zugeben, *dea dauat*

*misch[55] schun so bissl, dea Kärll.*
„Seit wonnen des?"
„Letscht Woch."
„Äfach so?"
„Gönau. Isch vasteh des gaa net. Swaa alles wie imma, un uff ähmol."
„Äh, was annares. Hosch du iwwahaupt schun was gesse heit?"
Ablenkung tat Not.
„Nää. Isch bring nix nunna."
Das war nun wirklich kein gutes Zeichen.
„Hoiisch, Weize, isch deed saare, du mesch fa heit Feiaoowett, du gehsch bissl spaziere, an die frisch Luft, des bringt disch uff annare Gedange. Un des mescht aa bissl Hunga. Wie wäas?"
„Vleischt hosch du Rescht, Tschief. Snitzt jo nix."
Kornfeld schien stabiler, doch an der Eingangstreppe zum Roten Ochsen, hielt er inne, lehnte unvermittelt seinen Kopf an Kommissar Gündas Schulter und begann, hemmungslos zu schluchzen. Der wusste nicht, wie ihm geschah und nahm ihn etwas linkisch in den Arm: „Des wärdd widda, isch vaspreschl dia des."
„Mähnsch, Tschief?"
„Hajo. Isch kenn misch aus mit de Fraue."
Da musste selbst der Untröstliche lachen.

---

[55] der tut mir leid

„Die Versöhnung zwischen Ihnen und dem Weizen scheint mir ja mehr als gelungen, Tschief."
„Hä? Wisso?"
Kommissar Günda fühlte sich unbehaglich.
„Na, ich hab das eben beobachtet von gegenüber: Sie sind sich ja regelrecht in den Armen gelegen. Sah mir verdächtig nach einem Bruderkuss aus. Woher rührt der Sinneswandel?"
„Dea hot sisch entschuldischt."
„Seien Sie mir nicht böse, ich kann mir nicht vorstellen, dass Ihnen das genügt hat."
„Nää, dea hot mia bissl was vazehlt."
„Seine Trennungsgeschichte." Freese stöhnte. „Ihnen also auch. Und da hatten Sie Mitleid. Ich finde, er übertreibt schon ein wenig."
„Isch glaab, des kannsch du noch net beuadeile."
„Moment, Tschief, Trennungen hat jeder von uns schon erlebt. Ich persönlich nicht gerade selten. Ich war vielleicht nicht oft der Verlassene, aber ich habe natürlich auch immer gelitten."
„Un desdaweje angelsch du dia imma glei was Neies, gell?"
„Jeder hat seine Methoden, um mit dem Trennungsschmerz umzugehen. Ich kann jedenfalls meine nur empfehlen."
„Freese, in deim Alda, do geht des vleischt. Awwa beim Weize wärdd des schwierisch. Bei de Babett sowiesso. Apropoo, wie bischn klaakumme? Was mähnt sie zum Doping?"
„Das hat sie brüsk von sich gewiesen."
„Hm." Kommissar Günda schien nicht überrascht.
„Aber ich habe einen anderen Zeugen gefunden und zu uns gebeten."
„Nämmlisch?"
„Funke junior."
„Vun demm hawwisch aa schun gheat."
„Ah ja?"
„Vun de Marioon. Awwa vazehl ärschda du."
„Mit Frau Funke war das Gespräch wirklich schwierig. Sie lässt

letztlich keine Frage zu, die auch nur irgendwie an der Integrität ihres Mannes rüttelt. Der Gedanke, dass er etwas Gefährliches zu sich genommen hat, der ist für sie indiskutabel."
„Sicksch!"
„Langsam, Tschief. Sie ist doch gar nicht bereit, sich damit auseinanderzusetzen. Ich erhoffe mir von Markus Funke – so heißt er übrigens…"
„Schweeß."
„… einen etwas objektiveren Blick auf den Senior. Er scheint mir wesentlich gefasster als seine Mutter. Ist allerdings ein sehr spezieller Typ. Sein Bundeszentralregisterauszug weist etliche Strafeinträge auf. Alles andere als ein unbeschriebenes Blatt. Dafür ist er allerdings ganz schön selbstgefällig, der Bursche. Wahrscheinlich Mamas Liebling, verhätschelt bis dorthinaus."
Kommissar Günda spitzte die Lippen: „Dodemit kennsch du disch jo aus."
Doch seine letzte Bemerkung ging unter, denn Markus Funke stand unversehens vor ihnen.
„Unter einer Vorladung ins Präsidium habe ich mir etwas anderes vorgestellt. Müssen Sie so sparen bei der Polizei, dass Sie sich in einem Gasthaus einmieten?"
Mit einem spöttischen Lächeln betrat er den Raum, ohne die Aufforderung dazu abzuwarten.
„So kann man das nicht sagen, Herr Funke." Freese hatte seinen Platz geräumt und bot ihn dem Gast an: „Setzen Sie sich bitte!"
„Danke", der Ton klang nun eher gelangweilt. „Auch wenn ich nicht weiß, wozu das gut sein soll."
„Kurz zur Sokodo, wir sind eine ganz besondere Außenstelle. Einmalig in Deutschland, möchte ich fast sagen. Uns gibt es hier schon ein Weilchen, nicht wahr, Tschief?"
„Hm."
„Sie sind eher selten in Glickerbach, nehme ich an, sonst wüssten Sie bestimmt davon."
„Na ja, ehrlich gesagt, ich bin ganz froh, wenn ich nichts mit der

Polizei zu tun habe."
„Verständlich bei Ihrem Vorleben."
„Okay, als Jugendlicher habe ich reichlich Mist gebaut…"
„Und auch danach", schob Freese hinterher.
„Und auch danach, meinetwegen. Aber ich habe dafür bezahlt. Das ist lange her. Ich habe mir schon ewig nichts zu Schulden kommen lassen."
„Wir wollen auch gar nicht die alten Kamellen wieder aufkochen. Und um das gleich klarzustellen, es handelt sich hier nicht um eine Vorladung. Wir haben Sie hergebeten, weil wir einfach alle Eventualitäten ausschließen wollen. Und Ihre Mutter schien mir doch noch stark beeinträchtigt. Verständlicherweise. Aber ich bin nun einmal Polizist. Wir müssen eben noch ein paar Dinge routinemäßig abklären, und da lässt es sich nicht immer vermeiden, die Gefühle der Hinterbliebenen zu verletzen."
„Und bei mir gehen Sie selbstredend davon aus, dass ich sowieso abgebrüht bin. Bei meinem Vorleben."
Funkes Tonfall wurde schärfer.
„So möchte ich das nicht verstanden wissen. Schauen Sie, es gibt ein paar Fragen, die nur die nächsten Angehörigen beantworten können."
„Aha. Und welche?"
„Herr Funke, wir haben festgestellt, dass Ihr Vater seine Medikamente nicht genommen hat. Stattdessen findet sich in seinem Blut ein gefährliches Aufputschpräparat. Wissen Sie, ob er bereits früher solche Mittel genommen hat?"
„Da bin ich überfragt. Ich war lange weg von zu Hause."
„Gut. Anders gefragt, die Vorstellung, dass er zu Derartigem gegriffen hat, ist die für Sie völlig abwegig?"
„Na ja, er war ja nicht mehr der Jüngste, und diese Rumturnerei schlaucht ja schon. Nebenbei, er war ein erwachsener Mann, und er hatte immer seinen eigenen Kopf."
„Ausschließen können Sie es also nicht?"

„Was kann man schon ausschließen?“
Freese nickte seinem Chef triumphierend zu. Der reagierte nicht. „Allgemein galt er als sehr verantwortungsbewusst. Sagen alle. Auch Ihre Mutter.“
„Absolut“, bestätige Funke. „Ich wundere mich natürlich auch.“
Freese holte tief Luft, beugte sich zu Funke und stützte die Hände auf den Schreibtisch.
„Nur noch eine Frage, der guten Ordnung halber.“
Er schaute erst zu Funke, dann zu Kommissar Günda: „Verstehen Sie mich recht, aber wir müssen auch diesen Gedanken zumindest in Erwägung ziehen: Können Sie sich vorstellen, dass jemand das Medikament ausgetauscht hat?“
Funke zögerte mit einer Antwort.
„Wieso?“
„Um ihm zu schaden.“
„Wer sollte so etwas tun?“
„Nun, wir haben niemanden in Verdacht, es spricht auch nichts dafür, wie gesagt. Wir wollen nur alle Möglichkeiten in Betracht ziehen. Hatte Ihr Vater Feinde?“
Markus Funke lachte leise: „Sie werden niemanden finden, der etwas Schlechtes über den Rainer sagen würde.“
Kommissar Günda, der die ganze Zeit über fast teilnahmslos auf den Schreibtisch geblickt und mit einem Kugelschreiber gespielt hatte, merkte auf.
„Wenn man mit ihm durch die Stadt ging, dann kam man höchstens ein paar Meter weit, dann hat er wieder einen Bekannten getroffen, der ihm auf die Schulter geklopft hat. Er war an Beliebtheit kaum zu überbieten. Kein Wunder, er war hilfsbereit, hatte für jeden ein gutes Wort. Wann immer es galt anzupacken, konnte man sich auf ihn verlassen.“
„Auch dank Ihrer Mutter.“
„Auch dank meiner Mutter. Die hat ihm den Rücken frei gehalten. Aber der Rainer stand überall im Mittelpunkt.“
Kommissar Günda hob die Brauen, was Funke nicht entging.

„Er war das Kraftzentrum. Er hat für alle gesorgt, nicht nur für die Familie. Er hat sich um alles und jeden gekümmert. Haben Sie ihn jemals auf der Bühne gesehen?"
Beide Ermittler nickten.
„Das war er. Beliebt, geachtet, gefeiert."
„Gefürchtet?"
Anerkennend blickte Kommissar Günda zu seinem Assistenten. Diese Frage hatte ihm auf der Zunge gelegen.
„Wie meinen Sie das?"
„In der Familie, war er da streng?"
„Na ja, damals, als ich so viel Mist gebaut habe, da gab es schon Ärger. Heute verstehe ich das auch."
„Also würden Sie sagen, er war ein guter Vater."
„Das nicht."
„Ach."
„Aber er war ein sehr guter Stiefvater. Mein leiblicher Vater hat uns verlassen, da war ich zehn."
„Ou, isch wollt eisch net steare!"
Die Wirtin vom Roten Ochsen erschien ohne anzuklopfen.
„Kein Problem, Marijonne! Wir sind sowieso gleich fertig."
„Ach Gott doo, de Hansi! Was meschen du doo?"
„Isch, isch bin vahaft."
„Nein, natürlich nicht, Marijonne", widersprach Freese. „Wir hatten nur ein paar Fragen an Herrn Funke."
„Do binnisch awwa beruischt, isch hab schun gedenkt…"
„Sehen Sie, Herr Kommissar! Mein Ruf in Glickerbach ist einfach ruiniert. Darf ich jetzt wieder gehen? Meine Mutter wartet auf mich."
„Also von mir aus, wenn Kommissar Günda nichts dagegen hat…"
„Bidde?"
Es war das erste Mal, dass sich Kommissar Günda während der Befragung vernehmlich äußerte. Kein sonderlich bedeutsamer Beitrag.

„Haben wir noch Fragen, Tschief?"
„Nää."
„Vorläufig nicht. Falls doch, würden wir noch einmal auf Sie zukommen."
Er wandte sich an die Wirtin: „Marijonne, würden Sie unseren Gast bitte zur Tür begleiten, wir haben hier noch das eine oder andere zu besprechen."
Markus Funke zeigte ein einladendes Lächeln: „Na dann…"

Beim Hinausgehen legte Marion Helche ihm den Arm um die Schulter: „Hea mol, Hansi, des dud ma aiig leid wejem Roina!"
Die Geste wirkte mütterlich. Wie beide Ermittler unabhängig voneinander hofften.

„Und, was meinen Sie?"
„Des gfellt mia net."
„Das höre ich in letzter Zeit öfter von Ihnen."
„Weesch warum?"
„Na?"
„Weils stimmt."
„Um was geht es dieses Mal? Wieder irgendein Schlager, der in Ihren kritischen Ohren keine Gnade findet?"
„Hea mol, Freese, bissl voasischdisch! Isch mähn dea vun eewe, de Maiiguss."
„Was stört Sie an dem Mann? Meinen Sie, er hat etwas mit unserem, also mehr mit *Ihrem* Fall zu tun? Haben Sie ihn irgendwie in Verdacht?"
„Hawwisch."
„Inwiefern?"
„Wie dea babblt."
„Wie er redet? Ganz normal, so wie du und ich."
„Mähna wie du. So voanehm halt."
„Das stört Sie?"

„Hea mol, dea kummt vun doo. Awwa ma heats nimmie."
„Also ich finde, er hat schon einen deutlichen Akzent. Und er hat natürlich diesen typischen Singsang in der Stimme. Hochdeutsch spricht er jedenfalls nicht. Man hört, wo er herkommt."
„Isch hea des net. Dea keent vun iwweraal heakumme, awwa net vun doo. Bloß wenn die anna kummt…"
„Anna? Welche Anna?"
„A, unsa Marioon."
„Und wieso sagen Sie zu ihr plötzlich *Anna*?"
„Die anna, des saare mia zu jedare."
„Ah, verstehe. So eine Art Universalvorname. Gibt es den auch für Männer?"
„Sebvaständlisch."
„Und? Wie heißt der? Arno?"
„Nää. Bessa."
„Philipp, Anton, Rüdiger?"
„Viel bessa."
„Ich habs: Günter."
„Net schlescht, Freese. Nää."
„Sondern?"
„Aa anna."
„Wie?"
„Mia saare *die anna* un *de anna.*"
„Sie überraschen mich immer wieder, Tschief. Da sind Sie ja gendermäßig ganz weit vorne."
„Des stimmt alladings."
Kommissar Günda schwieg. Freese merkte, dass ihm noch etwas auf der Zunge lag.
„Fragen, Tschief?"
„Net direkt… Doch! Tschenda was?"
„Gender, zur Zeit in aller Munde."
„In moim net."
„Nicht wichtig. Hauptsache, Sie machen alles richtig."

„Des kamma eh net. Des is jo des Schääne am Leewe. *Nou Poddie is pöafekt.* Apropoo. Hea mol, hawwisch denn eigendlisch aa, denn Zing-Zang?"
„Den was?"
„Denn Zing-Zang. Du hosch doch gemähnt, beim Maiiguss, do deed ma imma heare, wua heakummt. Nämmlisch vun doo. Selbscht, wenna hochdeitsch schwetzt. Weje demm Zing-Zang. Misch deed mol gärnn indressiere, hab isch denn aa?"
„So kann man das nicht sagen, Tschief. Sie stehen zu Ihrem Dialekt, dieser Markus dagegen versucht, seinen Dialekt zu verbergen. Vergeblich, versteht sich."
„Isch hea denn net, denn koomische Zing-Zang odda Sching-Schang, vun demm du do babblsch. Mia singe doch net beim Spreschle. Des wäa jo Räbb[56]."
„Was wäre das?"
„Räbb. Schelde[57] mit Mussisch."
„Hm?"
„Is jo worscht, ma vasteht des eh net. Zum Glick. Un donn lange die sisch andauand on ia Gebambl. Was sollen des, froorisch misch."
„Wir reden wieder über Musik, stimmts, Tschief? Kann ich also davon ausgehen, dass der Fall Funke für uns erledigt ist?"
„Wie kummsch du jetz dodruff?"
„Das Gespräch mit diesem Markus hat ja wohl überhaupt nichts in dieser Hinsicht ergeben."
„Finsch? Find isch net, Freese. Im Gejedeil. Isch glaab, jetz wärdd isch mol bissl agdief."

---

[56] Rap

[57] Schimpfen

Kommissar Günda wusste, dass das an der Zeit war. Es konnte nicht angehen, dass er aufgrund eines diffusen Gefühls darauf bestand, bei Funkes Tod sei es nicht mit rechten Dingen zugegangen, aber Freese alle Arbeit überließ. Freese, der diesem Gedanken überhaupt nichts abgewinnen konnte, ihn für gänzlich abwegig hielt. Der dennoch richtige Fragen gestellt hatte. Nur vielleicht den falschen Leuten.

Es hatte ihn einige Mühe gekostet, die Kontaktdaten ausfindig zu machen. Zuerst hatte man ihn an einen etwas zwielichtigen Typen verwiesen, *demm soin Männätscha*. Unfassbar, dass der überhaupt einen solchen hatte!
„Hawwe Sie än Tammien?“, hatte der ihn sogleich angeblafft, als verlange er beim Papst eine Privataudienz.
„Nää.“
„Oh liewi Zeit, wie stelle Sie sich des voa? Hä? An Fasnacht, do is moin Ronnie dauand unnawegs. Do misse Sie ä Joa im Voraus kumme. Oin Joa. Minimum. Des Joa, do geht gaa nix mea. Niende Malende.“

Erst nachdem Kommissar Günda klargemacht hatte, dass es ihm nicht darum ging, jemanden zu engagieren, dass er vielmehr in seiner Funktion als Kriminalkommissar nach ihm suche, war es ihm gelungen, wenigstens dessen Telefonnummer zu ergattern. Nicht ohne eindringliche Mahnung: „Demm sei Häändi. Awwa des bleibt unna uns. Dass des mol klaa is. Topf Zigrid. Klähna Witz.“

Kommissar Günda war drauf und dran gewesen, in Zweifel zu ziehen, dass auch nur irgendjemand außer ihm Interesse an dieser Nummer haben könnte, aber er hatte zugunsten eines unbelasteten Gesprächs mit einem möglicherweise wichtigen Zeugen denn doch darauf verzichtet. *Am End vazehlt dea des demm. Was hawwisch donn defu? Nix.*

Ehrlicherweise musste Kommissar Günda zugeben, dass sein Interesse nicht nur dienstlich begründet war. Ihn beschäftigte zudem, was für ein Typ hinter Ronnie, dem Stimmungssänger, steckte. Und er hatte eine Vorstellung, wer ihn da erwartete.
Umso überraschter war er, als sich Ronnie Vorderhofer als umgänglicher Mann ohne jegliche Allüren entpuppte, der ihn sogleich zu sich nach Hause einlud. Und sich dort als Dieter Mörlenbacher vorstellte, im bürgerlichen Leben Sachbearbeiter Direkt-Marketing *bei de Spaakass*. Kommissar Günda fragte sich, ob es wohl auch ein indirektes Marketing gebe. *Höckschde Zeit wäas, mia is eh alles zu direkt.*

In der Fasnachtszeit, so erzählte ihm Dieter Mörlenbacher alias Ronnie Vorderhofer freimütig und ohne Aufforderung, während er im Jogginganzug – selbstredend rosa, nun einmal *demm sei Faab* – in der wohnzimmerlichen Couchgarnitur entspannte, eine Zigarre in der Rechten, einen quietschbunten Cocktail in der Linken, in der Fasnachtszeit nehme er ein Gutteil seines Jahresurlaubs und reise von Sitzung zu Sitzung. „Iwweraal, in de gsamde Metropoolreggioon."
Und lasse Abend für Abend die Sau raus.
„De Glaus, dea mescht moin Männätscha. Dea is iwwahaupt uff die Idee kumme. Des waa ä Jubiläum uffm Gogglfeschd, do hawwe mia schun ähna im Tee ghabt, sescht de Glaus bletzlisch: *Hea, Dieda! Weesch, wie du aussiehsch? Wie de Hansi Hindasea passööhnlisch.* Mia is des voahea gaa net uffgfalle. Awwa donn hot dea ä Foddoo gemacht mim Häändi, un donn hawwischs aa glei gsehe. Obwoohl dass des Foddoo so klää waa un bissl uschaaf."
Kommissar Günda bestätigte mit einem Nicken, er könne sich ein Bild von der Situation machen. Was nur bedingt stimmte.
„Dea hot äfach rescht ghabt, dea Sseggl. Manschmol is ma jo blind, wenns um ähn selwa geht. Do misse schun annare kumme un dia saare, wie gut dass du aussiehsch."
Das Schweigen des Kommissars ließ Mörlenbacher fortfahren:

„Un donn is ähns zum annare kumme. Ärschde Uffdridde, un glei Jubl, Trubl, Hose runna. Die Leit raschde aus, wenn isch losleg. Sie hawwe des jo aa alebt, gell?"
„Hawwisch", bekannte Kommissar Günda etwas lahm.
„Un Sie, Sie sin jo wahrscheinz aa abgange wie ä Zäpfl."
„Wie zwee, bessa gsacht."
„Apropoo, wie wäas, aa än *Sex on se Bietsch*? Dreckt vum Idaliäna drunne. Moin Haus- un Hofliffarant, dass isch in Stimmung bleib."
„Donge, isch bin im Dinnscht."
„Des vasteh isch. Des bin isch aa während de Kambannje. Imma. Unna uns, isch vadien in derre Zeit des, wassisch im gonze Joa net hab. Pro Oowett fimf, sechs Uffdridde, moin Soohn fäat misch, dea steht drauß voa de Hall mim laufende Modoa."

Auf der Lehne waren sorgsam allerlei Stofftiere aufgereiht: Murmeltiere, Biber, Katzen, Eichhörnchen, sogar ein Greifvogel fand sich. Einen Geier suchte Kommissar Günda allerdings vergeblich.
Dieter Mörlenbacher bemerkte seinen schweifenden Blick: „Alles vun meine Fähns. Die weafe des als uff die Bihn. Zamme mit de Schlüpfa…"
Er wartete auf Kommissar Gündas Reaktion, die ausblieb.
„Die kann isch nadierlisch net ausstelle, do bei uns im Woohnzimma. Do deed mei Grischdl[58] wahrscheinz ausraschde. Awwa unna uns: Isch hab ä Schublaad. Ä geheimi."
„Ähä", rang sich Kommissar Günda mühsam ab.
„Kuche kriggisch aa als vun meine Fähns. Awwa befoa dass isch denn ess, loss isch liewa mei Grischdl voakoschde."
„Klaro."
Dieter Mörlenbacher nahm einen kräftigen Zug aus seinem

[58] Christl

Cocktail. Das Getränk ging zur Neige, der Strohhalm erzeugte ein gurgelndes Geräusch, auch die Zigarre war verloschen, was ihrem Raucher gar nicht aufgefallen war.

„Die hot jo des große Los gezorre mit mia. Des heed die aa net gedenkt voa dreißisch Joa. Awwa mach mol än Ehevatraag nooch de Silwahochzisch[59]. Vasuch des mol!"

„Isch kenns", log Kommissar Günda, der langsam unruhig wurde, weil er doch endlich zum fraglichen Abend kommen wollte.

„Deshalb vagwööhnt die misch in de Kambannje. Schdeeg[60], nadierlisch Ffiddamiine[61] oohne Ende. Wischdisch, weil des schun schlaucht uff de Bihn. Wie wäas, die kummt bstimmt glei vum Eikaafe. Donn kann die uns glei mol zwee vun denne uff de Grill schmeiße."

„Grille? Im Winda?", fragte Kommissar Günda ungläubig, aber nicht ohne Interesse. *Kää schleschdi Idee grad, soä Schdeeg.*

„Mia grille imma. Im Summa isch, in de Kambannje mei Grischdl. Uff de Terrass. Iwwadacht. Gas. Voll deliggs[62], des Geräät. Wolle ma mol gugge?"

Kommissar Günda bezähmte den aufkeimenden Hunger und nutzte den nächsten, womöglich letzten *Schlotza*[63] seines Gegenübers, um endlich zum Thema zu kommen: Ob er an jenem Abend etwas bemerkt hätte, etwas Ungewöhnliches?

„Wie imma. Jubl, Trubl, Schlüpfa-Allaam. Des is bei mia imma so. Wenn isch kumm, do brennt glei mol die Hitt."

„Ähä. Kumme Sie jedes Joa zu denne Gliggabacha?"

„Net bloß zu denne. Zu allene. Die wolle misch alle imma widda. Schdammgascht. Des is mei Erfolgsrezept. Skumme höckschdens neie dezu. Wea misch ähmol gsehe hot, dea vagisst

---

[59] Silberhochzeit

[60] Steak

[61] Vitamine

[62] deluxe

[63] genussvollen Schluck

misch nie. Voa allem die Weiwa, die sin gonz aiig uff misch. Awwa pscht! Weje de Grischdl."
„Un waa des Joa alles wie imma?"
„Gönau."
„Nix bsunnares?"
„Nää."
„Iwwahaupt nix?"
„Höckschdens noch subbarara."
Kommissar Günda musste das wohl so hinnehmen. Dann blieb nur noch eine abschließende Frage an den Stimmungsgaranten:
„Äh, was annares…"
Er tastete sich an die heikelste Sache heran, wollte nicht gleich mit der Tür ins Haus fallen. Dieses Lied mit dem Engel, ob er das eigentlich im Original kenne.
„Nadierlisch. Vum Hansi. Demm eschde. Obwoohl, nimmie lang, un des weeß kähna mea, wea des is vun uns zwee. Mia wärre uns nämmlisch imma ähnlischa, mia beide."
*Nää*, wollte Kommissar Günda einwenden. *Isch mähn des rischdische. Des Ogginaal. Hot Laaf.*
Doch Dieter Mörlenbacher kam ihm zuvor: „Des is än Oawuam, odda? Sagenhaft! La la la la lala laa…"
„Des stimmt alladings", antwortete Kommissar Günda gequält. „Jetz hawwisch denn aa widda."
„Ou, jetz fällt ma doch noch was ei: Isch hab misch an demm Oowett doch tatsäschlisch valoffe."
„Ähä. Uff de Bihn?"
„Guuda Witz. Mussischma glei mol meiike. Nää. Hinnahea. Obwoohl dass isch schun so oft dortt waa. Awwa die Halle, die sin jo all gleisch. Do kannsch schun mol was vawechsle. Heedisch fascht mei Gaasche net gegriggt."
„Hinnahea? Indressant."
Er sei etwas abergläubisch diesbezüglich, kassiere nie im Voraus: „Ärschda Leischdung bringe, saarisch imma."
So habe er sich die Gage wie üblich hinter der Bühne abholen

wollen und dabei die falsche Umkleidekabine erwischt. Dort sei er auf einen Mann gestoßen: „Wie dea misch gsehe hot, hodda ball än Härzzkaschba gekriggt."
Diese Bemerkung fand Kommissar Günda etwas unpassend. Frohnatur Mörlenbacher fiel das jedoch nicht weiter auf.
„Un wea waa des?"
„Kää Ahnung. Isch nämm oo ähna vum Keedaring[64]. Wiea misch gsehe hot, passööhnlisch, hautnah, do is dea glei mol abghaut. Bissl schennant waa dea. Vasteh isch net. Isch bin aa bloß än Mensch wie du un isch."
*Wie isch net*, dachte Kommissar Günda.
„Wisse Sie, was isch donn gsacht hab?"
„Kää Ahnung."
„Gonz äfach: La la la la lala laa…"

---

[64] Catering

„Sie?!“

Freese, der Richtung Sokodo ging, ahnte, dass ihm der unvermittelte Zuruf galt. Er erwog kurz, ein wenig erzieherisch zu wirken und seinen Weg unbeirrt fortzusetzen, entschied sich dann jedoch dagegen. Mit bestimmten Verhaltensweisen der Glickerbacher hatte man wohl einfach zu leben. Dazu gehörte dieses aus dem Nichts in die Landschaft geblökte „Sie?!“ Ohne Vorwarnung, ohne Blickkontakt, ohne Höflichkeit, einfach ohne alles. Aber es verfing, das musste man ihnen lassen.
„Ja, bitte?“
Er drehte sich in Richtung des Rufers. Unweit des Rathauses, am Rand der von Bäumen gesäumten Straße saßen drei ältere Männer auf einer Bank. Wenn ihn nicht alles täuschte, nicht zum ersten Mal. Vermutlich ihr Stammplatz. Ein Bild trauter Eintracht. Wer von ihnen gerufen hatte, das ließ sich nur mutmaßen. Sekunden vergingen, ehe der in der Mitte Sitzende anhob: „Gehe Sie mol hea!“
Er winkte ihn heran, Freese tat wie ihm geheißen, nicht ohne Belustigung und gespannt, was ihn erwartete. Jedenfalls nichts von Belang.
„Isch kenn Sie“, sagte der Linke.
„Aha.“
„Isch aa“, ergänzte der Mittlere.
„Sieh an.“
„Isch net“, meinte der Rechte.

*Ja, und?*, lag es ihm auf der Zunge? *Ist das ein Grund, mir quer über die Straße hinterherzuschreien?* Nein. Stattdessen begnügte er sich mit einem konzilianten: „Das ist gut möglich, ich bin bei der Polizei.“
„Ähä. Hea mol, sin Sie net bei de Bollezei?“
„Isch glaab aa.“
„Awwa ma weeßes als net.“

Freese schloss die Augen. Es hatte Zeiten gegeben, da war der Schutzmann, der durch die Stadt patrouillierte, eine Respektsperson gewesen. Und sollte jemand daran Zweifel gehabt haben, so hatte ein vielsagender Griff an den Knüppel genügt, die zu zerstreuen. Ein wenig sehnte er sich in diesem Moment nach diesen Zeiten.
„Unne?“, fragte der eine.
„Ja?“
„Was mache Sien doo?“, ergänzte der andere.
Der Dritte schwieg lauernd.

Erwartete man nun von ihm einen vollständigen Bericht? Gehörte das auch noch zu seinen Aufgaben? Ältere Herren bei Laune zu halten.
„Ich arbeite“, antwortete er kurz und knapp in der Hoffnung, damit das Gespräch beenden zu können. Weit gefehlt.
„Fa waas?“
„A, wahrscheinz wejem Roina.“
„Denn hots doch vawischt. Beim Donze.“

Freese sah keine Veranlassung, der Mutmaßung zu widersprechen. Vielleicht würde das seine schwindende Autorität wiederherstellen.

„Ibbrigenz, mia hawwe des jo afunne.“
„Ah ja, erfunden haben Sie etwas. Interessant.“
„Gell?“
„Und was haben Sie erfunden?“
„A, alles!“
„Aa de Noome, dea is vun mia“, betonte der eine.
„Vazehl nix, des hawwisch uffgebrocht“, korrigierte ihn der andere.
„Hä? Des wüssdisch awwa. Des waa mei Idee“, erklärte der Dritte mit Bestimmtheit.

Zwischen den Männern drohte die Stimmung zu kippen. Freese witterte dadurch die Chance, sie sich und ihrem Zwist zu überlassen und sich aus dem Staub machen zu können: „Das klären Sie am besten unter sich."
„Moomendemol! Sie sin doch bei de Bollezei."
„Ja."
„Folgendes: Wenn isch was afunne hab..."
„Wenn Sie etwas erfunden haben..."
„Gibts doo ä Eschoo? Donn hawwisch jo aa Reschde."
„Rechte. Klar."
„Sicksch!"
„Unne? Awwa du hoschs jo net afunne. Des waa jo isch."
„Nää, isch."
„Was saaren Sie vun de Bollezei?"
„Ich weiß gar nicht, worum es geht."
„Awwa Sie hawwe doch dodemit oogfange."
„Womit?"
„A, mit de Houli Haxe."
„Die hab isch afunne."
„Is jo worscht."
Letzteres schien Freese endlich einmal ein vernünftiger Einwurf.
„Isch sach Ihne jetz mol was. Die Männas heit, die hawwe jo nix mea druff. Mia ware noch Kärll. Wenn mia gedonzt hawwe, donn hot die Hall gebebt. Mia ware die *Schdouns*[65]. Die, des sin höckschdens die *Bäi Ziddie Roulas*[66]."
„Gönau. Alles Labbeduddl. De Roina, dea waa jo noch de Beschde vun denne."
„Do sachsch du was."
„Schön. Das war sehr interessant, aber ich muss jetzt weiter. Ahla gudd, wie es hier so schön heißt."
„Mooment", sagte der eine.

---

[65] Gemeint sind die Rolling Stones
[66] Bay City Rollers

„Jetz wolle Sie bstimmt noch die Noome“, ergänzte der andere.
„Nomen?“ Derlei sprachliche Finessen hatte Freese an dieser Stelle nicht erwartet. „Ach, lassen Sie mal, Grammatik interessiert mich im Moment nicht so sehr. Aber ich komme auf das Nomen zurück. Ganz bestimmt. Ich brenne schon darauf.“
„Net *des* Noome, *de* Noome.“
„Imma schää uffbasse mit denne Adiggl.“
„Die Na-ha-men vun uns.“
„Namen? Ach so, ja, von mir aus. Wie heißen Sie denn?“
„Isch bin de Ää.“
„Isch bin de Anna.“
„Un isch, isch bin de Häddscht.“
„Gut. Vielen Dank. Auf Wiedersehen.“
Entschlossen machte er kehrt und setzte seinen Weg fort. Als er sich schon in Sicherheit wähnte, ereilte ihn erneut ein Ruf: „Sie?“
„Ja? Ist noch etwas?“
„Wolle Sie sisch die net uffschreiwe?“
„Auf-schrei-bön.“
„Die Noome.“

Freese winkte ab: „Unbedingt. Das mache ich gleich als erstes, wenn ich im Büro bin.“

Kommissar Günda stand noch immer unter dem Eindruck des Gesprächs, genauer des Ohrwurms. Er hatte das Gefühl, seine Aufmerksamkeit hatte gelitten. Wie sonst hätte es passieren können, dass er keine entsprechenden Nachfragen gestellt hatte, als ihm Mörlenbacher von der Begegnung nach dem Auftritt erzählt hatte. Das könnte eine wesentliche Beobachtung gewesen sein. Er musste unbedingt das Gespräch fortführen. Vielleicht würde der Mann sogar noch mit Einzelheiten aufwarten können. Allerdings sah er sich im jetzigen Zustand nicht in der Lage dazu. Erst bräuchte er etwas Abstand *zu demm Voddahufa un demm sei Gelalale*. Unwillkürlich hielt er sich die Ohren zu.
„Bin isch zu laut? Drauß, in de Kisch, Tschief?"
Marion Helche lugte schuldbewusst aus der Durchreiche.
„Bidde?"
Er nahm die Hände von den Ohren.
„Ob isch zu laut gewest bin, in de Kisch?"
„Nänää. Isch hab grad was vasucht. Hot awwa nix gebrocht."
„Ibbrigenz, Tschief, die Houli Haxe, die drähniere heit widda."
Er liebte diese Frau für ihre beiläufigen, zielsicheren Bemerkungen: „Du bischen Schatz, Marioon! Weesch du des?"
Sie lächelte amüsiert.
„Drähniere? Wue?"
„A, wie imma."

Und so machte er sich auf zur alten Glickerbacher Sporthalle. Ohne eine Strategie, ohne Erwartungen, aber in der Zuversicht, sich zumindest ablenken zu können. Und wer weiß, vielleicht ergab sich doch der eine oder andere Hinweis. Es hatte sich bewährt, wenn Freese und er unabhängig voneinander ermittelten, sogar durchaus dieselben Personen befragten, um anschließend ein vollständigeres Bild der Lage zu gewinnen, als es einem alleine gelungen wäre.

Zuerst begegnete er den Volleyballern.

„Wu sinnen die Dänza?“, rief er in die Halle.
„Newedroo. Des heat ma doch.“

Tatsächlich, jetzt, da das Spiel unterbrochen war, vernahm man unzweifelhaft ein Donnern, Poltern und Rumoren.
„Saare Sie denne mol, mia misse uns gonzendriare. Des geht net bei demm Gedrambl.“
Ehe Kommissar Günda versprechen konnte, sich darum zu kümmern, ging das Spiel bereits weiter. Fast.
„Wea hoddn Uffschlag ghabt?“
„Kää Ahnung.“
„Bloß, weil dea Dabbes gsteat hot. Un jetzat?“
„Schiedsrischdaball.“
„Beim Folleeball? Hea mol, hackts?“

Kommissar Günda konnte die Entscheidung über den Fortgang des Spiels leider nicht mehr hören, denn als er die Tür nach nebenan öffnete, wurde er bereits von einer jungen Frau lauthals begrüßt: „Ah, da bist du ja endlich!“
„Äh…“
„Ein Trainingsanzug wäre schon schön gewesen.“
Sie stemmte die Hände in die Hüften, um ihre Worte zu unterstreichen. Ihre zum Zopf gebundenen Haare wippten im Rhythmus der Musik aus dem Hintergrund: *Umpf! Umpf! Umpf!*

Kommissar Günda konnte sich auf Anhieb vorstellen, dass diese Trainerin ihr Männerballett im Griff hatte.
„Isch…“
„Turnschuhe hast du aber hoffentlich dabei.“
„Nää…“
Er fing einen tadelnden Blick auf.
„Also die Straßenschuhe musst du aber auf jeden Fall ausziehen.“
„Ou, klaro. Tschuldischung.“

Ächzend bückte er sich und machte sich an den Schnürsenkeln zu schaffen.
„Die bleede Bendl."
„Es wäre auch schön, wenn das etwas flotter vonstatten ginge, wir haben die Halle nicht ewig zur Verfügung."
„Isch wollt grad…", setzte Kommissar Günda an, aber die Trainerin kam auf ihn zu: „Ich bin die Jenny! Und wer bist du?"
Ihm gefiel ihre frische, unkomplizierte Art. Zu seinem Leidwesen reagierte er dafür umso unbeholfener.
„Isch? Äh, isch bin de Günda."
„Schön, Günda. Du kannst gleich mitmachen. Wir waren gerade bei den Aufwärmübungen. Los, los, Männer! Oder habe ich etwas von Pause gesagt?"

Sofort geriet Bewegung in die Gruppe, die Kommissar Günda bislang gar nicht recht in Augenschein genommen hatte. Ihm fiel auf, dass sich die Männer nicht nur vom Alter und von ihrer gewichtigen Statur her ähnelten, sie trugen auch alle dunkelblaue Jogginganzüge mit einem Namensaufnäher auf der Brust: *Houli Haxe forever.*
„Du stellst dich am besten zwischen Simon und Detlef."
Sie deutete auf die Männer am linken Rand.
„Äh, isch wollt grad…", setzte Kommissar Günda erneut an zu erklären, weshalb er hier war, aber Jenny blieb streng. Sie machte nicht den Eindruck, dass sie auch nur irgendeine Ausflucht würde gelten lassen, und so schob er seinen Einwand auf.
Außerdem, die Männer neben ihm würden bestimmt gleich so etwas sagen wie *Langsoom, des is doch unsan Kommissaa!*, aber auch die fügten sich der angesagten Ordnung. Und die sah keine Widerworte vor.
„Und wir machen weiter wie eben. Wir hüpfen auf der Stelle. Und bitte!"
Der Boden begann zu vibrieren.
„Du auch, Günda! Hüpfen!"

Es blieb nicht bei der einen Übung, die Kommissar Günda, den weiter Folgsamen, sogleich an seine Grenzen brachte. Und so schüttelte er die Arme aus, die Beine, ließ die Schultern kreisen, machte Kniebeugen – ansatzweise – und Ausfallschritte – auf der Stelle.

Es war die Trainerin, die anschließend das zum Ausdruck brachte, was ihm schon die ganze Zeit auf der Zunge lag: „Puh!"
Er nickte zustimmend.
„Ich sage mal so, konditionell wird das nicht ganz einfach, aber wir haben keine Wahl, die Zeit ist zu knapp. Dafür passt du vom Typ her ideal, das muss man dir lassen."
„Finsch?" Zum Glück ein einsilbiges Wort, das ihm von der Atemluft her keine größeren Schwierigkeiten bereitete.
„Ja. Absolut. Wir wissen ja, es gibt verschiedene Typen in meiner *Boygroup*."
Sie betonte das letzte Wort, und er spürte, wie wohl allein der Begriff den Männern tat. Und dann ging sie ins Detail: „Da haben wir unseren Simon. Der wirkt schon, ohne dass er sich bewegt. Die dunklen Haare, der dunkle Schnauzer, der dunkle Blick. Geheimnisvoll."
Der sonst so Rätselhafte strahlte eindeutig.
„Dann haben wir unseren Detlef. Voller Energie und Dynamik. Nie zu bremsen. Was für ein Kraftpaket!"
Der Beschriebene straffte sich merklich.
„Holger ist unser Sonnyboy. Wenn er lacht, geht die Sonne auf. Und das Schöne ist, er lacht einfach immer. Seine Frau ist zu beneiden."
Wie um das zu beweisen, strahlte Holger und zeigte mehr Zähne, als er hatte.
„Unser Hans-Dieter dagegen, der überrascht uns immer wieder mit seinen Ideen. Er ist der Kreative in unserer Truppe. Seine Moves sehen nicht nur gut aus, sie sind auch lustig. Und wir Frauen mögen es sehr, wenn uns Männer zum Lachen bringen."

Spontan steuerte Hans-Dieter eine entsprechende Bewegung bei, er spreizte seine Hände, als wollte er einen Basketball fangen, und biss in das imaginäre Spielgerät hinein.
„Volker steht für Eleganz. Ich muss ihn nur über die Bühne laufen lassen, schon fühlt man sich versetzt an den französischen Hof unter dem Sonnenkönig. Voilà!“
Weltmännisch erwiderte der das Lob mit einer gestenreichen Verbeugung vor seiner Trainerin.
„Rolf ist der Mutigste von allen. Er riskiert auch mal einen Sprung, oder er legt sich doch glatt als lebendes Hindernis auf den Boden und lässt die anderen über sich springen. Tollkühn, der Mann!“
Braveheart Rolf hob abwiegelnd die Hände.
„Keine falsche Bescheidenheit. So was bewundern Männer. Und nicht nur die.“

Kommissar Günda staunte. Über alles.
„Und jetzt kommst du daher, Günda…“
Er merkte, wie er unruhig wurde. Eigentlich war es doch völlig unwichtig, was diese Frau – in der Hauptsache immer noch eine Zeugin – über ihn zu sagen hatte. Eigentlich. Gleichwohl beunruhigte ihn etwas. Alles, was man Schmeichelhaftes über Männer sagen konnte, war seines Erachtens gesagt. Übrig blieb dann doch nur die Realität. Und was konnte die anderes sein als ernüchternd.
„Weißt du, Günda, du ähnelst unserem Rainer enorm. Nicht äußerlich, aber von deiner Art. Du wirkst sehr verlässlich. Oder täusche ich mich da?“
Kommissar Günda wusste nicht recht, was er von diesem Attribut halten sollte. Gemessen an denen für die übrigen Männer.
„Und gleichzeitig hast du eine enorm männliche Ausstrahlung.“
Er konnte sich nicht erinnern, dass das jemals eine Frau über ihn gesagt hatte. Geschweige denn, zu ihm.

„Und eines habe ich natürlich sofort erkannt: Du hast einfach Rhythmus im Blut."
Kommissar Günda, der sich gerade noch gewundert hatte, wie anfällig diese Männer für ein paar lobende Bemerkungen waren, kam nicht umhin, sich geschmeichelt zu fühlen. Nicht auszuschließen, dass seine Gesichtsmuskeln selbstständig das dazu passende, entlarvende Grinsen hervorbrachten.

„Awwa des is doch bloß de Tschief vun de Bollezei."
Noch vor wenigen Minuten hätte er sich diesen Einwurf seitens der Tänzer gewünscht, nun jedoch kam er ihm ausgesprochen ungelegen. Stattdessen hätte er gerne mehr über sich und seine virile Wirkung erfahren. Doch es war zu spät.
„Was? Du bist, ich meine, Sie sind von der Polizei? Warum haben Sie das nicht gleich gesagt?"

Ja, wenn er das wüsste. Vielleicht, weil sie ihn nicht hatte zu Wort kommen lassen? Weil er ihr weiter zuhören wollte? Weil es überhaupt an der Zeit war, dass eine Frau etwas über seine Ausstrahlung verlautbarte?
„Dann wollten Sie also gar nicht bei uns mittanzen?"
„Nää."
„Schade. Zu schade. Worum geht es denn dann?"

Kommissar Günda hatte gerade Mühe, sich zu erinnern.
„Ihr Assistent war ja schon bei uns. Ich dachte, alles ist besprochen. Gibt es denn noch weiteren Klärungsbedarf?"
„Hmpf", entfuhr es Kommissar Günda.
„Schlimm, diese Sache mit Rainer. Er war so engagiert, voll bei der Sache. Ich habe selten jemanden erlebt, der derart im Tanzen aufging. Wir sind immer noch ganz fassungslos, wie das passieren konnte. Aber wir sind uns einig, er hätte unbedingt gewollt, dass wir weitermachen. Sein Erbe fortführen."
Sie sah ihn eindringlich an, und er spürte, der Blick ging tief.

„Wenn Sie bei uns mitmachen würden, dann wäre ich sehr zuversichtlich, dass wir das auch hinkriegen. Habe ich gar keine Möglichkeit, Sie doch noch zu überzeugen?“
„Doch“, hörte sich Kommissar Günda sagen und traute seinen Ohren nicht.
„Sie sind ein Schatz, Herr Günda!“
Und unversehens gab sie ihm einen jeden letzten Zweifel beseitigenden *digge, fedde Schmatza*.

*Wenn Ronze donze*, ging es ihm wenig später durch den Kopf. Nun, da ein wenig Zeit verstrichen war, musste er sich wundern. Jetzt konnte er wieder klar denken. Was für eine abwegige Idee! Er und tanzen? Auf einer Bühne? Vor Publikum? Er würde sich zum Gespött machen. Wie könnte er nur wieder aus der Nummer herauskommen?
Es gab nur eine Person, die ihm weiterhelfen, der er vertrauen konnte, und die suchte er sogleich auf: „Hea mol, Marioon, derfisch disch mol was froore?"
„Klaro, Tschief."
„Wie deedschn du des finne, wenn die vun de Houli Haxe nochmol uffdreede deede?"
„Sie mähne, trotz dass de Roina nimmie do is?"
Er war erleichtert, dass er nicht viele Worte machen musste. Sie hatte sofort erkannt, worum es ihm ging.
„Vum Prinzip wäa des nadierlisch guud, weil de Roina, dea heed des gewollt. Aaba…." Sie hob die Stimme bedeutungsschwer.
Das war der Punkt, auf den Kommissar Günda gesetzt hatte, das *Aber*. Marion Helche würde ihm gleich das entscheidende Argument liefern und ihn vielleicht sogar zur Trainerin begleiten. Dann wäre die Sache vom Tisch.
„Skummt druff oo."
„Hä?" Kommissar Günda war enttäuscht. „Uff was?"
„Wea statz demm mitmescht."
„Wäa des net egool?"
„Uff kähn Fall."
„Ähä. Un bei wemm deedsch du des in Orddnung finne?"
„Gonz ealisch?"
„Auf, mia kannschs saare!"
„Oukey, awwa net bees sei."
„Nää. Nadierlisch net."
„Bei Ihne, Tschief."
„Bei mia?" Kommissar Günda war fassungslos. „Wie kummsch du grad uff misch?"

„So halt, iwwahaupt. Des is Ia gonzi Ausstrahlung."
Kommissar Günda stutzte: „Du weaschs net glaawe, awwa des hot grad schun ebba[67] gsacht."
„Ealisch? Wea?"
„Die Drähnarin."
„Die Tschennie? Ou! Die hot schun Ahnung. Wenn die so was sacht…"
„Bissl koomisch is die Sach schun, gell?"
„Wisso?"
„Die sacht des, du sesch des. Vun meinare Ausstrahlung, do hot iwwa fuchzisch Joa kähna was gsacht."
„Ealisch net, Tschief? A, des wunnat misch jetz awwa."
„Hea mol, Marioon, kann des sei, des Gonze is än Gomblott?"
„Hä?"
„Du hosch misch schun rischdisch vastanne. Än Gomblott."
„Wie mähne Sie des, Tschief?"
„Gugg misch mol oo. Du un die Tschennie, ia kennt eisch doch bstimmt schun länga."
„Unne?"
„Un ia habt aa noch Kondakt."
„Manschmol."
„Zum Beispiel aa voa korzzem."
Marion Helche lächelte verlegen. Stockend erzählte sie, Jenny sei auf der Bühne ihre Nachfolgerin gewesen, als sie aufgehört habe mit dem Tanzen. Sie habe ihr Tipps gegeben, sie eine Zeitlang sogar trainiert. Jenny sei dann irgendwann fortgezogen, aber sie hätten immer Kontakt gehalten. Nicht nur wie Freundinnen, fast wie Schwestern. Sie habe sie auch auf die Idee gebracht und ermutigt, als Trainerin zu arbeiten. Als sie sie kürzlich um Rat gefragt habe, ob sie unter diesen Umständen weiter mit den Houli Haxe arbeiten solle, habe sie ihr ganz klar zugeraten. Und als sie gefragt habe, wer die Lücke, die Rainer Funke gerissen

---

[67] jemand

habe, füllen solle, habe sie spontan gesagt: „Isch kimma misch. Vleischt fällt ma ähna ei."

„Un donn, Marioon, hosch du defoa gsoiigt, dass isch do hie daggl, wenn die Drähning hawwe. Wissoen des, Marioon?"

„Sie saare doch als, Sie missde mea Sportt mache, Tschief."

Sie schaute ihn treuherzig an.

„Des stimmt schun. Awwa liewa keggle, Schach odda Mikado. Doch net rumkaschbare uffare[68] Bihn."

„Wissoen net? Vun allää mache Sie doch nix. Do muss ähna kumme, dea wu Sie bissl oostubst un foddat. Odda bessa noch äh-ni. Un die Tschennie, isch weeß doch, wie die Männas als gugge, wenn die ufftaucht."

„Hä? Des is mia noch gaa net uffgfalle."

„O!"

„Ealisch net."

„Tschief, do wäre Sie de Ärschde."

„Un donn hosch du gedenkt, die Klää bringt des hie, dass dea alde Dabbes sisch bewegt."

„Gönau."

„Kummt net in Frooch."

„Awwa Sie hawwe doch schun gsacht, Sie maches."

„Wuhea weschn du des?"

„Isch... Mia... Uff jedn Fall hot Ihne die Idee doch gfalle."

„A wa. Die hot misch gezwunge, wahrscheinz hibnottissiat."

„Un des kann die widda... Tschief, bidde!"

Er spürte, wie er wankte.

„Isch deed Sie aa drähniere.... Gonz priffaht... dasses kähna mitkriggt."

„Vasproche?"

„Vasproche."

---

[68] auf einer

Es ließ sich nicht geheim halten, und es ließ sich nicht einmal klären, wer die erste undichte Stelle gewesen war. Noch bevor für Kommissar Günda die erste Trainerstunde absolviert war, hatte sich herumgesprochen, die Houli Haxe hätten einen neuen Mittänzer. Die Wissenden gaben sich bei der Begegnung mit ihm durch kleine Tanzeinlagen zu erkennen. Erst meinte er, sie machten sich über ihn lustig, aber bald wuchs die Überzeugung, es handelte sich vielmehr um eine Geste der Sympathie und der Unterstützung, die ihn in seiner waghalsigen Entscheidung bestärken sollte. Was durchaus Wirkung zeigte.

Sein Assistent dagegen reagierte völlig anders.
„Tschief, ich stelle fest, ich habe ganz viel vergessen. Deshalb muss ich Sie nochmal fragen: Was haben Sie mir beigebracht über private Kontakte zu Verdächtigen?“
„Hm?“
Kommissar Günda verstand Freeses Ansinnen nicht.
„Präzise gefragt: Welches Maß an privatem Kontakt zwischen einem Ermittler und seinem Verdächtigen ist erlaubt?“
„Gonz äfach: nix.“
„Nichts? Nicht einmal zusammen essen gehen?“
„Nää.“
Er wusste immer noch nicht, worauf sein Assistent hinauswollte.
„Zusammen ins Kino?“
„Nadierlisch net.“
„Aber zusammen tanzen, das geht. Oder?“
Nun endlich fiel der Groschen.
„Hosch du des also aa schun gheat. Unna uns, isch wollt des eigendlisch net.“
„Also kann ich meine Dienstanweisungen insofern korrigieren“, insistierte Freese: „Tanzen mit Verdächtigen ab sofort erlaubt und erwünscht.“
„Hea mol, Freese, was sollen des?“
„Nichts. Ich möchte mich nur fortbilden.“

„Isch vasteh gaa net, wisso dass du disch so uffregsch!"
„Ich rege mich überhaupt nicht auf. Ich lerne gerne dazu. Und es gibt so viel zu lernen. Zuerst habe ich gelernt, dass wir einen neuen Fall haben, obwohl nichts, aber auch gar nichts dafür spricht. Dann habe ich gelernt, dass es am besten ist, wenn derjenige, der glaubt, es handelt sich um ein Verbrechen, mit den Hauptverdächtigen nicht redet, sondern mit ihnen tanzt. Verhör beim Tango. Geständnisse im Dreivierteltakt. Sensationell, die Methode. Bahnbrechend. Wegweisend. Tanzen wird bestimmt bald zum Pflichtfach an der Polizeiakademie."
„Was vazehlschn du fan Kees?"
„Sie haben natürlich in allen Punkten Recht. Wie immer. Es handelt sich bei diesem Männerballett um eine straff organisierte Bande. Jeder hat seinen Tatbeitrag geleistet. Der eine ist der Dealer, der hat das Dopingmittel besorgt. Übrigens eine bislang unbekannte Mixtur, ein höchst gefährlicher Drogencocktail, den ein anderer aus der Gruppe in seinem geheimen Labor im Hobbykeller, getarnt unter einer Modelleisenbahn, hergestellt hat. Ein Dritter hat das Opfer abgelenkt, er ist ein bundesweit gesuchter Trickbetrüger und Taschendieb. Der Vierte, das ist interessant, ist ein Undercover-Agent, eingeschleust vom Verfassungsschutz, aber – und das wissen die wenigsten – ein ausgebuffter Doppelagent des kolumbianischen Geheimdienstes. Nummer Fünf ist ein skrupelloser Auftragskiller, der für alle Fälle mit einer geladenen Magnum unter dem Bastrock bereit steht, falls das Opfer wider Erwarten die tödliche Dosis der Aufputschdroge nicht zu sich nimmt. Nummer Sechs ist der unscheinbare, fast schmächtige Typ, der Funke bei seinem Tanz auffangen sollte. Spitzname *Die Nadel. Nomen est omen.* Kopf der Truppe ist – wem sage ich das? – die Trainerin, genannt *Bloody Jenny*. Habe ich etwas vergessen? Ach ja, das Motiv: Das Opfer, Rainer Funke, drohte mit seinem Ausstieg aus dem Syndikat, falls er nicht mindestens fünf Millionen Dollar in kleinen Scheinen erhielte. Sowie einen Lamborghini als Dienstwagen."

„Fäddisch?"
„Könnte sein."

Kommissar Günda holte tief Luft. Dann versuchte er, seinem Assistenten nahezubringen, was ihn veranlasste, beim Männerballett einzuspringen: „Hoiisch, Freese, de Roina, dea hot sisch imma gekimmat, dass alles klappt. Un jetz issa nimmie do. Des is schlimm fa alle. Awwa dass des, was de Roina do gschafft hot, äfach uffheat, des seh isch gaa net ei. Wea hottn was defu? Mia gfällt des, was die do mache mit derre Fasnacht. Dia doch aa, isch hab disch doch gsehe. Un weesch warum, dass des mia gfällt? Net weje de Mussisch, die is nix fa misch. Net weje de Witzlin, die sin manschmol bissl aiig. Nää, isch saach[69] da, warum: Weil des alles so schää haamlos is. Die due kähm was. Die wolle bloß ian Spass un de Leit bissl Spass mache. Mei Uffgab is, Täda zum finne. Die in de Knascht zum bringe. Wenn isch kumm, wisse die Leit, obacht! S is was bassiat. Meischdens was Schlimmes. Un jetz uff ähmol kann isch was dezu beitraare, dass die Leit bissl feiare un froh sin. Un des mach isch jetz äfach. Weje warum? Gonz äfach, des hab isch mia vadient. Aa, wenn isch de Aff mache muss. De Roina, dea hot mia des klaa gemacht: So viel Zeit hawwisch nimmie, de Aff zum mache. Un newebei, isch sach da ähns, de Mördda, wenns ähna gibt, denn finna mia eh, mia zwee."

[69] *sach* oder *saach,* das ist situationsabhängig

Ob er Freese überzeugt hatte, das wusste er nicht. Er hatte ihn auch nicht dazu genötigt, Stellung zu beziehen, und so hatte ihr Gespräch zwar durchaus versöhnlich – „Ja, dann…“ – „Gell?“ – „Also gut…“ – „Alla!“ –, aber ergebnisoffen geendet. Tief in seinem Herzen verstand er ja dessen Ärger. Kommissar Günda wusste, Freese reagierte empfindlich, wenn man ihn nicht einbezog, ihn nicht frühzeitig über den Stand der Dinge informierte. Zurecht. Aber manchmal ging es eben nicht anders.
Freeses Tirade mit den phantasievollen Analysen bezüglich der durch und durch verderbten Houli Haxe, die hatte ihm regelrecht gefallen. Überhaupt, dass er mit ihm derart geredet, seinem Ärger auf diese elegante Art Luft gemacht hatte, das kreidete ihm Kommissar Günda nicht an. Im Gegenteil, er hatte seinerseits davon profitiert, denn erst jetzt, durch seine eigene Verteidigungsrede, war er sich wirklich im Klaren, warum er sich bereit erklärt hatte, *de Aff zum mache.*
Das schätzte er an den Gesprächen mit seinem Assistenten, der forderte ihn, ließ sich nicht mit Oberflächlichem abspeisen und zwang ihn, seine Argumentation zu schärfen.

Er durfte also wohl davon ausgehen, dass er Freese nicht ernsthaft verprellt hatte, auch wenn der das nicht explizit bestätigt hatte. Sein Assistent brauchte manchmal etwas Zeit, musste das Besprochene sich setzen lassen. In Ruhe. Allein. Auch diesen Zug schätzte Kommissar Günda an seinem Assistenten. Er agierte und reagierte mit Bedacht.

Der Gedanke an eine andere, in der Sache die maßgebendste Person, lag ihm allerdings noch schwer auf der Seele. Er wusste, er musste mit Babette Funke sprechen. Ohne deren Einwilligung dürfte es kein Männerballett mit ihm geben, das stand für ihn fest. Zu seiner Erleichterung sah Marion Helche das genauso und erbot sich, ihn zu begleiten.

„Marioon? Due? Un de Härr Kommissar?“, begrüßte Babette Funke die beiden tonlos.
„Derfe ma neikumme.“
„Bidde.“

Auch diesmal führte sie ihre Gäste zum Esstisch.
„Wie gehdas?“, fragte Marion Helche, und es klang in keiner Weise floskelhaft. Kommissar Günda war dankbar, wie seine Begleiterin das Gespräch eröffnete. Ihm hatten die passenden Worte gefehlt.
„Sgeht. Smuss. Isch hab des noch gaa net realissiat, glaawisch. Des kummt alles ärschda. Ganz langsoom. Beim Koche, beim Frihstick, beim Schloofegehe. Drauß, wua so gärnn ghoggt is, uff de Fferanda. Iwweraal fällt ma des uff: Ea is nimmie do. Uff ähmol. Dea Sseggl!“
Unmissverständlich schwang ein Vorwurf in ihren Worten mit. Doch umgehend stellte sie klar: „De Roina, des waa än guude Monn. Isch hab des demm gaa nimmie so oft gsacht, des werf isch mia als voa.“

Babette Funke machte auf Kommissar Günda einen völlig anderen Eindruck, als Freese sie zuletzt geschildert hatte. Der hatte doch gemeint, sie sei kalt und kontrolliert. Auf ihn dagegen wirkte sie verletzlich, mitgenommen, ratlos und bei allem reflektiert. Was sein Assistent für Gefühllosigkeit hielt, das bewunderte er als das Bewahren der Haltung.
„Disch heedisch gärnn ghabt als Schwiegadochda, des weesch du, Marioon“, wandte sich Babette Funke an die neben ihr Sitzende und legte ihre Hand auf deren Unterarm.
„Des weeß isch, Babett. Awwa des hot kähn Docht ghabt mit mia un mim Maiiguss.“
„Isch weeß, des waa als än schlimme Dabbes. Wie oft hawwe mia helfe misse, hot de Roina gholfe. Bezahlt. Vahandelt. Leit iwwazeigt, iwwaredet, dass sie denn net oozeije. Gebeddlt. Zua

Bollezei issa, de Roina, wie oft. Un des drotzdähm dassa gaa net de Vadda gwest is, de rischdische. Des hawwisch demm imma hoch oogereschnt, moim Roina. Nie hot dea was gsacht in dea Hinsischt. Als wäas demm soin eigene. Awwa isch sach da ähns, Marioon, dea hot sisch geännat, de Maiiguss, glaab mas. Dea is nimmie sou."
„Schää wäas. Aa fa disch, Babett. Jetz noch was annares, weje de Houli Haxe. Wie siehsch du des, solle die weidamache?"
Kommissar Günda hatte Sorge, dass es Marion Helche gerade am nötigen Einfühlungsvermögen vermissen ließ, doch die war unbegründet.
„Ubedingt", erklärte Babette Funke mit fester Stimme.
„Sehe Sie, Tschief!"
Sie legte nun ihrerseits ihre Linke auf Babette Funkes Hand.
„Dea hot des net geglaabt, unsan Tschief."
„Die Houli Haxe, des waa doch demm Roina sei Ein un Alles. Dea hot gsacht *Wennisch mol stäab, donn am libbschde uff de Bihn*. Un so isses jetzat aa kumme. *Un wenn die misch beerdische*, hodda gsacht, *donn solle die Houli Haxe donze uff moinare Beerdischung*. Awwa Marioon, die hawwe doch jetzat ä Probblähm, die sin doch zu wennisch Männas. Un isch glaab, die finne so schnell aa kähna fa de Roina."
„Doch."
„Un wenn?"
Marion Helche deutete auf Kommissar Günda.
„Sie? Ealisch?" Babette Funke strahlte: „A, do heed sisch moin Roina gfreit wieä Schnitzel."

Freese war nicht der einzige, dem das klobige Gefährt am Straßenrand aufgefallen war. Während er es jedoch achselzuckend passiert hatte, stieß der betagte, verschmutzte, dauerparkende Kastenwagen in einer Seitenstraße von Glickerbach bei jemand anderem auf gefährlich gezischtes Missfallen: „Isch glaab sgeht los!"
Für Gertrud Schneider-Menzlerschweikert, ihres Zeichens ehemalige leitende Gemeindevollzugsbeamtin der Gemeinde aus Passion, stand eines sofort fest: „Do deaf dea net paiike!"

Zu ihrem Leidwesen jedoch fand sich für ihre Anklage kein Adressat. Die Fahrerkabine war leer. Zwei Zigarettenschachteln konnte sie im offenen Handschuhfach entdecken, der Aschenbecher quoll bereits über. Auf dem Beifahrersitz fanden sich mehrere Energydrinks, Chips – lose und in Dose – sowie eine Packung Hering in Tomatentunke *für Feinschmecker*, wie das Etikett verhieß. Eine zweite, bereits geöffnete Büchse entdeckte sie im Fußraum. Kein Besteck, wie sie angewidert bemerkte. Von Fahrer und Beifahrer keine Spur.

Schon mehrfach hatte sie versucht, durch die kleine Scheibe einen Blick in den Ladebereich des Wagens zu erhaschen, doch die war gerade einmal eine Handbreit schmal und befand sich vor allem entschieden zu hoch. Laut und vernehmlich hatte sie an die Hecktür geklopft. Erst freundlich, aber bestimmt mit den Fingerknöcheln. Bald mit der zornig geballten Faust.
Ohne jede Reaktion.

Gertrud Schneider-Menzlerschweikert war aus ihrer aktiven Zeit bekannt für ihre unnachgiebige Haltung in Sachen Falschparker. Jahr für Jahr hatte sie für neue Bußgeldrekorde gesorgt. Bis sie durch bis heute mysteriöse Umstände den damals überraschend gewählten Bürgermeister Gert Schneider geheiratet hatte. Das hatte dafür gesorgt, dass sie die Niederungen der städtischen

Verwaltung verlassen musste, selbstredend konnte sie als *Först Läddie*[70] nicht mehr ihre geliebte *Badrullje*[71] laufen. Mit Bedauern, aber auch mit einer gewissen Genugtuung hatte sie registriert, dass es nie eine geeignete Nachfolge für sie gegeben hatte. Allzu oft musste sie beobachten, wie Falschparker minutenlang unbehelligt blieben. *Uumeeglisch!*
Mehrfach hatte sie ihren Mann auf diesen Missstand hingewiesen. Vergebens.

Nun war es allerdings in letzter Zeit um die Kommunikation *beis Bürgameischdas* nicht allzu gut bestellt. Gerüchten zufolge kriselte es gewaltig. Auseinandersetzungen waren bisweilen beinahe durch die gesamte Gemeinde zu vernehmen – was Wunder bei Gertrud Schneider-Menzlerschweikerts Organ.

Insofern kam ihr dieser Fall gerade recht. Denn hier ging es nicht nur um einen überdimensionalen Extrem-Falschparker, das hatte sie schnell erkannt. Nein, hier handelte es sich offenkundig um eine ganze Branche, die sich anschickte, Einzug in dieser idyllischen Kleinstadt zu halten, die aus ihrer Sicht nichts, aber auch gar nichts in Glickerbach verloren hatte.
Nicht genug damit, dass die neue Sekretärin des Bürgermeisters alles daran setzte, ihre herausgehobene Position zu unterlaufen, sie bei jeder Gelegenheit auszustechen. Ihr Ehemann hatte das zwar immer wieder bestritten, aber: *Isch bitt disch, isch bin doch net blind!*
Hier jedoch kam etwas anderes ins Spiel. Das könnte den Männern so passen! Nicht mit ihr! Sie wusste genau, was da vor sich ging. Gerade kürzlich hatte sie in einem Fernsehbericht von sogenannten *Liebesmobilen* gehört. Weil es für Prostituierte in den Städten immer schwieriger wurde mit entsprechend geeigneten

---

[70] First Lady

[71] Patrouille

Etablissements, waren clevere, skrupellose Liebesdienerinnen darauf verfallen, im ländlichen Raum, an Landstraßen, auf Parkplätzen ihre Dienste für die niedersten männlichen Gelüste anzubieten. Wenn es eines letzten Beweises dafür bedurft hätte, an der Seite des Fahrzeugs hatte sich im zentimeterdicken Dreck eine Inschrift gefunden: *Sau!* Gewiss die treffliche Analyse einer gedemütigten Ehefrau.

Unverhofft hatte sie dann doch Glück. Die hintere Tür öffnete sich, ein ihr unbekannter Mann entstieg dem Fahrzeug. Ächzend, älter, *abäamlisch*.
Sie hatte ihn in flagranti ertappt.
„Stopp! Losse Sie die Dia ruisch uff."
Zu ihrem Leidwesen fiel die von alleine ins Schloss.
„Hm?"
Der Mann, der aus dem Wagen stieg, schien völlig in Gedanken. Daran schien auch Gertrud Schneider-Menzlerschweikerts durchdringende Stimme nichts zu ändern.
„Sie bleiwe glei mol do!"
Artig verharrte er in der Bewegung, während seine Häscherin entschlossen auf den Wagen zustürmte und erneut begann, an die Tür zu hämmern.
„Aufmachen! Soffortt!"
„Do is kähna drin."
Erstmals hatte sich der Mann vernehmen lassen. Kleinlaut.
„Vazehle Sie nix", wies sie ihn zurecht. „Isch weeß Bscheid. Mia mache Sie nix voa. Sie hawwe Ian Spass ghabt. Awwa fa die Orschel[72] do drin geht dea Spass jetz ärschda los, des vaspreschl isch. Schämm disch! Du Hannebambl! Geh hähm un zehl dei Kinna! Die Fraa hoggt brav un dabbisch dehähm un waat un waat, un de Alde hot nix Bessas zum du wie rumzumschlawinare. In de näckschbeschde Liebeskaiisch zum steije! Pfui saarisch.

[72] linkische Frau

Pfui! Pfui! Un nochmol: Pfui!“
Sie öffnete den Mund, führte ihren rechten Daumen in dessen Richtung und untermalte ihre Worte mit einer eindeutigen Geste des Angeekeltseins. Dann fuhr sie fort: „Die Männas, die sin doch alle gleisch. Alle. Des äldeschde Geweabe, des leeft imma noch. Un wisso? Weil die Männas so sin, wie sie sin. Un Sie sin genau so ähna. Wie moina aa. Was hodda net alles zu mia gsacht: *Isch lieb disch, mei Gertrud, du bisch mei Härzzkärsch. Mei Härzzgebobbldi.* Uää! Alles bloß Gebabbl.“
Entschlossen wandte sie sich wieder der Hecktür zu: „Uffmache!“

Als sich immer noch nichts tat, schüttelte sie drohend die Faust, die eben noch auf die Hecktür gesaust war: „Alla guud, kannsch hawwe. Un Sie? Sie bleiwe schää doo! Bissisch widda do bin! Dass des mol klaa is!“

Als Gertrud Schneider-Menzlerschweikert wiederkam, einen städtischen Bediensteten im Schlepptau, der eine Schutzbrille trug und einen handlichen Schweißbrenner hinter sich herzog, war der Wagen verschwunden.

Fritjof Freese wartete noch ein Weilchen, ehe er sich zum Aufbruch in den Feierabend bereit machte. Üblich war es zwar schon, dass sie sich voneinander verabschiedeten, bevor sie ins Wochenende entschwanden, aber nun gut, keine Regel ohne Ausnahme. Kommissar Günda hatte gesagt, er müsse noch ein Gespräch führen – *priffaht* – und war nun bereits seit zwei Stunden verschwunden. Wer weiß, vielleicht trainierte er bereits für sein neues Hobby und musste schon das erste Mal reanimiert werden. Bewegung, geschweige denn Sport war sein Chef ja nun wahrlich nicht gewöhnt. Denkbar auch, dass er den Trainingsplan umgeworfen, seine Mittänzer zum ersten Bierchen überredet und seinen Assistenten schlicht vergessen hatte. Auch wenn ihm dies eigentlich nicht ähnlich sah, aber wer weiß, was diese gänzlich neue Extremsituation mit ihm machte.

Jedenfalls war es nicht einzusehen, länger zu warten, zumal Freese ihm ja auch erzählt hatte, dass er pünktlich los müsse, da abends noch ein Großereignis auf ihn warte: Schlagerparty U 30. „U? Wie U?", hatte Kommissar Günda wissen wollen. Was dieses U zu bedeuten habe? Er hatte ihm erklärt, U stehe für Unter. Also Schlagerparty für alle Unter 30. Was er damit zu tun habe, hatte ihn sein Chef daraufhin süffisant gefragt, er sei doch schließlich bereits nicht unbeträchtlich älter. Das sei doch nur eine Zahl, hatte er entgegnet. Die stünde einfach für die jüngere Generation. Sie mache deutlich, Schlager, das sei längst nicht mehr nur etwas für die Alten, der moderne Schlager habe jede Menge junge Fans. Und er gehöre eben dazu. Auch wenn dies seine Mutter Wiebke nicht verstehen könne. Kommissar Günda vermutlich ebenso wenig.
Doch, doch, hatte der entschieden entgegnet. Es gebe viele schöne alte Schlager. Und er hatte Namen genannt, von denen Freese nie im Leben gehört hatte.
*Früher war alles besser*, hatte ihm auf der Zunge gelegen. Aber er hatte sich den Kommentar gespart. Er war ja froh, dass sie ihre

kleine Meinungsverschiedenheit beigelegt hatten.
Wenngleich es ihn schon verwunderte, was er da in Sachen Männerballett zu hören bekommen hatte. Und dennoch, es passte irgendwie alles zusammen. Erst die fixe Idee, jemand hätte die Finger im Spiel bei Funkes Tod. Als suchte sein Chef krampfhaft eine Aufgabe. Reichlich rechthaberisch war er ihm dabei vorgekommen. Kein gänzlich neuer Zug, aber in diesem Fall leider gepaart mit einer krassen Fehleinschätzung der Lage.
Und dann die Sache mit dem Männerballett. Während der Veranstaltung hatte er seinen Chef immer mal wieder aus den Augenwinkeln beobachtet. Nicht gerade ein Feierbiest, der Mann. Wenn er gelegentlich begeistert von irgendwelchen Rockkonzerten erzählte, konnte man sich nicht vorstellen, dass er vor Ort seiner Begeisterung auch nur annähernd Ausdruck verliehen hatte. Hätten Künstler nur solche Fans wie ihn, sie würden vermutlich nach jedem Konzert leise in ihre Kissen weinen ob solcher wohltemperierten Resonanz. Dennoch meinte er, wahrgenommen zu haben, dass bei der Faschingsveranstaltung für seinen Chef eine gewisse Faszination von diesem Männerballett ausgegangen war. Er würde das gewiss leugnen, als Erklärung auftischen, das sei so etwas wie faszinierte Abscheu gewesen, nur um ja nicht zugeben zu müssen, dass er die Akteure beneidet hatte. Ja, beneidet hatte er sie. Genau das schien Freese der Hintergrund für alles zu sein. Da waren Männer seines Alters, die sich etwas verschafften, was ihnen sonst nicht mehr vergönnt war: Applaus. Beifall fürs bloße Mannsein. Auch wenn die zur Schau gestellten Körper nicht mehr so ganz dem Männlichkeitsideal entsprachen. Auch wenn sie sich alle Mühe gaben, selbstironisch zu erscheinen. Letztlich genossen es die Männer, als solche im Mittelpunkt des Interesses zu stehen, aller Augen auf sich gerichtet zu wissen. Gerade die der Frauen. Wo sonst war das in dem Alter noch der Fall? Bestimmt hatten die meisten Familie, erwachsene Kinder und eine Ehefrau, die mit dem körperlichen Zustand des Gatten

mehr vertraut war, als es ihr lieb war. Was sprach dagegen, dass man sich da ein Forum suchte, wo einem Zuspruch, und zwar öffentlich und lautstark, sicher war? Insofern hatte Freese die Argumente seines Chefs wohl vernommen, von wegen Freude bereiten, Fasching pflegen, harmlos sein. Geglaubt hatte er allenfalls, dass diese Aspekte mitschwangen. Entscheidend war etwas anderes: der Wunsch, auch einmal auf einer solchen Bühne zu stehen und gefeiert zu werden. Als Mann. Als älterer Mann. Nun, es sei ihm gegönnt.

Je länger er darüber nachdachte, desto klarer wurde ihm auch, dass dieser hartnäckig geäußerte Verdacht hinsichtlich eines Verbrechens nur von diesem Bedürfnis ablenken sollte. Womöglich war das dem Kommissar so gar nicht bewusst. Freese würde den Teufel tun, ihn darauf hinzuweisen. Es hatte genügt, die ganze Absurdität mit der Geschichte vom Syndikat zu veranschaulichen. Von nun an würde das Ballett ihn vollauf fordern, sodass dieses Thema hoffentlich endgültig vom Tisch war. *Gut gemacht!* Freese war mit sich im Reinen, ein Grund mehr, sich nun endlich in den verdienten Feierabend zu verabschieden.

Die Nacht stand dann ganz im Zeichen der Schlagerparty, die vollauf nach Freeses Geschmack verlief. Was nicht nur an der Gute-Laune-Musik lag und an der überschwänglichen Stimmung in der Halle, der DJ verstand wirklich sein Handwerk. Freese war auch beruhigt dass er beileibe nicht der einzige Teilnehmer war, der die 30 bereits überschritten hatte, im Gegenteil. Ein wenig genagt an ihm hatte Kommissar Gündas diesbezügliche Bemerkung nämlich schon. Vor Ort jedoch konnte man beobachten, auf die paar Jährchen kam es nicht an, er gehörte noch dazu. Zu den Jungen. Zu den Junggebliebenen sowieso. Ganz so, wie er sich ja auch fühlte.
Bestätigt sah er das nicht zuletzt durch Sandra, 26.

Seltsam. Marion Helche verstand die Welt nicht mehr. Erst hatte er sich geziert, dann, einmal entschieden, hatte er umsichtig und verantwortungsvoll, wie sie ihn kannte, alle möglichen Hindernisse aus dem Weg geräumt. Und nun, da sie ihn das erste Mal trainieren sollte, hatte er sie versetzt. Ohne jede Nachricht. Das sah ihm überhaupt nicht ähnlich. Dabei hatte sie sich sogar verschiedene Programme zurechtgelegt, je nachdem, wie behutsam sie vorzugehen hätte. Die Palette bewegte sich dabei zwischen sehr behutsam und äußerst behutsam, denn es war ihr klar, dass es Kommissar Günda einiges an Überwindung kosten würde, sich ihr als Trainerin anzuvertrauen. Es hatte sie ja ohnehin gewundert, dass er sich auf die Sache mit dem Ballett eingelassen hatte. Nun, offenbar war das eben doch nur voreilig und halbherzig gewesen, auch wenn ihm das so gar nicht entsprach. Nun, da es darauf ankam, kniff er allem Anschein nach. Wie *än klähne Buu*, der auf dem 5-Meter-Turm angesichts des Wassers in der Tiefe kalte Füße bekam und kleinlaut den Rückweg über die Treppe antrat. Unter den hämischen Kommentaren der Umstehenden: *Feigling! Feigling! Feigling!*
Die würden Kommissar Günda auch nicht erspart bleiben, wenn sich seine Zusage erst herumgesprochen haben würde. Denn *Diskrääzioon* war nicht unbedingt eine Stärke der Glickerbacher.

Oder konnte es eine andere Erklärung für sein Fehlen geben?
Ganz wohl war ihr nicht, nicht umsonst hatte sie von der Handynummer seines Assistenten Gebrauch gemacht hatte. Das hatte sie noch nie. Mit der von Kommissar Günda hatte sie es gar nicht erst versucht, zum einen wusste sie, dass er sein Handy eigentlich nie in Betrieb hatte, zum anderen wollte sie nicht aufdringlich erscheinen. Nicht zuletzt war da auch eine Portion Stolz, die sie davon abhielt. Immerhin war er es, der etwas von ihr wollte.

Dass sich Freese nicht gemeldet hatte, war gewiss dem Feierabend geschuldet, dem Wochenende. Vielleicht hatte er deshalb auch gar nicht erst die Nachricht abgehört, die sie ihm hinterlassen hatte.

Nun war es Samstag, kurz vor 10 Uhr, und Marion Helche hatte alle Hände voll zu tun. Für den Mittag hatte sich eine vierzigköpfige Gesellschaft angekündigt, ein 70. Geburtstag. Offizieller Beginn 12 Uhr. Sie wusste, spätestens um 11 Uhr würden die ersten Gäste eintreffen. Die Gastgeber waren bereits um 9 Uhr aufgetaucht, sie hatten etliche Salate und Kuchen abgeliefert. Marion Helche hatte gute Erfahrungen damit gemacht, im Hinblick auf eine mögliche Selbstversorgung der Gäste großzügig zu sein. Es entlastete nicht nur deren Budget, sondern sorgte dafür, dass sie sich nicht um den gesamten Speiseplan zu kümmern hatte. Ohnehin war es um die Koch- und Backkünste in dieser Altersklasse durch die Bank vorzüglich bestellt. Entsprechend kritisch pflegte man mit dem aufgetischten Essen in Restaurants ins Gericht zu gehen. Das ersparte sie sich gerne.
Anstrengend war die Vorbereitung dennoch, galt es doch, zahllose Details abzuklären: Tischdekoration, Blumenschmuck und die immer wieder zeitraubende Sitzordnung. In diesem Fall hatten die Gastgeber ihr eine solche bereits vor Wochen übergeben. Sie war jedoch bestimmt ein Dutzend Mal geändert worden, auch das für die Wirtin keine neue Erfahrung. Längst hatte sie es aufgegeben zu empfehlen, sich erst unmittelbar vor der Feier, wenn Zu- und Absagen endlich definitiv waren, darum zu kümmern, wer wo sitzen sollte. Sie hatte es sich zur Gewohnheit gemacht, die ersten Fassungen freundlich nickend unbesehen zu den Akten zu legen. Auch in diesem Fall hatte sie am Morgen eine weitere – vorläufig – allerletzte Version erhalten, samt Tischkarten. Doch noch immer gab es, wie sie hören musste, zwischen dem Jubilar und seiner Frau Unklarheiten, wer wo zu platzieren war, wer wen kannte, wer mit wem konnte und

welche Gäste sich möglichst weit voneinander entfernt befinden sollten.
„Dea newa die? Jo net!“
„Die newa denn? Gut Nacht um Fimfe!“

Für gewöhnlich hielt sich Marion Helche bei derlei Diskussionen tunlichst heraus, aber hier war es nun an der Zeit, sich endgültig zu entscheiden. Knackpunkt war offenbar ein alleinstehender Gast, der zu den übrigen wenig Bezug hatte. Und zwar *zu allene.*
„Leit, mia sin bissl unna Zeitdruck. Wu hängtsen?“
„Isch bin so bissl u-sischa.“
„Isch aa.“
Das war ungewöhnlich. Normalerweise gab einer die Entscheidung vor, und der andere bemäkelte sie.
„Um wenn gehtsn? Vleischt kannisch helfe.“
„Mia wisse net, wu hogge ma de Kommissaa hie?“
Marion Helche staunte. Kommissar Günda war eingeladen? Und er hatte zugesagt?
„De Tschief kummt aa?“
„Folgendes. Des muss awwa unna uns bleiwe. Dea is doch jetz bei de Houli Haxe. Awwa pscht.“
„Ealisch? Des hea isch des ärschde Mol.“
„Un die sin all do heit.“
„Awwa die hogge nadierlisch net zamme.“
„Nää, do deeds glei mol rummse mit denne Iare.“

Im Handumdrehen fand Marion Helche eine pragmatische Lösung, erheblich begünstigt durch die fortgeschrittene Zeit. Der Problemfall sollte seinen Platz neben den Cousinen des Jubilars aus Brandenburg finden.
*Die hawwe demm bstimmt viel zum vazehle.* Sie grinste in sich hinein. *Un isch bin mol bsunnas gsponnt, wie de Tschief mia des vakläat, warum dassa mei Drähning gschwenzt hot.*

Mühsam richtete sich Kommissar Günda auf. Jede kleinste Bewegung tat ihm weh, ohne dass er den Schmerz genauer lokalisieren konnte. Nur eines war klar: Sein Kopf dröhnte. Wo *zum Dunnaweddl* befand er sich? Er tastete seine unmittelbare Umgebung ab. Ein Kissen, eine Wolldecke, eine Matratze.

Fremd, so fühlte es sich an, so roch es auch. Langsam gewöhnten sich seine Augen an die schwachen Lichtverhältnisse. Ein paar Umrisse ließen sich ausmachen. Ein großer Schrank? Eher eine Schrankwand, Eiche rustikal. Ein Wohnzimmer mit Bett? Ein Keller mit ausgemusterten Möbeln?

An der Wand eine Fototapete. Motiv *Blaue Lagune*. Davor eine Art Tresen. Könnte selbstgezimmert sein. Unter der Decke war eine Girlande gespannt, quer durch den Raum. Farbige Lämpchen? Stimmungsaufheller? Irgendwie erinnerte ihn alles an eine Kellerbar, zu der früher bei vielen der Hobbyraum umfunktioniert worden war. Instinktiv suchte er nach dem verspiegelten und beleuchteten Fach für Eierlikör und Kräuterschnaps. Andererseits, für eine Kellerbar war der Raum zu klein. Und zu vollgestellt. Hier passte auch nichts zusammen. Als hätte man sich bei einer Haushaltsauflösung bedient oder als wäre man der Sperrmüllabfuhr zuvorgekommen.

Oder hatte er etwa in einem Container genächtigt, der als Möbellager diente? Würde das Behältnis demnächst die Reise nach Übersee antreten?

Jedenfalls hatte er überhaupt keine Ahnung, wo er war. Wie er auch keine Idee hatte, auf welchem Wege er hierher gelangt war. Schlimmer: Er hatte keinerlei Erinnerung an die jüngste Vergangenheit, von der er zudem nicht wusste, welchen Zeitraum sie umfasste. Das letzte, dessen er sich entsann, das war, wie er sich von Marion Helche verabschiedet hatte. Er würde gleich wiederkommen, hörte er sich noch sagen. *Gleich*. Wann war das? Nach seinem Gefühl war viel Zeit seitdem vergangen. Was war in der Zwischenzeit geschehen? Was hatte seine Pläne hintertrieben?

„Hallo?"

Keine Antwort. Dafür ein dröhnendes Geräusch, von dem er nicht wusste, ob es sein lädierter Kopf produzierte. *Langsoom.* Er appellierte an seinen Verstand, und der sollte gefälligst die Fakten analysieren. Offenkundig hatte er hier geschlafen. Hatte er getrunken? Höchstwahrscheinlich, wenn man nach seinen Kopfschmerzen urteilte. Weit mehr, als für ihn gut war, wenn man nach seinem Erinnerungsvermögen ging. Das war doch gar nicht seine Art, er kannte seine Grenzen und achtete sie penibel. Was hatte ihn daran gehindert?

Ein undefinierbarer Geruch drang in seine Nase. Er konnte nicht ausschließen, dass er ihn selbst produzierte. Jedenfalls löste er eine leichte Übelkeit aus.

Erst jetzt fiel ihm auf, dass der Raum Erschütterungen ausgesetzt war. Ein Erdbeben? *Bleedsinn!* Vermutlich stand auch dieses Empfinden in direktem Zusammenhang mit seiner Beeinträchtigung. Als er versuchte aufzustehen, machten sich Gleichgewichtsstörungen bemerkbar. Hatte er einen Schlaganfall erlitten? *A, hea doch uff!* Er verwarf den Gedanken sofort. Aber er konnte sich nicht erinnern, jemals derart abgestürzt zu sein.

Sein Körper vibrierte regelrecht. Dann war es ihm schlagartig klar: Der ganze Raum war in Bewegung. Er befand sich in einem Fahrzeug. Hatte man ihn irgendwo aufgegriffen? Hilflos, orientierungslos, nicht in der Lage, sich zu artikulieren. Brachte man ihn am Ende gerade in die Ausnüchterungszelle? Oder gleich in die Psychiatrie? Immerhin, er war nicht fixiert worden, keine Handschellen. Ganz so schlimm schien er sich nicht benommen zu haben. Peinlich war es allemal. Er würde sich einiges von den Kollegen anhören müssen.

Indes, etwas stimmte nicht an seinen Überlegungen. Es war zwar schon eine Weile her, dass er im normalen Streifendienst unterwegs gewesen war, aber sahen so mittlerweile polizeiliche Fahrzeuge aus? Wie eine fahrbare Kellerbar?

Fritjof Freese war mit sich im Reinen. Ein Wochenende ganz nach seinem Geschmack. Sandra, 26, hatte ihn bereits verlassen, er hatte ihr zu verstehen gegeben, er hätte noch etliches zu erledigen, seine Arbeit fordere ihn leider auch an Samstagen. Für gewöhnlich sprach er mit seinen in aller Regel flüchtigen Bekanntschaften nicht über seinen Beruf, er deutete meist nur an, er fungiere als Berater für unterschiedlichste Bereiche, sei ein begehrter Problemlöser, ein Troubleshooter, ein Allrounder.
Meist begnügten sich die durch die Bank deutlich jüngeren Frauen damit und verzichteten auf jede Nachfrage. Sandra hatte da keine Ausnahme dargestellt.

Und so konnte er nun das genießen, was für ihn ebenfalls zu einem gelungenen Wochenende gehörte: ein opulentes Frühstück mit Wiebke. Wie immer hatte sie sämtliche von ihm favorisierten Leckereien aufgeboten: Rührei mit Speck, Tomaten mit Mozzarella, Croissants. Und wie stets zeigte sie sich interessiert an seinem Leben, blieb aber angenehm diskret. Auch das für ihn ein Erfolgsgeheimnis ihrer ungewöhnlichen Wohngemeinschaft: Wiebke kam eben so gar nicht mütterlich daher.
Was denn Kommissar Günda mache, wie es ihm gehe?
Er wollte gerade ansetzen, ein wenig aus dem Faschingsnähkästchen zu plaudern, als ihm einfiel, dass sein Handy eine Nachricht auf der Mailbox verzeichnet hatte. Der Anruf hatte ihn inmitten der Vorbereitungen für die Schlagerparty ereilt, und er hatte entschieden, ihn nicht anzunehmen und auch gar nicht erst zu schauen, wer sich da bei ihm meldete. Er hatte sogleich seinen Chef vermutet, die versäumte Verabschiedung nachholen wollend. Zu spät. Nun hatte eben er Wichtigeres vorgehabt.
„Das kannst du gleich selbst hören, wie es ihm geht."
Freese grinste verschmitzt und aktivierte bei seinem Smartphone den Lautsprecher.
„Bestimmt stammt von ihm der gestrige Anruf nach Feierabend. Lass mich raten, warum er anruft: *Halt so.*"

Diesmal irrte Freese. Es hatte zwei Anrufe kurz hintereinander gegeben, von ein und derselben ihm unbekannten Nummer. Beim zweiten Mal war auf die Mailbox gesprochen worden: „Tschuldischung, dass isch stea. Do is die Marioon vum Roode Ochse. Wisse Sie vleischt, wu de Tschief is? Dea heed eigendlisch sei ärschdi – isch mähn, dea wollt noch korzz zu mia kumme. Swäa wischdisch."

„Es wird ihm doch nichts passiert sein?"
Wiebke Freese legte das Croissant, das sie gerade mit Butter bestreichen wollte, zurück auf ihren Teller, das Messer behielt sie in der Rechten.
„Quatsch! Was soll ihm passiert sein?"
„Keine Ahnung, man hört doch immer mal wieder davon, dass Polizisten angegriffen werden."
„Aber doch nicht bei uns." Fritjof Freese schüttelte energisch den Kopf. „Heile Welt. Sieht man mal von dem einen oder anderen Mord ab."
„Ihr habt wieder einen Mordfall? Hast du ja gar nicht erzählt, Fritti. Das ist ja schrecklich."

Freese erläuterte seiner Mutter, dass ein solcher lediglich in der Phantasie seines Chefs existiere und wie wenig er an einen solchen glaube. Aus guten Gründen. Die Kommissar Günda stur ignoriere. „Aus – ich will es mal vorsichtig so nennen – aus persönlichen Gründen."
Immer wieder von ihren kurzen Einwürfen unterbrochen, erzählte er ihr vom Zusammenbruch des herzkranken Opfers während einer Faschingsveranstaltung – „Du beim Fasching? Das passt, Fritti!" – und von der positiven Dopingprobe – „Doping beim Männerballett? Wie armselig ist das denn!" – und von Kommissar Gündas diffusem Gefühl, jemand habe dem Opfer das Dopingmittel heimlich verabreicht – „Zugegeben abwegig. Aber denk dran, dein Chef hat viel Erfahrung."

Vor allem hatte er Wiebke Freeses Sympathie, was sich hier einmal mehr zeigte. Freese stöhnte leise. Wenn er und sein Chef nicht einer Meinung waren, schlug sich seine Mutter verlässlich nicht auf seine Seite. Wahrscheinlich die Solidarität des Alters.
Diesmal war er sich sicher, sie würde sich gleich korrigieren müssen, denn mit dieser Pointe würde sie gewiss nicht rechnen: „Und rate mal, wer bei diesem Männerballett ab sofort einspringt?"
„Keine Ahnung, ich kenne doch nicht deine ganzen Glickerbacher Gesellen."
„Mein Chef!" Freese prustete. „Kommissar Günda beim Männerballett. Das solltest du dir nicht entgehen lassen."
Zu seiner Verwunderung zeigte sie sich nicht sonderlich überrascht und schon gar nicht belustigt: „Ist doch klar, er ermittelt dort. Undercover."
„Undercover? Blödsinn! Jeder in Glickerbach kennt ihn doch."
„Ja, aber keiner kommt auf die Idee, dass er nur mitmacht, um an Informationen heranzukommen."
„Er kann froh sein, wenn er an genügend Sauerstoff herankommt, so unsportlich wie der ist."
„Trotzdem, Fritti, ich habe nach diesem Anruf eben von dieser…"
„Helche, Marion Helche, ihres Zeichens Gastwirtin im Roten Ochsen zu Glickerbach."
„Aha. Jedenfalls habe ich nach dem Anruf dieser Frau kein gutes Gefühl."
„Jetzt fängst du auch noch damit an. Verrate mir eines: Wird das stärker mit dem Alter, dieses Gefühl?"
„Das kann ich dir nur wünschen", entgegnete Wiebke Freese sarkastisch und stand auf.
„Machst du mir bitte auch noch einen Kaffee?"
„Gleich. Erst muss ich telefonieren."
„Wen willst du denn anrufen?"
„Deinen Chef."

„Du hast seine Nummer?“
„Selbstverständlich habe ich die. Beide.“

Freese staunte. Kommissar Günda war nicht gerade freigiebig, was seine Kontaktdaten anbelangte. Und wenn er tatsächlich einmal seine Handynummer preisgab, dann zähneknirschend und mit dem ernstgemeinten Hinweis *Aber ruf mich bloß net an!* Oder jedenfalls so ähnlich.

Wiebke Freese musste die Nummern nicht eintippen, sie waren gespeichert. *Sieh an*, dachte Freese. Doch ihre Versuche waren fruchtlos, es meldete sich jeweils der Anrufbeantworter, unverkennbar von ihm selbst besprochen. Eine Leistung bei dessen technischem Verständnis: „Bin net doo. Hea nix ab. Babbl drotzdähm, wenns sei muss.“
Sie hinterließ jeweils eine kurze Nachricht: „Hier ist Wiebke. Melde dich doch, bitte.“
Dann wandte sie sich der Kaffeemaschine zu. Freese kannte seine Mutter gut genug, um zu wissen, dass für sie damit die Sache nicht erledigt war.
„Kannst du bei ihm vorbeifahren und nach dem Rechten sehen?“
„Findest du nicht, das geht ein bisschen zu weit? Er ist kaum älter als du. Gut, er achtet bestimmt nicht so sehr auf seine Gesundheit, aber müssen wir ihn deshalb künftig mit einem Piepser ausstatten, mit einem Senioren-Notruf? Oder wieso machst du dir Sorgen?“
Wiebke Freese atmete hörbar aus: „Fällt dir nichts auf, Fritti? Da stirbt ein Tänzer unter ungeklärten Umständen… und sein Nachfolger verschwindet einfach.“

Letzte Gewissheit gab der Blick aus dem winzigen Plastikfenster, das Kommissar Günda in der ebensolchen Nasszelle entdeckt hatte, die über alle Notwendigkeiten verfügte, wenn auch in primitivster Ausstattung: Das Fahrzeug, in dem er sich befand, fuhr. Blieb die Frage *Wohin? Und wieso mit ihm?*

Ein paar weitere Erinnerungsfetzen hatten sich eingestellt. Er sah sich in Glickerbach auf einem Trottoir, nachdem er sich vorläufig von Marion Helche verabschiedet hatte. Wohin hatte er gewollt? Hatte er auf dem Weg jemanden getroffen? Jemanden, mit dem er nicht gerechnet hatte? Einen Fremden? Zum Beispiel den Besitzer dieses merkwürdigen Fahrzeugs? War das eigentlich ein Wohnmobil? Abwegig bei dieser Ausstattung. Kommissar Günda hatte zwar noch nie ein Wohnmobil von innen gesehen, aber gab es da nicht immer einen offenen Zugang zum Fahrer? Der fehlte hier. Er tastete vorsichtig die Blaue Lagune ab. Keine Tür. Aber es musste auf jeden Fall einen Zugang zum Fahrzeug geben. Dann entdeckte er diesen, verdeckt hinter einer Tüllgardine, zu der er sich vorsichtig den Weg gebahnt hatte. Wie er erwartet hatte, die Tür war verschlossen. Dass dies kein staatliches Fahrzeug war, dessen war sich Kommissar Günda mittlerweile sicher. Handelte es sich um einen Lieferwagen mit notdürftiger Ausstattung, um jemanden zu beherbergen? Oder vielmehr, um jemanden gefangen zu halten? Aber wenn ihn jemand irgendwohin verschleppte, was bezweckte er? Wieso kümmerte er sich nicht um ihn? Warum reagierte er nicht auf sein Rufen?
„Hallo? Hallo?“
Das dritte „Hallo?“ flüsterte er. Vielleicht hatte dieser Jemand etwas ganz anderes vor. Vielleicht hatte er ja jemanden getroffen, den er besser nicht getroffen hätte. Jemanden, der ihm nicht wohlgesonnen war. Solche Leute gab es doch auch zuhauf. Etwa einer, den er in seiner langen Laufbahn verhaftet und einer Verurteilung zugeführt hatte. Einer, der auf Rache sann.

Ihm war etwas Derartiges bislang nicht passiert, von Kollegen wusste er jedoch schon von Übergriffen. Wieso sollte ausgerechnet er verschont bleiben? *Weil isch soän Nedde bin nadierlisch*, ging es ihm durch den Kopf. Selbst das leise Schmunzeln löste einen unangenehmen Schmerz aus.

Es wäre jedenfalls eine Erklärung für diese ganz und gar bizarre Situation. Seine Kopfschmerzen rührten dann wohl von einem hinterhältigen Schlag. Er betastete seinen Kopf. Keine Spuren einer Verletzung. War er betäubt worden? Chloroform?

Noch etwas bemerkte er: Seine Ohren fielen immer mal wieder zu. Und das Fahrzeug wurde langsamer, es schien sich bergauf zu bewegen. Ein weiteres Mal spähte er aus dem Badezimmerfensterchen. Konnte das sein? Berge? War das etwa Schnee? Der Königstuhl? Mit schroffen Felsen? Kurz darauf schien es wieder bergab zu gehen.
Wie lange waren sie wohl schon unterwegs? Und vor allem: Wer war der Fahrer?
*Feiadunnaweddlnochemol!*
Kommissar Günda packte der Zorn. Was er sogleich bereute, sein Kopf nahm solcherlei Ausbrüche besonders übel.

Vielleicht sollte er einfach klopfen.

Vielleicht aber war es besser, sein Fahrer würde nicht wissen, dass er wieder bei Bewusstsein war.

*Kein Grund zur Beunruhigung, alles ganz normal. Was weiß ich, was mein Chef an einem Samstagvormittag so treibt?*

Fritjof Freese wehrte sich gegen die Befürchtungen, die Wiebke artikuliert hatte. Und die Marion Helche teilte: „Hoffntlisch issem nix bassiat. Mia hawwe als paa Varriggde, die fahre wie die Gsteade. Grad Freidaag Nochmiddaag."

Sie war für ihn die nächste Anlaufstelle gewesen. Allerdings erst, nachdem auch seine Anrufe ins Leere gegangen waren. Nachdem er bei Kommissar Günda zu Hause mehrfach geklingelt hatte. Nachdem er möglichst beiläufig Nachbarn zu dessen Verbleib befragt hatte: „De Tschief? Des ledschde Mol hawwisch denn gsehe… loss misch mol iwwaleje… dassisch net lieg... Geschdan!"
„Abend?"
„Nää, de Morje."
„Morgens."
„Gönau."

Kurz darauf entdeckte Freese Kommissar Gündas Auto – er hatte sich nach ewigem Hin und Her einen französischen Kleinwagen geleistet – ums Eck vom Roten Ochsen. Und wenn schon, auch das musste nichts zu bedeuten haben. Es kam durchaus vor, dass Kommissar Günda nach dem einen oder anderen Getränk seinen Wagen vernünftigerweise stehen ließ. Und bekanntermaßen gönnte er sich nicht selten ein Feierabendbier. Oder auch mehrere. Einzig, dass er dies nicht bei Marion Helche zu sich genommen haben sollte, das machte ihn schon ein wenig stutzig. Und dass man ihn nicht zu Hause antraf. Beziehungsweise *nicht mehr* zu Hause antraf. Oder war er tatsächlich gestern gar nicht erst nach Hause gekommen?
„Wie wäre es damit, Wiebke: Er hat einfach etwas unternommen, einen spontanen Ausflug. Eine Wochenend-Spritztour."

„Das sieht ihm aber gar nicht ähnlich." Wiebke Freese stand mit ihrem Sohn in ständigem telefonischen Kontakt. Sie fürchtete – nicht zu Unrecht – er würde es an der aus ihrer Sicht gebotenen Hartnäckigkeit bei der Suche vermissen lassen.

Sie war es auch, die ihn dazu überredet hatte, in der Sokodo Nachforschungen bei Kolleginnen und Kollegen anzustellen, bei Krankenhäusern nachzufragen, in Notaufnahmen. Nirgendwo tauchte Kommissar Gündas Name auf. Es gab auch keinen Unfall mit einem Mann, auf den die Beschreibung passen würde.
„Verwandte? Freunde? Familie? Vielleicht ein dringender Besuch? Ein Todesfall?"
Seine Erklärungsversuche wurden abwegiger, das wusste Freese selbst. Denn wieso stand dann dessen Auto in Glickerbach?

Schließlich war es Marion Helche, die dafür sorgte, dass Freese ins Grübeln kam, als sie erklärte, sie habe ganz vergessen, Kommissar Günda sei eigentlich bei einer Geburtstagsfeier im Roten Ochsen erwartet worden. Er sei jedoch bislang nicht aufgetaucht.

„Vielleicht hast du doch Recht, Wiebke. Vielleicht muss man sich Sorgen um ihn machen."
„Tu was, Fritti!"

Er entschloss sich, die gesamte Gegend um den Roten Ochsen näher in Augenschein zu nehmen. Vielleicht war Kommissar Günda wirklich in Gefahr. War er entführt worden, verschleppt? Würde man ihm am Ende etwas antun wollen?
Warum?
Die Frage nach einem möglichen Motiv würde ihn vielleicht weiter bringen. Wer könnte ihm in dieser Hinsicht weiterhelfen? Nun, diese drei bestimmt nicht.
Wie gewohnt saßen sie an ihrem Platz.

Auch die Begrüßung war nicht überraschend: „Isch kenn Sie."
„Isch net."
„Des is doch dea Hannebambl vun de Bollezei."
„Stimmt, jetz seh ischs aa."
„Awwa heit is doch Samschdaag. Misse Sie heit aa schaffe?"
„Hea, des hawwisch fria aa als gemisst."
„Du? Du hosch doch noch nie in deim Leewe was gschafft."
„Awwa du. Du bisch jo Rentna vun Beruf."
„Gaa net."
„Stimmt, Rentna kamma jo bloß sei, wemma mol gschafft hot."
„Meine Herren!" Freese hob die Stimme, vielleicht hatten die drei doch etwas beobachtet, was hilfreich sein könnte.
„Ou, pscht, dea Dabbes will was. Mol heere."
„Ich habe eine Frage..."
„Des kannisch ma voastelle."
„Des waa jo grad ä bissl, was mia Ihne vazehlt hawwe. Des waa noch gaa nix, do gääbs noch viel zum vazehle."
„Nun, das glaube ich gerne, aber ich hätte eine konkrete...."
„Zum Beispiel wie mia des Moddo ghabt hawwe *Aloahee*. Südsee. Gedenkt eisch des noch?"
„Un wie!"
„Du im Damaschtrock. Die Härdde. Do sin die Meedlin jo schia ausgflippt."
„Überaus spannend."
„Gell?"
„Mich würde ja noch mehr interessieren, ob Sie vielleicht eine Auseinandersetzung beobachtet haben?"
„Wue?"
„Woe, du musch mit demm Hochdeitsch schwetze, dea vasteht nix."
„Hier. In Glickerbach."
„Nää", antwortete der eine bestimmt.
„Abba", ergänzte der daneben.

„Doch!“, widersprach der Dritte. „Do hots imma mol Händl[73] gewwe.“
„Händel?“ Freese war irritiert. „Geht es jetzt wieder ums Tanzen?“
„Hä?“
„Na, Händel! Klassik! Nussknacker!“ Er bot sein gesamtes Schulwissen auf. „Schwanensee gibt es ja auch, wenn ich mich nicht täusche.“
„Aa. Nää, des net. Awwa mia hawwe mol DSchizelle[74] gemacht.“
„Vasucht.“
„Wen?“
„Schizelle.“
„Ah, mal Karibik, mal alpin, beeindruckend. Ganz schön vielseitig, Ihr Männerballett. Jetzt aber zu etwas Wichtigem…“
„Die leewe jo heit noch vun unsam Ruuf. Unsa Immätsch[75], des strahlt heit noch. Do broffediere die heit nadierlisch.“
„Mir geht es um Kommissar Günda.“
„Sie mähne dea, dea wu des vum Roina iwwanimmt?“
„Ge… nau.“
Freese war überrascht, offenbar war er wirklich der letzte gewesen, der davon erfahren hatte. Immerhin kam man dem Thema näher.
„Isch find des guud. De Roina, dea heed des gewollt.“
„Un dea waa jo noch de beschde vun denne.“
„Des wärdd awwa mansche net grad gfalle.“
Freese horchte auf.
„Wen meinen Sie? Wer könnte etwas dagegen haben, dass das Männerballett weitermacht?“
„Sie? Ich saach Ihne jetz mol was!“

---

[73] Streit

[74] Giselle, romantisches Ballett

[75] Image

„Ja?“
Freese erwartete, ins Vertrauen gezogen zu werden. Stattdessen sah er sich mit einer Frage konfrontiert: „Sie saare imma bloß *Männaballett*. Mia hawwe jo aa än Noome.“
„Ei-nen Na-ha-men.“
„Ich weiß.“
„Denn hab isch afunne.“
„Mia!“
„Ich hörte davon.“
„Awwa wisso saare Sie net, wie mia heeße?“
„Wie wia hei-ßen?“
„Sie meinen den Namen?“
„Gönau.“
Erwartungsfroh blickten ihn die Männer an.
„Auf! Prowiere Sies mol!“
„Holli…“
„Ä-ä. Houli…“
„Hohli Haxen.“
„Isch habs gewisst, dea kann des net.“
„Wie des klingt, wie abgstoche.“
„Dass die denn iwwahaupt genumme hawwe bei de Bollezei, so vakeat, wie dea sprischt.“
„De Tschief, denn bewunna isch. Isch sach bloß *de Houli Tschief*. Reschbeckt!“
„Wie dem auch sei, meine Herren, Sie wollten mir gerade erklären, wer nicht erfreut wäre, wenn die…“
„Auf, nochmol!“
„Holdi Hasen…“
Die Männer unterdrückten ein Prusten.
„Also, wenn das Männerballett weitermacht.“
„A, die driwwe, die Sseggl. Die vun Fußheim.“
„Ach.“ Freese spitzte die Ohren. Genau einen solchen Hinweis hatte er sich erhofft. „Wieso? Was haben die dagegen?“
„Die hawwe doch aa ä Männaballett.“

„Un was fa schleschdes.“
„Voll die Amadea[76].“
„Die mähne, sie ziehe grad soä Titii oo, un des langt. Null Korreoo[77]!“
„Wennischa wie null!“
„Ach ja? In Fußheim gibt es also auch ein Männerballett.“
„Wolle Sie wisse, wie die heeße?“
„Hei-ßön.“
„Hä?“
„Auf, frog mol misch!“
„Na schön, wie heißt denn das Fußheimer Männerballett?“
„Des sin die Fußheima Fuddla[78].“
„Aha. Da gibt es also auf jeden Fall eine Konkurrenz.“
„Awwa mia ware zuärscht doo. Des sin so alde Fußballa, vun de Seniore. Alles noochgemacht hawwe die uns.“
„Und inwiefern gibt es da eine Konkurrenz? Beobachtet man sich?“
„Nää.“
„Nie.“
„Fa waas?“
„Brauchisch net. Isch weeß, was die druff hawwe. Nix.“
„Die deede mia drei heit noch nass mache.“
„Die Meedlin wolle als noch mei Haxe sehe. Schätze Sie mol, wie alt isch bin?“
Freese zögerte. Wenn jemand es darauf anlegte, altersmäßig taxiert zu werden, dann empfahl es sich, entsprechend hoch zu greifen: „85?“
„Wie bidde? Fimfeachzisch? Isch geb da glei sechseachzisch.“
Die beiden anderen Alten amüsierten sich prächtig, Freese war daran gelegen, bei seinem Thema zu bleiben: „Aber wenn man

---

76 Amateure

77 Choreographie

78 kaum vom Ball zu trennender Dribbler

doch nur voneinander weiß und nichts voneinander hält, wieso sollten die Fußheimer etwas dagegen haben, dass die Glickerbacher weiter auftreten?“
„A, weje de Tschennie.“
„Die Drähnarin.“
„Die wollde die aa hawwe.“
„Awwa do sin unsa Buuwe mol schnella gewest.“
„De Roina, dea hot die zu uns ghollt.“
„Des hawwe die bis heit net vawunne.“

Lag der Schlüssel in Fußheim?

Langsam arbeitete sein Gehirn wieder normal. Er versuchte, die Gedanken zu ordnen. Er befand sich in einem fremden Fahrzeug. Eingeschlossen. Hatte keine Ahnung, wo es hinging und wer der Fahrer war. Und er musste davon ausgehen, dass die Motive des Fahrers alles andere als lauter waren. Alles sprach für eine Entführung. Schlimmeres war nicht auszuschließen, vielleicht brachte man ihn nur an einen anderen Ort, um ihm ungestört etwas antun zu können.

*Bleed*, dass er sein Handy nicht dabei hatte. Natürlich nicht, er hatte ja dessen Sinn und Zweck immer in Zweifel gezogen – *Färzz* –, nun jedoch könnte es endlich einmal nützlich sein.

Das meiste in seiner Umgebung hatte er identifiziert. Kein Hinweis auf den Fahrer. Oder war es eine Fahrerin? Vielleicht waren es sogar mehrere? Das Fahrzeug gemietet. *Odda wahrscheinz geglaut.*
Ihm fiel ein Gegenstand ins Auge, von dem er nicht sagen konnte, um was es sich handelte. Irgendein technisches Gerät. Ein Lautsprecher möglicherweise. Ein kleines rotes Lämpchen glomm und schien auf die Betriebsbereitschaft hinzuweisen. Ihm kam ein Gedanke. Im Fernsehen hatte er Werbung für ein Gerät gesehen, das menschliche Anweisungen durch die Stimme entgegennahm und daraufhin selbstständig Essen bestellte oder Staubsauger in Gang setzte. Oder jemanden anrief. Oder einem wenigstens mitteilte, wo man sich befand. Vielleicht handelte es sich bei diesem Gerät um ein solches Wunderding. Es hatte jedenfalls gewisse Ähnlichkeit. Ausprobieren konnte man es ja.
„Wu binnischn?“, flüsterte er.
Nichts geschah.
„Hea, Keschtl[79]“, wahrscheinlich verstand es keinen Dialekt. „Äh… Woo bin isch?“

[79] Kästchen

Immer noch nichts.
Vielleicht gehörte das Gerät jemandem, der gar nicht Deutsch sprach: „Spreschen Sie Deitsch? Vastehe Sie misch?“
*Binnisch dabbisch?* Wieso siezte er einen Kasten?
„Vastehsch du misch? Tust du misch va-ste-hön?“

*Moomendemol!* Ihm fiel etwas ein. Soweit er sich erinnerte, musste man das Gerät immer mit Namen ansprechen. Es hörte auf einen Frauennamen, wenn ihn sein Gedächtnis nicht trog. Etwas mit *a*. Anna? Anne? *Nää*. Adelheid? Arabella? Amanda? *Abba!* Da war ein Zischlaut im Namen: „Aschdritt?“

Freese fühlte sich wohl und unwohl zugleich. Wie eigenartig! Er, der doch gar kein Hiesiger war, ja nicht einmal ein Landeskind, sondern lediglich beruflich hier ansässig, zuständig für eine Region, in der dieser Ort lag, mehr aber auch nicht, ausgerechnet er identifizierte sich plötzlich mit diesem Glickerbach. Erstmals überhaupt. Genau in diesem Moment.
Dafür gab es freilich eine einfache Erklärung: Er befand sich nicht in Glickerbach, sondern in Fußheim. Und er spürte genau, hier betrachtete man ihn als Fremden. Als den aus dem Nachbarort. Denn selbstverständlich hatte es sich bis Fußheim herumgesprochen, dass er für die Sokodo arbeitete und dass die in Glickerbach ihren Sitz hatte. Irgendwo musste der ja nun einmal sein, aber das änderte an dieser Stelle nichts. In Fußheim war er *der Glickerbacher*. Dementsprechend empfand er die Blicke als distanziert, wenn nicht gar missbilligend. Sie sagten *Was will denn der do?* Oder so ähnlich.

Frappierend genug: Als Glickerbacher fühlte er sich auf einmal tatsächlich. Er, der sich doch vielmehr als Weltbürger sah, der weder Glickerbacherisch noch Fußheimerisch sprach, der auch nie verstanden hatte, welche gravierenden Unterschiede angeblich zwischen diesen beiden Sprachen bestehen sollten. Kommissar Günda hatte ihm immer wieder versucht, das zu erklären: „Gugg mol, Freese, fria sin die Leit jo gaa net aus iam Doaf kumme. Zwische denne Orttschaffde, do hots jo gaa kä Vabinnung gewwe. Wahrscheinz hot de ärschde Gliggabacha denn ärschde Fußheima ärscht im Färnnseh gsehe."

Völliger Kokolores. Für Fritjof Freese hörte sich alles gleich an, ebenso wie Heidelbergerisch, Mannheimerisch, Saarländisch, Schwäbisch und Hessisch.

„Sie?", setzte er an als Brückenschlag über die Kulturgrenzen, um gleich einmal ein Zeichen zu setzen, wie vertraut er mit den

Anredegepflogenheiten war. Er konnte sich schlechterdings nicht vorstellen, dass es für *Sie!* hier einen anderen Ausdruck gab. Und – für ihn geradezu ideal –, wie unterschiedlich konnte man das schon aussprechen?

Und doch, es gelang ihm, das Wort in jedem Fall falsch zu artikulieren, denn er hatte im Eifer des Gefechts nicht bedacht, auf die in der gesamten Region unbedingte Stimmlosigkeit des Zischlautes zu achten.
So wunderte er sich, dass sich keiner der Fußheimer nach ihm umdrehte, so oft er sein *Sie!* auch in die Runde warf. Weder in der Fußgängerzone noch im Park und auch nicht auf dem Fußballplatz, wo sich trotz der winterlichen Jahreszeit ein paar Senioren lautstark abrackerten:
„Gasse!"
„Hinnamann!"
„Oh leck!"

Schließlich entdeckte er unweit davon eine Sporthalle. Sie war offen, aus dem Innern drangen markige Laute: „Hu! Ha!"
Er folgte den Schreien.
„Sie!", setzte er erneut an, als er die große Halle betrat, in der sich im hinteren Bereich ein paar Frauen auf Matten niedergelassen hatten. Wiederum keine Reaktion.
„Entschuldigen Sie bitte, meine Damen, darf ich Sie etwas fragen?"
Niemand nahm von ihm Notiz.
Entschlossen ging er auf die Frauengruppe zu: „Ich bin auf der Suche nach dem Männerballett."
„Sehe mia so aus?"
„Hea, isch hab misch vleischt heide moaje noch rassiat."
„Des is jo än Schärzzkeks!"
„Dea weeß, wie ma Fraue Gomblimende mescht."
„Nein, nein, ich habe Sie selbstverständlich nicht für das

Männerballett gehalten. Ich habe nur gesehen, dass Sie hier Gymnastik machen, und dachte, Sie können mir vielleicht weiterhelfen bei meiner Suche."
„Was mache mia? Gimmnassdisch?"
Freese hob beschwichtigend die Arme: „Oder eben Yoga."
„Jogga? Des wärdd jo imma bessa. Des is vleischt Kampfsportt? Aassiaddisch[80]!"
„Aha, interessant."
Eine der Frauen richtete sich langsam auf: „Mia kenne des bei Ihne gärnn mol ausprowiere."
„Vielleicht später. Im Moment bin ich auf der Suche nach Männern."
„Deed aa ähna lange? Mia hawwe än Hausmeischda."
Heiterkeit keimte in der Runde auf.
„Nein, der kommt nicht in Frage."
„Vleischt mache Sie mol ä Schild. Babbes[81] an die Bähm[82]."
„Odda Paa schipp. Des mache aa mansche, haawisch gheat."

Dieses Gespräch führte in die falsche Richtung, das spürte Fritjof Freese, wenn er auch nur Teile des Gesagten verstand: „Parship? Originell. Nein, das ist nichts für mich. Wie gesagt, ich bin auf der Suche nach einem Männerballett. Sie heißen Fummler. Oder so ähnlich."
„Fummla? Des wüssdisch awwa."
„Weje denne Fummla drähniere mia jo."
„Die gräghde[83] glei mol Probblähme mit uns."
„Nun, vielleicht nicht direkt Fummler, jedenfalls irgendwas mit Fu?"
„Tong? Futong?", mutmaßte eine der Umsitzenden.

---

80 Asiatisch
81 kleben
82 Bäume
83 kriegten

„Futong? Hea ma bloß uff mit Futong, Renaade. Futong hawwisch mol ghabt. Mia hot des gfalle. Awwa fa Moina waa des nix. Do is dea gaa nimmie hochkumme de Moaje."
„Isch kenns. Wenns um die Madrazz geht, sin die Männas Mimoose."
„Die sollde mol uff denne Isomadde drähniere wie mia."
„Fria, beim Zelde, do isses grad noch gange."
„Wie sie jung un knackisch waare. Long hea. Awwa heit, am libbschde dreißisch Zendimeda Gnautschzoon, zäh Lage iwwananna, Kumfoazoone[84] owwe, unne un middedrin."
„Nun", unterbrach Freese vorsichtig: „nochmal zum Männerballett."
„Wellem?"
„Welschem?"
„Meedls, mia misse weidamache, mia werre schun gonz kihl."
„Nur ganz kurz: Wie viele Männerballette gibt es denn in Fußheim?"
„Zwee."
„Zwaii", erläuterte eine Brünette teilnahmsvoll, bevor sie aufsprang und heftige Schlagbewegungen ausführte. „Hu! Ha!"
„Zwei. Ah ja."
„Ä evangelisches un ä gadohlisches nadierlisch."
„Ein kommunales nicht?", wunderte sich Freese. Der Scherz kam nicht an.
„Fa waas?"
„Ich dachte nur. Egal. Und wie heißen die, damit ich weiterkomme. Wenn Sie mir die Namen nennen, fällt mir bestimmt wieder ein, welches von beiden ich suche."
„Des ähne sin die Fußheima Pfetza[85]."
„Fetzer, nein, ich glaube, die waren es nicht."
„Pfetza, net Fetza. Des is än riesische Unnaschied. Do mescht

---

[84] Komfortzone

[85] Kneifer

moin Peddarisch[86] mit.“
„Moina aa.“
„Moina hot mol, awwa dea derf nimmie. Vun Seinare aus.“
„Aha.“
„Wisse Sie, vun wemm dass dea Noome is?“
„Der Na-ha-men“, die Brünette zeigte sich erneut ihm gegenüber teilnahmsvoll. „Hu! Ha!“
„Nein.“
Offenbar wurde auch hier das Namensrecht sehr hoch gehalten.
„Vun mia. Des waa ä luschdischi Gschischt. Weesch noch, Ruth? Wie isch die des ärschde Mol gsehe hab, die Sseftl, do hawwisch gsacht: *Hea, des gibts net. Pfetz misch mol ins Härnn!*“
„Knei-fö misch oin-mal ins Hian. Hu! Ha!“
„Zweifelsohne ein schönes Bild. Und die anderen, wie heißen die?“
„Des, des sin die Fußheima Fuddla. Uaspringlisch ware die beim Fussball. Desweje aa Fuddla.“
„Logisch“, bestätigte Freese, der keine Ahnung hatte, was gemeint sein könnte. Er war froh, dass er weiterzukommen schien: „Genau die suche ich, die Fuhtler. Wissen Sie, ob heute Training ist?“
„Kää Ahnung.“
„Nää, heit net. In de Hall is kähna außa uns.“
„Isch mähn, mei Mudda hot mia was gsacht, die hawwe heit än Uffdritt.“
„Oi-nen Auf-tritt. Hu! Ha!“
„Einen Auftritt? Das trifft sich gut. Wo?“
„Beim Seniorefasching im Gemeindehaus heit Middaag.“
„Im Gemeindehaus, ah ja. Und in welchem?“
„Drei Mol derfe Sie roode.“
„Hu! Ha! Hu!“

---

86 Patenonkel

Er hatte sich damit abgefunden, nicht in der Lage zu sein, aus dem Wageninneren mit der Außenwelt Kontakt aufzunehmen. Nun konnte er sich nur wappnen für das, was kam. Kommissar Günda suchte nach einem schlagtauglichen Gegenstand, auch wenn er auf eine körperliche Auseinandersetzung nicht erpicht war. Er war in dieser Hinsicht nicht aus der Übung, er hatte diese Übung nie gehabt. Mittlerweile schien wenigstens sein Bewegungsapparat halbwegs wieder intakt. Wenn er Glück hatte, rechnete man damit, dass er noch nicht wieder bei Bewusstsein war. Das könnte ihm einen Vorteil verschaffen, den er nutzen sollte. Allerdings schien ihm alles, dessen er habhaft werden konnte, zu unhandlich, um als Waffe dienen zu können.

Wenn ihn nicht alles täuschte, verlangsamte sich das Tempo. Schließlich hielt der Wagen. Ein Gespräch wurde geführt, dem Klang nach durch das geöffnete Fahrerfenster. In einer fremden Sprache.

Das Fahrzeug setzte sich alsbald wieder in Bewegung, fortan jedoch sehr langsam, das Ziel schien in unmittelbarer Nähe. Der Wagen hielt erneut, jedoch nur kurz, setzte zurück, rangierte ein paar Mal. Kommissar Günda hatte Mühe, Halt zu finden.

Endlich kam er zum Stillstand. Die Fahrertür wurde geöffnet, jemand stieg aus, Knirschen von Kies. Offenbar nur eine Person. Mit der sollte er fertig werden. *Kää Probbläbm!*

Jemand machte sich an der Tür zu schaffen. Kommissar Günda baute sich dahinter auf und holte mit dem rechten Bein aus, um seinen Gegner mit einem kräftigen Tritt außer Gefecht zu setzen.

Langsam wurde die Tür geöffnet. Das Scharnier quietschte. Die Schulter eines Mannes erschien. Kommissar Günda wartete den rechten Moment ab. Die Brust böte ein gutes Ziel. Noch geeigneter wäre vermutlich das Gesicht. Gleich würde es in Trittweite kommen. Gleich…

„Du? Hea mol, hackts?“

Freese kam zu spät. Die ersten Zuschauer verließen bereits das Gemeindehaus. Vorwiegend Seniorinnen. Mit dem Gebotenen schienen sie nur bedingt zufrieden.
„Schwach, gonz schwach!"
„De Bauchredna waa oukey."
„Denn Zaubara, denn fand isch aa gut. Wiea die zwee Schlüpfa vaknoddelt hot un donn bei dia aus de Handtasch gezorre hot, Elffiraa, des hot mia gfalle!"
„Awwa des am Schluss…"

Freese gesellte sich zu einer Gruppe, die sich unter einem Kastanienbaum versammelt hatte, vermutlich, um auf einen Bus zu warten.
„Entschuldigung, ist der Seniorenfasching schon zu Ende?"
„Hajo."
„Schade, ich wollte zum Männerballett."
„Do hawwe Sie nix vabasst."
„Do hosch du rescht, Ärnna. So was Schlumbelisches hawwisch schun long nimmie gsehe."
„Un donn die Mussisch. Bloß dea dabbische *Disco-Kees*. Hea, isch bin vleischt mim Elvis uffgwachse."
„Un isch mim Hendrix. Dea is moin Joagong[87]. *Redd Haus*[88], des wäas gwest. Stimmts, odda hawwisch Rescht?"
„Gönau."
„Do sachsch du was."
Freese überlegte zuzustimmen, um sich besser ins Gespräch einklinken zu können. Doch er wusste, dass er sich bei Musik meist auf unsicherem Terrain bewegte. Gut, Elvis kannte er. Hendrix, den Namen hatte er des Öfteren bei Wiebke gehört.
„Un donn die Muufs. Abäamlisch. Traffolda fa Aame. Gonz Aame."

---

[87] Jahrgang
[88] *Red House*

„Travolta?“ Freese frohlockte: „*Saturday night fever*, das kenne ich. Meine Mutter hat mir den Film gezeigt.“ *Zur Abschreckung*, aber das musste er ja hier nicht ins Spiel bringen: „Flotte Musik!“
„Des? Grausaam. Fuaschbaa. Bii Tschiis[89]. Houch, heescha, am höckschde[90].“
Freese erkannte, dass hier etwas gesteigert wurde, und nickte weise.
„Isch sach eisch ähns, des gibt vun mia kähn Laik[91]. Des gibt än fedde Kommendaa, dea wu sich gewesche hot.“
„Also, junga Monn, Sie hawwe nix vabasst.“
„Ich würde dennoch ganz gerne Kontakt aufnehmen und mit den Männern sprechen.“
„Männas? Welli Männas?“
„Na, die vom Männerballett.“
„Des? Des is doch bloß noch ähna. Alle annare hawwe de Abgong gemacht. Des is jo des Probblähm. Männaballett mit ähm Monn. Pfff.“
„Habe ich Sie richtig verstanden, das Männerballett besteht nur aus einem Mann?“
„Ähä.“
„Seit wann?“
„Seit neuschdem.“
„Des hot kähn Docht. Donn loss isch liewa Moina dehähm donze.“
„Awwa meiik da ähns, Elffiraa: Spannt de Ronze, kannsch net donze.“
„Äh, was annares: Sin Sie net dea vun Gliggabach?“
„Wie man es nimmt. Ich arbeite dort für die Sokodo.“
„Sin Sie vawandt mit sellem Hansi? Mit demm hawwisch

---

89 Bee Gees
90 Hoch, höher, am höchsten
91 Like

nämmlisch noch ä Hingl[92] zum rupfe."
„Isch aa."
„Isch aa."
„Isch aa."
„Ist das ein Glickerbacher, den Sie da meinen?"
„Bstimmt. So griminell, wie dass dea is."
„Und wie kommen Sie darauf, dass ich mit diesem Hansi verwandt bin?"
„A, in Gliggabach, do sin sie doch all vawandt middenanna."

92 Hühnchen

„Gell, do glotsch!“
„Alladings.“
„In ähm duasch bin isch gfahre. Stua achzisch. Grad zwee mol rapple. Apropoo, bin glei widda doo.“

Vorsichtig und immer noch reichlich orientierungslos lugte Kommissar Günda aus der Tür und folgte Axel Kornfeld mit den Augen. Der verschwand in einem flachen Gebäude hinter mehreren dichten Büschen. Überhaupt schienen sie sich in einem parkähnlichen Gelände zu befinden. *Serengeti darf nicht sterben*, kam es Kommissar Günda in den Sinn. Irgendwie konnte er sich gut vorstellen, dass gleich ein Waran auftauchen würde. Oder ein Waschbär. Oder eine Würgeschlange.

Wohin hatte ihn dieser Weizen gebracht? Und warum? Kommissar Günda war immer noch fassungslos. Immerhin, die Luft war angenehm frisch, gar nicht einmal besonders kühl. Sie half, die Gedanken zu ordnen. Die Situation stellte sich ja nun völlig anders dar. Gerade eben noch hatte er für möglich gehalten, einem Rachefeldzug zum Opfer zu fallen, entführt zu werden, und nun stellte sich heraus, dass ein Kollege ihn irgendwohin chauffiert hatte. Ein Kollege, dem es in jüngster Zeit offensichtlich an Stabilität fehlte: *Dea hot sie all, awwa net de Reih nooch!* Also doch eine nicht ungefährliche Situation?

Wieso blieb er eigentlich immer noch treu und brav hier drin? Mit einem ungelenken Sprung verließ Kommissar Günda seine fahrbare Zelle. Eingehend besah er sich das klobige Gefährt von außen. Könnte mal der Post gedient haben, als Paketwagen. Von der gelben Farbe war nicht mehr viel zu sehen. Rostflecken, notdürftig verschiedenfarbig übertüncht, etliche Beulen. Unzählige Aufkleber, darunter gleich mehrfach *Atomkraft? Nein danke! Trimm dich durch Sport! Pack den Tiger in den Tank!*
Fast schon antik, das gute Stück.

„Subba, dea Kaiisch, gell? Gfällt das? Alles Eigebau."
„Do wäa isch jetz net druff kumme. Fa waas?"
„A, hea mol, Tschief. Was glaabschn du? Gämbing[93] nadierlisch."
„Du? Du machsch Gämbing?"
„Schun long. Geh mol hea!"
Kornfeld führte ihn zum rechten Heck des Wagens, das bislang durch die Tür verdeckt gewesen war. Geräuschvoll ließ er diese ins Schloss fallen. Hier fanden sich ebenfalls etliche Aufkleber, die jedoch sorgsam angeordnet und allesamt mit Jahreszahlen versehen waren. Das Motiv immer ähnlich, die Farbigkeit entsprechend ihrem Jahrgang mehr oder weniger verblichen.
„Doo! Gugg! Gaddasee, jedes Joa. Mindeschdens drei Mol."
„Gaddasee? Indressant. Waa isch noch nie."
„Jetz schun."
„Wie?"
Axel Kornfeld grinste.
„Du mähnsch…"
„Gönau. Gugg disch mol bissl um. Riesch mol. Kää fuchzisch Meeda, do issa."
„Wea?"
„A, de Gaddasee."
„Mia sin am Gaddasee? Hea uff!" Kommissar Günda konnte es nicht glauben. „Hä? Wissoen des?"
„Weil du des gwott hosch. Du hosch gsacht: *Auf, mia fahre hie!*"
„Isch? Wonn sollischn des gsacht hawwe?"
„A, geschdan. Wie isch so gedatscht gwest bin."
An letzteres konnte sich Kommissar Günda sehr wohl erinnern, aber das war ja eher ein Dauerzustand.
„Un wie simmia uff de Gaddasee kumme?"
„Saach bloß, du weesch des nimmie. Auf, jetz gehe ma ärschda mol ons Wassa."

---

93 Camping

Zielstrebig schob Axel Kornfeld den Kommissar vom Fahrzeug weg und erzählte, wie sie sich am gestrigen Abend zufällig getroffen hätten und wie sie rein zufällig ins Gespräch über seine Eheprobleme gekommen seien und damit auch auf den Gardasee, der seit Jahrzehnten das gemeinsame Urlaubsziel des Noch-Ehepaars Kornfeld sei.
Kommissar Günda hörte an der Stimme, wie Axel Kornfeld zu schlucken hatte. Das Geräusch mischte sich auf seltsame Weise mit dem Glucksen des Sees, der malerisch verwunschen im Nebel lag.
„Des is jetzat alles rum."
„Wisso? Issie net doo?"
Kommissar Günda ahnte bereits bei der Fragestellung, wie unpassend der Einwurf sein würde, aber zu seiner Überraschung hieb ihm Axel Kornfeld auf die Schulter.
„So kenn isch disch, Tschief. Imma än guude Spruch. Un des is grad zimmlisch wischdisch fa misch."
„Schun klaa. Awwa nochmool, wisso simmia jetz doo?"
„Mia sin zu mia ins Audo."
„In des do hinne?"
„Hajo. Kamma bessa babble. Isch hab dia vazehlt. Du wolltsch alles wisse."
„Waas?"
„A, weje mia un weje de Rossie."
„Ähä. Hea mol, Weize, hawwe mia so viel gsoffe geschdan?"
„Gsoffe? Nää. Isch musst doch noch fahre."
„Wuhie?"
„On de Gaddasee."
„Un wisso bin isch mit?"
„Du wolltsch des sehe, wu isch un mei Rossie so gligglisch waare."
„Des wollt isch?"
„Weesch du des nimmie? Hosch du mia gaa net zughoiischt?"
„Doch, doch", bestätigte Kommissar Günda, der befürchtete,

die Erzählung könnte sonst von Neuem beginnen.
„Un donn hosch du gsacht, alla hopp, mia fahre! Isch leg misch grad bissl uffs Oa. Dann hosch du geratzt bis eewe. Reschbeckt. Wenn isch mit de Rossie als gfahre bin, die waa imma newa mia ghoggt. Hellwach. Breetlin, Weck, Worscht, Kaffee. Schää. Un jetz isses rum. Alles. Un isch bin do allää."
„Halwa", entfuhr es Kommissar Günda, der sich den Filmriss immer noch nicht erklären konnte.
„Un wisso weeß isch des alles nimmie?"
„Isch vasteh des aa net, Tschief. Mia hawwe doch bloß bissl gekifft."

Im Saal des Fußheimer Gemeindehauses beseitigten emsige Frauen mittleren Alters unaufgeregt und umsichtig die letzten Spuren des Seniorenfaschings. Jeder Handgriff saß, ohne dass irgendwelche Absprachen nötig gewesen wären. Auf den Tischen befand sich kaum noch Geschirr, einige wenige bunte Papierschlangen verloren sich an der Bühne. Es roch nach Putzmitteln. Selbst wenn Fritjof Freese in einen vollbesetzten Saal gekommen wäre, er hätte den Tänzer zweifelsfrei erkannt: weißer Anzug mit Schlaghosen, schwarze Lackschuhe, dunkles Hemd. Ein junger, drahtiger Bursche mit strahlend blonden Haaren warf sich in einer Gasse zwischen den langen Resopaltischen in Pose und filmte sich dabei aus allen Lagen mit einem Smartphone, das er an einer Teleskopstange mit der ausgestreckten Rechten um sich herumführte. Als er Freese bemerkte, straffte er sich noch ein wenig mehr.
„Ah!“, rief er, und seine durchdringende, etwas quäkende Stimme scholl durch den ganzen Saal. „Sie sind bestimmt von der Presse. Einen Moment, ich bin sofort bei Ihnen.“

Nun, da der Mann näher kam, bemerkte Freese, dass der nicht mehr ganz so jung war, wie er von Ferne gewirkt hatte. Kommissar Günda würde bestimmt mutmaßen, dass die Haarfarbe nicht die natürliche war. Er behauptete ja gerne, er hätte dafür einen Blick. Man sähe es, wenn deren Ton nicht zum Teint passte. Mag sein. Dafür harmonierte das Hemd ganz vorzüglich mit der tiefen Bräune des Gesichts. Der Mann schien direkt aus dem Urlaub zu kommen. Nicht Alpen, eher Karibik, tippte Freese. Überhaupt, das Hemd war raffiniert: keine Knöpfe, kein Kragen, keinerlei Wölbung des Stoffes. Die Erklärung dafür fand Freese beim genaueren Betrachten: Es handelte sich gar nicht um ein Kleidungsstück, der Mann trug das weiße Sakko auf der bloßen Haut.
Nicht ein Härchen war zu sehen, makellos die Haut, man könnte meinen, sie sei mit Lack überzogen. *Respekt*, dachte Freese. Bei

der Enthaarung waren Profis am Werk gewesen. Dafür wiederum hatte er einen Blick. Sein Gegenüber bemerkte mit Wohlgefallen, wie Freeses Augen auf dem Oberkörper haften blieben.
„Ja, man muss etwas tun für seinen Body. Mein Erfolgsgeheimnis: Pilates und Peeling. Das können Sie ruhig schreiben. Fotos haben Sie bestimmt während meiner Performance genügend geschossen. Nichts geht über Schnappschüsse, während ich in action bin. Deshalb sage ich den Vertretern der Presse grundsätzlich: Feuer frei! Mich stört das nicht, im Gegenteil!“
Eine durchaus glaubhafte Bemerkung.
„Nun, was wollen Sie wissen? Begonnen habe ich mit dem Tanzen schon sehr früh, das können Sie sich ja denken. Von nichts kommt nichts. Zum Glück habe ich gleich erkannt, wofür ich bestimmt bin: für die Bühne. Für welche Zeitung schreiben Sie eigentlich? Nein, lassen Sie mich raten! Sie sind kein Provinzjournalist. Sie sind ein Fachmann, das sehe ich sofort. Ich informiere ja regelmäßig die Fachpresse über meine Auftritte. Und Sie habe ich also neugierig gemacht, freut mich. Ich könnte mir vorstellen, Sie sind vom Magazin *Tanz heute*. Stimmts?“
„Nicht ganz. Mein Name ist Freese, Fritjof Freese. Sokodo. Ich bin von der Polizei.“

Augenblicklich gefror das strahlende Lachen des Mannes, das er zu Freeses Erstaunen seinen gesamten Monolog über gezeigt hatte. Die untere Hälfte seines Gesichts hatte sich dabei kaum bewegt. Nun, da die Mundwinkel nicht mehr zur Seite wiesen, zeigten sich in der Haut nicht unerhebliche Furchen, eher Kerben.
„Und was wollen Sie von mir? Ist jemand in Ohnmacht gefallen bei meiner Vorführung?“
Da war es wieder, dieses haltlose Strahlen.

„Nein. Es geht um einen Todesfall beim Glickerbacher Männerballett."
„Glickerbacher Männerballett? Dazu will ich Ihnen mal etwas sagen!"
Seine Miene verfinsterte sich. Freese erhöhte nochmals seine Schätzung, was das Alter des Mannes anbelangte.
„Wir sind erst vor kurzem hier in die Gegend gezogen…"
„Sie wohnen in Fußheim?"
„Bewahre, natürlich in Heidelberg. Wir kommen aus Göttingen. Unistadt muss sein. Jedenfalls, der Begriff *Männerballett*, der stört mich enorm. Da sehe ich mich, wie Sie sich vorstellen können, überhaupt nicht. Mein Ziel ist das Theater, Varieté, Revue, Musical. Mein Spezialgebiet ist die Burleske."
„Ah ja", erwiderte Freese, der neben Zweifeln an der Jugendlichkeit seines Gegenübers nun auch langsam solche hinsichtlich dessen Relevanz für ihren Fall bekam.
„Mein Traum ist natürlich ein eigenes Haus, ein eigenes Theater. Den Namen haben ich schon: *Chez Norbähr.*"
„Norbähr?"
„Mein Vorname ist Norbert. Aber Französisch ist in unserer Branche ein Must."
„Hm."
„Aber noch ist das Zukunftsmusik. Ich will erst damit starten, wenn wirklich alles perfekt vorbereitet ist. Bis dahin sammele ich vielfältige Erfahrungen."
„Zum Beispiel hier."
„Schauen Sie, ich habe in dieser Hinsicht keinen Dünkel. Publikum ist Publikum. Ich hatte eine Annonce aufgegeben, und daraufhin haben sich die Fußheimer Fuchtler gemeldet…"
„Fuhtler."
„Meinetwegen. Sie würden einen Mittänzer suchen. Hab ich mir gedacht, wieso nicht? Ich kann Ihnen sagen, die waren vielleicht begeistert, dass sich so ein Profi wie ich bereit erklärt, mit ihnen aufzutreten. Ich konnte natürlich nicht ahnen, dass die sich noch

vor unserem ersten Auftritt auflösen."
„Da soll eine Trainerin eine Rolle gespielt haben."
„Quatsch. Ich gehe davon aus, dass ihnen einfach klar war, dass sie neben mir denn doch nicht bestehen können. Hab ich gesagt *Bitte! Dann mache ich eben alleine weiter*. Die Veranstalter sind natürlich dankbar. Das Publikum sowieso."
„Und die Trainerin?"
„Trainerin? Ich weiß nichts von einer Trainerin, ich nehme schon seit 25 Jahren Privatstunden bei Elke Gräser-Mühlenthal. Sie kennen sie bestimmt."
„Nicht persönlich."
„Nun, in der Szene ist sie ein Begriff. Ihr verdanke ich meine enorme Ausstrahlung auf der Bühne, die auch heute wieder vollauf zum Tragen kam. Es ist die Spannung, auf die es ankommt, wissen Sie? Talent ist das eine, Spannung das andere."

Freese war nun sicher, hier würde er nicht weiterkommen. Dieser Mann hatte weder mit Funkes Tod noch mit Kommissar Gündas Verschwinden etwas zu tun. Dann war wohl Fußheim doch eine Sackgasse. Er sollte hier nicht länger wertvolle Zeit verschwenden, immerhin befand sich sein Chef möglicherweise in Gefahr.
„Ich glaube, ich habe alles erfahren, was wichtig ist. Sollte ich noch Fragen haben, komme ich auf Sie zu. Haben Sie vielleicht eine Karte für mich?"
*Norbähr* griff in seine linke Jackentasche und fischte einen Stapel Autogrammkarten heraus: „Selbstverständlich von mir persönlich signiert. Vorher. Hinterher komme ich aufgrund des Ansturms nicht mehr dazu, Sie haben sicher Verständnis dafür."
„Vielen Dank." Freese nahm die Karte unbesehen entgegen. „Ich dachte allerdings eher an Ihre Visitenkarte. Um Sie gegebenenfalls zu erreichen."
„Ach so. Ja, klar."
Wenig begeistert fasste *Norbähr* in die andere Jackentasche.

„Bittesehr."
Fritjof Freese hob die Augenbrauen: „Sie sind Pharmareferent?"
„Ja. Gebietsleiter für den gesamten Südwesten. Deshalb bin ich überhaupt hierher gezogen. Und vor allem natürlich wegen des größeren kulturellen Angebots für Tänzer wie mich."
„Aha. Führen Sie eigentlich auch leistungssteigernde Mittel?"
„Wieso? Haben Sie Interesse?"

„Mia hawwe was?“
„Gekifft.“
„Gekifft? Im Leewe net.“

Kommissar Günda war *fäddisch mit de Welt.* Nicht gerade selten war er im Laufe seines Lebens mit Drogen in Berührung gekommen, gerade in seiner Jugend war das weit verbreitet. Und ja, auch er hatte ein paar Mal etwas geraucht. Ohne je eine besondere Wirkung zu verspüren. Aber das war ewig her. Er hatte bald jedes Interesse daran verloren. Allerdings war seine konsequente Abstinenz, selbst in geselliger Runde, nie leicht zu vermitteln gewesen.
„Auf! Prowia mol, Günda! Gonz frisch. Des töant voll.“
So etwas musste er sich gelegentlich immer noch anhören.
„Loss misch. Isch töan misch selwa.“

Seit er bei der Polizei war, kam das sowieso nicht in Frage. *Vabodde is vabodde.* Da war er strikt. Völlig egal, was es für Diskussionen gab, von wegen Alkohol sei doch auch erlaubt und Kiffer seien doch weit verträglicher als Volltrunkene.
Und nun wollte ausgerechnet *ihn* ein Kollege zum Kiffen verführt haben? Undenkbar.
„Sach bloß, Günda…“ Axel Kornfeld schaute ihn belustigt an: „Machsch du des etwa nie?“
Kommissar Günda schwieg.
„Des gibts jo net. Isch wärdd Härsch.“
Er kam sich vor wie damals auf diesem Reggae-Festival irgendwo im Rheingau, das er schließlich vorzeitig verlassen hatte, weil ihn all die Gestalten um ihn herum mit ihrem dümmlich-beseelten Grinsen genervt hatten. Ebenso wie die eintönige, sich dahinschleppende Musik. Nur sediert zu ertragen.
„Du willsch mia awwa net vazehle, dass du des gaa net machsch. Des wäa jo, des wäa jo…“ Kornfeld suchte nach Worten: „Des wäa jo nimmie nommal, wäa des.“

Sein Satzbau legte nahe, dass er immer noch oder schon wieder etwas zu sich genommen hatte.
Kommissar Günda war erschüttert. Wie hatte ihm das passieren können? Und wieso hatte er keine Erinnerung daran?
„Hosch du misch gezwunge? Sei ealisch, Weize!"
„Nää."
„Awwa vafiat!"
„Bissl. Nää! Isch sachs mol so, isch hab fa ä schääni Atmosfäa gsoiigt. Wenn isch gewisst heed, dass du soän Amadea bisch..." Er grinste breit: „Isch hab misch schun gewunnat. Mia hawwe gebabblt, isch hab bissl was gedreht, un du hosch ärschda gsacht *Loss des*. Als Witz, hawwisch gedenkt. Dann hosch du des also ärnscht gemähnt."
„Nadierlisch."
„Awwa weil isch so gedatscht gwest bin, hosch du gsacht, vun mia aus."
„Wu waren des?"
„Bei mia im Audo vornne. Isch kann da saare, net schlescht, dea Stoff. Aldale! Des töant! Net wie fria. Des knallt glei mol nei."
„Ähä. Un donn?"
„Donn hosch du irgendwann gsacht, loss misch aa mol."
„Nää! Des gibts net."
„Wennisch das saach."
„Un donn?"
„Hawwisch disch ärschda ziehe glosst. Wie dia des gfalle hot, hawwisch dia aa was gedreht."
„Ähns."
„Pfff! Du bisch voll gierisch gwest. Wie wenn du eewisch nix ghabt heedsch. Un jetz alles noochholle willsch."
„Sauwa! Isch weeß nix mea."
„Hosch dus guud, Tschief!"
So unfassbar die Angelegenheit für Kommissar Günda war, ein Gutes allerdings hatte sein unfreiwilliger Drogenrausch vollbracht: Sein Ohrwurm war wie weggepustet.

„Unne? Hawwe Sie schun was vum Tschief gheat?"
„Noch nicht, Marijonne. Aber ich habe alles Wesentliche in die Wege geleitet."

Freese wirkte beunruhigt und bedrückt. Er wollte sich seine Sorge um den Kommissar nicht anmerken lassen, aber man sah sie ihm unschwer an. Jedenfalls, wenn man einen Blick für Menschen und ihre Stimmungen hatte, worin Marion Helche schon durch die langjährige Gastronomieerfahrung geschult war. Für seine Verhältnisse hektisch hatte er die Gaststube betreten, Marion Helche hatte ihn abgefangen: „Isch hab grad än sibbzigschde Geborddsdaag, awwa dea geht nimmie lang." Nun wollte sie sich wenigstens etwas um ihn kümmern: „Soll isch Ihne was zum Esse mache? Sie sehe so aus, wie wenn Sies needisch heede. Grad ä leggari Subb. Un än Korzze. Des hilft manschmool."

Freese lehnte dankend ab und bemühte sich um ein unbeschwertes Lächeln. Er murmelte etwas von alten Akten und alten Fällen, die er sich vornehmen müsse. Marion Helche war nicht gerade überzeugt, wollte aber auch nicht weiter in ihn dringen: „Sie saare Bscheid, wenn Sie was wolle."
„Danke, Marijonne."

Ungewohnt wortkarg gegenüber der Wirtin verschwand er in seinem Büro. Tatsächlich hatte er es eilig. Er wollte nachschauen, ob sich dort irgendwelche Hinweise finden ließen auf den Verbleib von Kommissar Günda. Irgendwelche Verabredungen, die sein Chef getroffen hatte, von denen er nicht wusste. Namen, die in diesem Zusammenhang von Belang sein könnten.

*Love hurts. Uu huhuhuu. Love hurts.*

*Des kamma wohl saare*, dachte Kommissar Günda. *Un wie!* Zum x-ten Male lief nun dieser Nazareth-Titel aus den beiden kleinen Boxen in der Fahrerkabine des Weizen-Mobils. Alt- und Neugardaseeler hatten auf der durchgehenden, mit Kunstleder bezogenen und bereits reichlich ramponierten Sitzbank in der Fahrerkabine Platz genommen. Das Ächzen der Männer hatte dabei dem des Inventars in nichts nachgestanden. Allerdings hatte Kommissar Günda darauf gedrungen, dass erst ausgiebig gelüftet worden war: „Net, dassisch glei widda än Vollrausch krigg!"

*Love hurts*, früher hatte ihm das Everly Brothers-Lied in der Rock-Version gar nicht mal schlecht gefallen. Er konnte sich gut erinnern, als er es das erste Mal gehört hatte. *Uffare Paadie*, wo sonst? *Än Kumbl* hatte die Single mitgebracht, vielsagend grinsend: „Männas, isch sachs eisch, des, des is dea Bringa als Stehbluus."

In der Tat, nicht nur das richtige Tempo, sondern eine insgesamt geniale Mischung: ein bisschen Rock, doch nicht zu wild, Bratgitarren, doch nicht zu schrill, und ein sich immer wieder an das eigene Elend erinnernder Sänger, der mit seiner griffigen, ständig wiederholten Analyse *Love hurts* den Beweis antrat, wie sensibel Männer sein konnten. Stellvertretend für alle anwesenden Partygänger. Der Sänger auf dem Cover sah zwar nicht danach aus, im Grunde klang auch seine Stimme weniger weh- als anklagend, aber das machten der trauermarschartige Rhythmus und die weinerliche Botschaft wett. Mit beredtem, wissendem Schweigen hatte man zu diesem Lied den Liebesgebeutelten, den Gramgebeugten geben können, dem diese Himmelsmacht ähnlich übel mitgespielt hatte. Und man hatte nun alles Recht der Welt gehabt, sich mit einem Mädchen darüber hinwegzuwiegen. Die Tanzpartnerin war geradezu zwangsläufig in die Rolle der Trösterin geraten: *Kopf hoch!* Liebesopfer fanden nun einmal leichter Anschluss als Liebesschurken. Obwohl, oft genug hatte Kommissar Günda mitansehen müssen, wie stadtbekannte *Strooma* nicht abschreckend gewirkt hatten, sondern geradezu anziehend. Er selbst hatte das zweifelhafte Vergnügen gehabt, sich keiner der beiden Gruppen zugehörig zu fühlen.

Drei, vier Minuten dauerte der Song, dann hatte es für den Mann am Plattenspieler gegolten, möglichst rasch den nächsten Titel aufzulegen. Mixbänder gab es zwar auch erste, aber vernünftig klingende oder wenigstens lautstarke Kassettenrekorder waren rar. DJs waren noch keine Popstars. Meist hatte sich unaufgefordert ein schmächtiger Junge hinter den Plattenspieler verkrümelt und fortan um die Musik gekümmert. Nicht zuletzt in der frohen Erwartung, dass ihn so das eine oder andere Mädchen ansprechen würde: *Spiel doch mal Love hurts!*
Mit den regelmäßig auftauchenden Jungs – *Leg mol endlisch was Gscheides uff!* – hatte man eben leben müssen. Das war am Plattenaufleger abgeperlt, war er dafür doch immer irgendwie im Mittelpunkt gestanden, hatte etwas zu tun und keine Sorge, dumm in der Gegend herumzustehen. Wartend auf alles und nix, auf keinen und jeden. Ein Schicksal, das wiederum Kommissar Günda allzu oft ereilt hatte, weil er zu schüchtern für die Tanzfläche und sich zu schade für den Plattenauflegerposten gewesen war.

Und nun lief dieser Titel als Dauerschleife. Axel Kornfelds Fahrzeug verfügte dem Alter entsprechend noch über ein Kassettenlaufwerk. „Awwa schun mit Audorifföas[94]“, wie er sogleich stolz verkündet hatte. Was leider nicht zum Einsatz kam, denn der Kassettenrekorder besaß eine weitere Einrichtung, die

---

94 Autoreverse

zu den Hochzeiten dieser Abspieleinrichtung als geradezu sensationell gegolten hatte: Wenn man die Repeat-Taste gedrückt hatte, spulte das Gerät selbstständig und unaufgefordert nach dem Ende eines Titels zurück, fand zielsicher dessen Anfang, um sogleich wieder einzusetzen. Im Fall von *Love hurts* mit diesem unverkennbaren Intro: *Wamm! Damm! Tsssss…*

Selbstredend hatte Kornfeld diesen Knopf gedrückt, und er wusste diese Funktion dramaturgisch geschickt einzusetzen. War der Titel zu Ende, spulte das Laufwerk also zurück. Kornfeld füllte das quietschende, unregelmäßige Rattern punktgenau mit einer Zusammenfassung des Gesagten, etwa: „Un jetz isses rum. Isch hab kää Schangs mea. Sie will misch äfach nimmie hawwe."
*Wamm! Damm! Tsssss…*

Nach dem ersten Refrain setzte er dann wieder mit der Erzählung ein: „Dodebei hawwe mia so schääne Zeide ghabt. Zum Beispiel…"

Auf diesem Wege hatte Kommissar Günda erfahren, wie sich die beiden kennengelernt hatten: auf dem Pferdemarkt in Michelstadt. Wo sie sich das erste Mal geküsst hatten: auf dem Pferdemarkt in Michelstadt. Wohin sie ihre erste gemeinsame Reise geführt hatte: zum Pferdemarkt nach…
„Mischlstadt?"
„Nää. Duddehoffe."

Das Schöne an diesem Gespräch war, dass Kommissar Günda nichts dazu beitragen musste. Sämtliche Informationen kamen unaufgefordert, es bedurfte keiner Nachfrage. Nicht einmal seine Anteilnahme war vonnöten, selbst die übernahm Kornfeld: „Des nimmt disch aa mit, isch spüa des, Tschief."
Plötzlich klopfte es. Kornfeld kurbelte die Scheibe herunter – per Hand ein durchaus mühsamer Vorgang – und blickte hinaus.

*Wamm! Damm! Tsssss…*

Kommissar Günda konnte nicht hören, was gesprochen wurde, weil der Sänger wieder zu jammern begonnen hatte. Er beugte sich nach vorne und konnte im Außenspiegel nur einen Teil des kahlen Kopfes eines Mannes sehen, der mit etwas wedelte.
Gelassen lehnte er sich zurück. Gleich würde er ohnehin erfahren, worum es sich handelte.
Axel Kornfeld schüttelte den Kopf und kurbelte die Scheibe wieder herauf: „Schdeeg, isch brauch kää Schdeeg. Isch bring eh nix nunna."
*Schdeeg?*, dachte Kommissar Günda. *Hawwisch des grad rischdisch gheat?* Mit Macht überfiel ihn ein Hungergefühl.
„Mei Rossie, die hot vleischt koche gekennt. Grad Schdeeg. Ia Spezialideed. Des macht sie bstimmt imma noch. Bloß nimmie fa misch."
„Äh…" Kommissar Günda fürchtete, das Steak könnte infolge weiterer Details zur kulinarischen Geschichte der Kornfelds in Vergessenheit geraten: „Wu gibtsn des Schdeeg?"
„Driwwe, bei de Nochbaa. Die grille. Awwa isch, isch bring jo eh nix nunna."
„Grille? Im Winda?"
„Un donn sacht die uff ähmol zu mia: *Du keentsch aa mol bissl abnämme.* Wenn die misch jetz sehe keent. Abgemagat. Awwa des is derre wahrscheinz egal."
Kommissar Gündas Blick fiel *uff de Ronze newedroo.*
Vielleicht hatte Kornfeld tatsächlich etwas abgenommen. Schaden könnte es nicht. Auf jeden Fall musste er ja nicht unbedingt mithungern, davon hätte ja keiner etwas: „Wu wären des mit demm Schdeeg?"
*Wamm! Damm! Tsssss…*

Kommissar Günda wusste, weshalb er nicht sofort eine Antwort bekam: Kornfeld wartete den ersten Refrain ab.

„Do gibts än Blatz zum Esse…"
„Auf, Weize, du musch unna die Leit, du derfsch disch net hänge losse."
„Mähnsch[95]?"
„Ubedingt. Auf, jetz gehe ma mol do hie!"
„Alla guud, vleischt hosch du Rescht."
Abrupt stoppte Kornfeld die Musik.
„Endlisch…", entfuhr es Kommissar Günda.
„Soän Hunga, Tschief? Wie kummtn des?"
„Äh… Weize, du weesch doch, wies is, wemma gekifft hot."
„Awwa du hosch doch gesse bei mia."
„Hä?"
„Doo!" Kornfeld deutete auf eine Dose im Fußraum: *Heringsfilet in würziger Tomatentunke.*
„Des? Des hawwisch gesse?"
„Zwee vun denne. Un drei mit Sempff."

---

[95] Meinst du?

Hatte sein Chef etwas herausgefunden? War er auf einen Gewaltverbrecher gestoßen, und hatte der einen Weg gewählt, seiner Verhaftung zu entgehen, indem er Kommissar Günda aus dem Verkehr zog?

Es dauerte nicht lange, bis Freese Dinge entdeckte, die ihn – gelinde gesagt – überraschten. Er hatte sich erlaubt, an Kommissar Gündas Schreibtisch Platz zu nehmen. Der war eher übersichtlich gehalten, es gab keinen Computer, lediglich ein altmodisches Telefon. Dafür hatte sein Vorgesetzter eine Schreibtischunterlage, wie es sie in Freeses Jugend gegeben hatte. Nicht auszuschließen, dass diese auch aus jener Zeit stammte. Etwa zwanzig Blätter DinA2, an einer Seite zusammengeklebt und bedruckt mit allerlei Lehrreichem, hier den Maßeinheiten aus der ganzen Welt. In der Mitte eine große Freifläche für Notizen, Telefonnummern. Allerdings hielten sich Kommissar Gündas Aufzeichnungen in Grenzen. Ehe sich Freese daran machte, sie zu lesen – er hatte erst gezögert, aber privat war das ja nicht, alles befand sich schließlich auf einem Dienstschreibtisch –, hatte er sich entschlossen, den Tischkalender durchzublättern. Kommissar Günda nutzte diesen jedoch offenbar lediglich, um sich an Geburtstage erinnern zu lassen. Es fanden sich die Namen von Marion Helche – naheliegend –, Freese – erklärlich –, Wiebke Freese – schon ein wenig überraschend –, Kommissar Gündas eigener Geburtstag – *goldig*, wie man hier sagen würde –, sowie ein paar Namen, die Freese nicht zuordnen konnte: Ingrid, Beatrix, Astrid und ein gewisser Horst, der seltsamerweise gleich zwei Mal auftauchte. Nirgends dagegen gab es einen Hinweis auf irgendeinen Termin. Freese stellte den Kalender wieder an seinen Platz. Er öffnete die oberste Schublade. Ohne schlechtes Gewissen, wie er sich bescheinigte. Oder zumindest mit einem vernachlässigbaren, schließlich ging es mutmaßlich um Leib und Leben seines Chefs. Dort fanden sich zahlreiche Dokumente. Gleich der erste Brief enthielt eine Beleidigung: *Tschief, du Dappes!* Eine Schmähung allerdings, von der Freese gelernt hatte, dass sie in der hiesigen Sprache gar nicht als solche gemeint sein musste. Mit Bleistift hatte Kommissar Günda Anmerkungen gemacht, korrigierende Anmerkungen. Die beiden *p* waren durchgestrichen und durch *b* ersetzt.

Es gab noch ein paar dieser verstörenden Botschaften, zum Teil handschriftlich, zum Teil waren die Buchstaben aus Zeitungen geschnitten und aufgeklebt worden:

*Mach dass fortkummsch!*
*Letzte Warnung*
*Ganz Glickerbach hasst die Sokodo!*
*Freese muss weg. Dummbabbler.*
*Bring dem mal Deutch bei!*

Kommissar Günda hatte ihn nie über die Existenz solcher Schreiben informiert und selbst das, was Freese betraf, von ihm ferngehalten. Bedeutete das am Ende, er hatte sich schützend vor seinen Assistenten gestellt und war deshalb zum Opfer geworden?

Freese wusste, es gab immer Leute, der die Polizei ein Dorn im Auge war. In aller Regel war dies nicht sonderlich ernst zu nehmen. War Kommissar Günda hier einer Fehleinschätzung erlegen?

Schließlich nahm sich Freese die Schreibunterlage vor: Kritzeleien, durchgestrichene Telefonnummern. Er stolperte über einen Namen, unzweifelhaft in Kommissar Gündas markanter, kleiner, sehr akkurater Handschrift notiert: *Hansi.* Ein Name, der in letzter Zeit auffallend häufig aufgetaucht war. War er nicht auch vorhin in Fußheim gefallen?

Daneben fand sich eine Nummer. Freese tippte sie ins Telefon.

„La la la la lala laa“, ertönte es aus dem Hörer. „Hier sprischt eian Ronnie, de Voddahofa. Un ia wisst jo: Wenn dea singt, eian Ronnie, schwingt die Lisbeth ian Ponnie. Un jetz alle! La la la la lala laa!“

War er zuerst hocherfreut, dass Kommissar Günda mit diesem besonderen Zeugen Kontakt aufgenommen hatte, bot sich doch für ihn damit die Möglichkeit, einen derart faszinierenden Künstler kennenzulernen – neben möglicherweise wichtigen Informationen –, holte ihn schnell die Erkenntnis ein, dass kaum davon auszugehen war, noch an diesem Abend einen Termin ausmachen zu können. Bestimmt war dieser gefragte Mann bereits auf dem Weg zu einem Auftritt. Dann würde er sich eben gedulden müssen. Wer weiß, ob ihn diese Spur überhaupt weiterbrächte. Artig sprach Freese also auf den Anrufbeantworter, wer er sei und dass er um baldigen Rückruf bitte.

Er stützte die Ellenbogen auf Kommissar Gündas Schreibtisch und legte sein Kinn auf die gefalteten Hände, als es klopfte.

„Isch hab noch bissl was iwwarisch vum Geborddsdaag. Tässl Kaffee? Sticklsche Kuche?“, offerierte Marion Helche durch die geschlossene Tür. Freese stand auf, um dankend abzulehnen. Und um der Situation zu entgehen, an Kommissar Gündas Schreibtisch angetroffen zu werden.

„Die Männas vun de Houli Haxe sin ibbrigenz aa grad doo.“

„Die Männer vom Ballett sind da?“

„Vornne in de Gaststub bei mia. Die hawwe ä klläänes Miiding[96].“

„Das trifft sich gut.“ Vielleicht würde sich mit den Tänzern etwas ergeben: „Dann sagen Sie den Herren doch bitte, ich hätte sie gerne gleich gesprochen.“

„Machisch.“

[96] Meeting

Auch am Glickerbacher Männerballett waren die Ereignisse nicht spurlos vorübergegangen. Einerseits war man sich weiterhin einig, dass man ganz im Sinne des Verstorbenen an den ausstehenden Auftritten festhalten sollte. Andererseits stand doch in der gegenwärtigen Situation keinem wirklich der Sinn danach sich vorzubereiten, als sei nichts geschehen. Nicht zuletzt deshalb hatte ihnen die Trainerin eine Pause verordnet. So könnte sich der Ersatzmann einarbeiten, so könnten die Männer aber auch das Geschehene verarbeiten und vielleicht den nötigen Abstand gewinnen.

Doch zu Hause – das wurde schnell deutlich – begann man zu grübeln, dort fiel einem die Decke auf den Kopf. Jeden plagten auch mehr oder minder Überlegungen, wie man das tragische Ereignis hätte verhindern können. Und so waren die Männer froh, als einer von ihnen auf die Idee gekommen war, sich im Roten Ochsen zu treffen. „Statz Drähning."

Marion Helches Ankündigung, Freese wolle sie sprechen, sorgte nicht gerade dafür, dass sie von dem alles beherrschenden Thema abgelenkt wurden, im Gegenteil. Wieso befasste sich die Polizei immer noch mit dem Tod ihres Mittänzers?
Die unausgesprochene Frage beschäftigte die Männer. Jeder hing seinen Gedanken nach.
In die Stille platzte Freese: „Störe ich?"
Er war es gewohnt, dass die Glickerbacher nicht unbedingt das Gespräch mit ihm suchten. Umso überraschter war er, wie aufgeschlossen sie sich zeigten.
„Nänää", beeilten sich gleich mehrere der Anwesenden zu versichern. Man habe nur nachgedacht. „Wejem Roina."
Ob es einen besonderen Grund gebe, dass sich die Polizei immer noch mit dessen Tod beschäftige.
Freese erwog kurz, ihnen von seiner Besorgnis zu berichten, das Verschwinden des Kommissars könnte darauf hindeuten, dass

Funkes Tod einen verbrecherischen Hintergrund habe, entschied sich dann jedoch dagegen: „Das ist eine ganz normale Untersuchung, die wir in solchen Fällen anstellen. Wir müssen einfach ausschließen, dass jemand für den Tod Ihres Kollegen verantwortlich ist."
Das hatte er nun doch nicht gerade unverfänglich formuliert. Ein Zeichen, wie angespannt er war und wie groß mittlerweile die Sorge um seinen Chef. Dementsprechend ließen die Nachfragen nicht auf sich warten.
„Mähne Sie, demm Roina hot ähna was mache wolle?"
„Is vleischt ähna droo schuld, dass de Roina hie is?"
„Un wea waaren des donn? Wisse Sie des schun?"
„Mordd beim Männaballett? Gibts des?"
„Moment. Davon habe ich nichts gesagt."
„Awwa so ähnlisch."

Freese gab es auf zu widersprechen. Ihm ging es ja schließlich darum, von den Männern etwas zu erfahren. Nicht zuletzt im Hinblick auf seinen Chef: „Sagen wir einmal so, wir können im jetzigen Stadium nicht ausschließen, dass jemand seine Finger im Spiel gehabt hat. Fest steht, Ihr Kollege hat an diesem Abend ein höchst gefährliches Aufputschmittel zu sich genommen. Fragt sich, ob er das bewusst getan hat."
„De Roina? Im Leewe net."
„Wissen Sie, ob er vielleicht schon früher zu einem solchen Mittel gegriffen hat?"
„Uffputsche? Des hot dea gaa net needisch ghabt, des waa ä Rambesau. Wenn dea uff die Bihn is, donn is dea abgange wie ä Zäpfl."
„Alladings."
„Ja, das deckt sich mit dem, was man uns von allen Seiten erzählt. Aber – mit Verlaub, ich möchte keinem zu nahe treten – Sie werden natürlich alle nicht jünger."
„Was sollen des heeße, hä?"

„Die Junge, die mache mia als noch nass."
„Ich meine nur, vielleicht war das ja mal Thema bei Ihnen, der Leistungsdruck." Freese wurde vorsichtig. „Da stellt sich vielleicht die Frage, ob man dem immer wird Stand halten können."
„Oukey, ä Schnäpsl, des hawwisch aa mol gezischt voahea. Awwa de Roina nie. Dea hots jo mim Härzz ghabt."
„Eewe."
„Do sachsch du was, des macht doch kähn Sinn."
„Nun, und das lässt uns eben darüber nachdenken, ob Herr Funke irgendwelche Feinde hatte."
„Null!", bestätigten alle unisono. Im Gegenteil, er sei überall beliebt gewesen. Sogar sehr beliebt. Der beliebteste von allen. Freese fühlte sich bestärkt. Diese Wertschätzung rührte nicht von einer höflichen Verklärung eines jüngst Verstorbenen. Zugleich spürte er eine gewisse Offenheit der Männer, und er wollte diese Chance nutzen, auch Persönliches, eher diskret zu Behandelndes zu erfahren: „Er hatte ja ein Geschäft, vielleicht gab es einmal Ärger mit Konkurrenten. Kommt ja vor."
„De Roina, dea waa imma subba korräckt un fäa."
„Ein erboster Kunde?"
„Weila net rischdisch gebläddlt hot? Im Leewe net."
„Vielleicht hat er über jemanden schlecht geredet."
„Hodda net."
„Net de Roina."
„Des waa gaa net sei Aat."
„Hatte er Geldprobleme? Schulden? Ein teures Hobby?"
„Die Fraa. Awwa des is jo bei uns allene so."
„Bei mia net. Isch hab kähni mea."
„Isch aa net. Awwa isch sach da ähns: Donn wärdds noch deiara."
Dieser Einwurf sorgte zumindest kurzzeitig für Heiterkeit.
Freese ließ sich nicht beirren: „Seine Geschäfte liefen also gut. Keine finanziellen Probleme."
Allgemeines Kopfschütteln.

„Vielleicht spielte Herr Funke. Verbotenes Glücksspiel? Spielschulden bei irgendwelchen zwielichtigen Typen?“
„De Roina? Nää.“
Dafür sei der viel zu solide gewesen.
„Also absolut keine dunkle Seite. Ein Mann ohne Fehl und Tadel sozusagen.“
„Kamma saare.“
„Uff jedn Fall.“
„Ganz anders als sein Sohn. Wir haben gehört, mit dem gab es immer wieder Probleme. Er ist polizeibekannt. Vorbestraft.“
„Stiefsoohn“, korrigierte man sogleich in der Runde. „De Maiiguss, dea geht uff soin Vadda naus, sein rischdische. Des waa aa soän Strooma.“
„Sein leiblicher Vater, wo lebt der eigentlich?“
„Kää Ahnung, dea is irgendwann abghaut. Kanada?“
„Nää, Ibiza.“
„Isch hab mol gheat, Mallediefe.“
„Vielleicht hatte er Rachegelüste gegenüber Herrn Funke.“
„Nää.“
„Des waa doch demm egool.“
„Dea is doch abghaut un hot die Famillje im Stisch glosst.“
„Dea kann froh sei, dass de Roina sisch um alles gekimmat hot. Isch heed des net gemacht, des mussisch saare.“
„Isch aa net.“

Freese war durchaus beeindruckt. Offenbar war es undenkbar, Rainer Funke mit irgendetwas Negativem in Verbindung zu bringen. Er startete einen letzten, zaghaften Versuch: „Also ein Mustermann. Keine Schwäche, keine Fehler. Geschweige denn ein Fehltritt.“
Die Männer schüttelten ihre Köpfe.
„Höckschdens…“ setzte einer an. „Die Sach dorttmols in Ungarnn.“
Freese horchte auf: „Welche Sache in Ungarn?“

Die Männer drucksten. Man habe einmal einen Ausflug gemacht nach Budapest. Es sei dort hoch hergegangen, man habe das eine oder andere Getränk zu viel zu sich genommen, die Stimmung sei ausgelassen gewesen. Sehr ausgelassen.
„Bei uns allene."
Irgendwann sei der Wirt gekommen und habe gefragt, ob er noch etwas für sie tun könne. Daraufhin habe einer aus ihrem Kreis gerufen – wer, das wisse man nicht mehr –, man sei vollauf zufrieden, das einzige, was noch fehle, das seien Frauen.
Alle hätten gelacht, und alle seien sich natürlich einig gewesen, es handele sich um einen Scherz.
Eine halbe Stunde später jedoch sei der Wirt wiedergekommen mit den Worten, die Frauen stünden nun bereit.
„Mia gedenkt des heit noch, wie dea des gsacht hot: *Die Damen meschten jetzt hier sein.*"
Daraufhin hätten sie alle gelacht und versucht, ihm klar zu machen, man habe bloß herumgealbert, ein Bierulk. Der Wirt jedoch habe das gar nicht lustig gefunden. Er müsse die Damen zumindest entschädigen. Und er habe gedroht, ein paar gute Freunde zu rufen, die die Angelegenheit schon klären würden. Daraufhin habe man sich aus dem Staub gemacht. Unter wüsten Flüchen des Wirtes. Das habe man vermutet, man verstehe ja kein Ungarisch.
„Mia hawwe des net weidas ärnscht genumme, awwa dem Roina, demm waa des schun aiig."
„Arg?"
„Uhn-ahn-ge-ne-hem."
„Verstehe. Er hatte Sorge, seine Frau könnte davon erfahren."
„Nää. Weje demm seine Eldan. Die ware aiig streng."
„Interessant. Klingt nach einer möglichen Erpressung. Wann war der Vorfall?"
„Loss misch mol iwwaleje…"
„Des waa doch die zwett Kambannje vun de Houli Haxe…"
„Donn muss des gwest sei…"

„Dass isch net lieg..."
„Voa fimfedreißisch Joa."
„Stimmt."
„Gönau!"
„Des gedenkt mia heit noch."

Rührend. Freese musste sich ein Lachen verkneifen. Solche Musterknaben allesamt. Einen Zusammenhang der Ungarn-Affäre mit Funkes Tod, geschweige denn mit Kommissar Gündas Verschwinden konnte er sich beim besten Willen nicht vorstellen.
Er bedankte sich, versprach, die Männer auf dem Laufenden zu halten, und beschloss notgedrungen, seine Ermittlungen erst am kommenden Tag fortzuführen.

„Na endlich, Axel!“
„Wir wollten schon anfangen, das Fleisch ist gerade richtig.“

Eine aufgeräumte Runde, auf die sie da trafen, damit hatte Kommissar Günda nicht gerechnet. Muntere Männer und Frauen in ähnlich fortgeschrittenem Alter hatten sich auf diesem durch Bambussträucher windgeschützten Plätzchen vor einem tipi-artigen Zelt eingefunden. Ein imposanter Gasgrill – mit entsprechender Bestückung, wie er sofort hocherfreut bemerkte – verströmte appetitanregenden Duft, auf einem Teakholztisch befanden sich mehrere Schüsseln mit Salaten sowie Teller, Gläser und Besteck. In einer Ecke entdeckte Kommissar Günda obendrein einen Weinschrank. Zwei Wärmepilze sorgten dafür, dass die Versammelten ohne jede Winterkleidung auskamen. Im Zentrum stand eine auffallend gepflegte Rattanmöbel-Sitzgruppe mit Polstern und Kissen in dunklem Blau. Hier würden bestimmt an die zwanzig Personen Platz finden.
„Wo bleibt denn die Rosie?“
„Geht es ihr nicht gut? Ich habe sie noch gar nicht gesehen.“
Kornfeld schüttelte nur den Kopf.
„Die ist nischt dabei. Bloß de Günda. Moin Froind, moin beschda.“
Die Begrüßung für den Neuankömmling fiel überaus herzlich aus. So herzlich, dass Kommissar Günda in die Not kam zu entscheiden, ob man sich nun zwei oder drei Mal mit angedeuteten Küsschen herzte. Eine Frage, bei der er immer scheiterte, egal, wozu er sich entschloss. Eigentlich mochte er solche Vertraulichkeit mit Fremden nicht, aber hier, das spürte er sofort, war das nicht aufgesetzt und gezwungen. Hier war er tatsächlich willkommen. Und in einem solchen Kreis bewegte sich *de Weize*?
„Und wieso ist Rosie nicht mitgekommen? Es ist so herrlich am See, gerade jetzt, wenn noch so wenig los ist.“
„Schweeß.“

Er wusste, es war an ihm, das Wort für Kornfeld zu ergreifen, denn der war dazu nicht mehr in der Lage. Hemmungslos schluchzte er drauflos. Kommissar Günda registrierte mit Sorge, wie im Handumdrehen aus diesem großen, wuchtigen Mann wieder ein Häufchen Elend geworden war.
„Demm Seini, isch moine, soine Frau, die is fortt“, beschied er die Runde knapp.
Eigentlich war das nicht korrekt, das wusste er, aber im Kern traf das den Sachverhalt. Und es würde gewiss genügend Gelegenheit geben, die Details zu klären. Wenn das überhaupt in Kornfelds Sinne sein würde.
Seine Äußerung sorgte für ein einhelliges Echo, und die Anteilnahme schien aufrichtig.
„Du Armer!“
„Das tut mir leid, Axel.“
„Wie ist das möglich, ich meine, ihr seid so ein ideales Paar!“
„Und dann hast du deinen guten Freund mitgebracht, wie schön, dass der dich begleitet.“
„Das ist Freundschaft, schön, wenn jemand zu einem hält, gerade in solchen Momenten. Sie haben bestimmt Hunger, Günda.“
„Alladings“, entfuhr es ihm vielleicht ein wenig zu prompt, wie er kurz fürchtete, aber alle waren derart von der Situation bekümmert, dass das keinem unangenehm auffiel. Fünf Frauen und fünf Männer hatte Kommissar Günda gezählt, vermutlich allesamt Pärchen.
„Genau! Jetzt stärkt euch beide erst einmal!“
Die Frau, die sich als erste nach Rosie Kornfeld erkundigt hatte, machte sich bereits mit einer großen, hölzernen Kelle am Salat zu schaffen. „Jens, kümmerst du dich um die Steaks für unsere beiden Ausgehungerten?“

Die Versorgungslage war vorzüglich. Diese Gruppe Gardaseereisender verstand es wahrlich, das Leben zu genießen. Und das auf einem Campingplatz!

Es stellte sich heraus, dass sich alle bereits vom aktiven Berufsleben verabschiedet hatten, der eine früher, der andere später. Der Zufall hatte sie hier zusammengeführt. Im Laufe der Jahre hatte sich durch die zahlreichen Begegnungen aus guter Nachbarschaft Freundschaft entwickelt, und man hatte sich entsprechend für die gemeinsamen Unternehmungen, die offenkundig nicht zuletzt im Kulinarischen lagen, eingerichtet. Auf hohem Niveau, wie unschwer zu erkennen war. Jeder hatte etwas beigesteuert, und so war dieses Plätzchen gewachsen, stets gehegt und gepflegt von dem, der gerade vor Ort war. Und jetzt, um den Winter zu verabschieden, war die Gruppe vollzählig erschienen. Fast.
Gezeltet wurde hier nicht, einzig ein gemeinsames Versorgungs-Tipi hatte man installiert. Ansonsten lebten die Pärchen in ihren Wohnmobilen. Und so oft man den Wunsch verspürte, kam man zwanglos zusammen.
*Schää*, dachte Kommissar Günda und beneidete Kornfeld um diesen Kreis: *So was hawwisch net. Net dehähm. Un aa net wu annascht.*

Aus ganz Deutschland kamen sie, keiner sprach Dialekt, das wurde sehr bald deutlich. Aber es störte sich auch keiner am Tonfall der Kurpfälzer.
Nach dem Essen, bei dem Kornfeld eher pflichtschuldigst in seinem Nudelsalat gestochert hatte, war der Zuspruch für ihn immens. So freundlich und einfühlsam waren alle, Kommissar Günda war davon sehr angetan. Er hatte nur Mühe, sich die Namen der Anwesenden zu merken. Keine neue Schwäche, wie er wusste. Selbst in kleineren Kreisen.
„Das wird wieder“, versprachen gleich mehrere.
„Wir hatten auch unsere Krisen“, bekannte einer der Männer. „Aber dann haben wir irgendwann gemerkt, was wir aneinander haben.“
„Was du an mir hast“, korrigierte ihn umgehend eine Frau, die

sich so als die Seine zu erkennen gab.
„Das meinte ich ja“, bestätigte dieser eilig. „Was ich an dir habe.“
„So eine Krise kommt überall vor“, erklärte ein stattlicher Mann mit vollem grauem Haar. Kommissar Günda war von Anfang an dessen aufrechte Haltung aufgefallen, die er auch im Sitzen einnahm.
„Mit Krisen kennt er sich aus“, erklärte die Frau ihm gegenüber. „Er war schließlich in seinem früheren Leben Bankdirektor. Wie lange seid ihr schon getrennt?“
„Oine“, stieß Kornfeld hervor. „Oine Woche.“
„Ha! Das ist ja gar nichts. Ich war mal fast ein halbes Jahr ausgezogen“, bekannte der Mann neben dem ehemaligen Bänker. „197 Tage, um genau zu sein.“
Die Präzisierung kam von der Frau, die sich gerade am Weinschrank zu schaffen machte. Ein Glas in der Rechten, eine Rotweinflasche in der Linken, drehte sie sich zum Plenum und ergänzte freimütig: „Als die Kinder aus dem Haus waren, hatten wir plötzlich so unsere Schwierigkeiten. Es fehlte uns ein gemeinsames Thema.“
„Wir hatten die Probleme, als Bernd in Rente gegangen ist.“ Kornfelds Nachbarin zur Linken hatte sich zu Wort gemeldet. „Obwohl wir schon ein gemeinsames Thema hatten: das Rentnerloch.“
Kommissar Günda meinte wahrgenommen zu haben, wie ein kollektives Zucken durch die Runde ging.
„Aber das dauert ja bei euch noch ein Weilchen. Steckt da vielleicht jemand anderes dahinter? Kann das sein?“
Kornfeld schüttelte den Kopf.
„Net dassischs wisst.“
„Ich meine bei dir, Axel.“
„Bei mia?“ Kornfeld war aus seiner Apathie erwacht: „Im Leewe net! Nie! Füa misch gibt es nur ähni: mei Rossie!“

Einmal mehr musste sich Kommissar Günda wundern. In seiner Erinnerung hatte Kornfeld doch keine Gelegenheit ausgelassen, andere Frauen anzubaggern. Ob blond, ob braun, er liebe eben alle Frauen. Und sie liebten nun einmal ihn. Seine Rosie, so hatte er zu allem Überfluss auch gerne bei solchen Gelegenheiten geprahlt, die müsse nun einmal damit leben, dass ihn die Frauen umschwärmten.
„Ich könnte sie anrufen und ihr den Kopf waschen", bot die Bänkersgattin an. „Sie weiß offenbar gar nicht, was für einen tollen Mann sie hat. Du bist doch ein echter Glücksgriff für jede Frau, Axel."
Der schluckte vernehmlich: „Fa sie net."
„Das wird wieder. Ganz bestimmt."
Einhelliges Nicken in der Runde. Gleich zwei Hände legten sich tröstend auf Kornfelds Schultern.

Es blieb ein monothematischer Abend. Kommissar Günda erfuhr so viel vom langjährigen Eheleben der Anwesenden, dass er zwischendurch den Impuls verspürte, darauf hinzuweisen, dass ihn das alles doch gar nichts anginge. Gleichzeitig fand er es hochinteressant, ihm selbst gingen ja derlei Erfahrungen weitgehend ab.

Ihn faszinierte auch die Lagerbildung. Zuerst schlugen sich alle wie selbstverständlich auf Kornfelds Seite: *Wie konnte sie ihm das nur antun? Was war bloß in sie gefahren?*
Dann zeigten ausgerechnet Männer grundsätzlich Verständnis für Frauen, die ihrer Ehe überdrüssig waren. Kommissar Günda vermutete eher niedere Motive, vielleicht ein schlechtes Gewissen. Das wiederum veranlasste einige Frauen erst recht, Partei für Kornfeld zu ergreifen, andere gaben sich salomonisch, es komme immer darauf an. Bauten sie etwa vor?
Schließlich einte ein Einwurf von Sabine – den Namen seiner Erstwohltäterin schien er sich merken zu können – die Runde.

Sie meinte, sie habe schon früher erste ungute Anzeichen bei Rosie entdeckt. Das wirkte wie ein Auslöser, es dauerte nicht lange, dann fielen alle einmütig über sie her. Kornfeld schien das gut zu tun. So gut, dass er sogar anfing, sie zu verteidigen. Was ihm weiteres Lob einbrachte: „Wenn sie sich nicht eines Besseren besinnt, Axel, weiß du was, dann hat sie dich nicht verdient!"
„Genau!"
„Ich sage dir, die steht bald reumütig wieder vor dir. So war das bei uns auch."
„Jedenfalls so ähnlich."

Kommissar Günda fragte sich, was für Gespräche wohl später in den einzelnen Wohnmobilen geführt würden.
„Bist du eigentlich auch verheiratet, Günda?"
„Äh… Derzeit nischt."
„Vielleicht besser so", meinte Sabines Mann Jens und erhielt einen tadelnden Blick, der ihm infolge des nun doch langsam spürbaren Alkoholkonsums allerdings entging.
„Und, wie siehts aus, meine Damen und Herren?", meinte der Bankdirektor a.D. in einem jovialen Ton, der seine ganze Routine im Umgang mit aufkeimenden Konflikten in Gruppen erkennen ließ: „Kiffen wir eine Runde?"

„Äh, Weize, isch heedemol gärnn ä Frooch: Wie issn des mim Iwwanachde?"
„Kää Probblähm. Isch hab jo jetz Blatz im Audo."
„Äh… Wue?"
„Hinne. Du bisch doch schun drin gleje. Isch glabb[97] de Disch um, donn hawwe mia ä schäänes Dobblbett."
„Subba."
„Kenne ma noch bissl babble."
„Obdimal."
„Gell?"

Und so kam es denn auch. Kornfeld hatte vom allseitigen Zuspruch erkennbar profitiert, er wirkte deutlich gefestigter und zu Kommissar Gündas Leidwesen überhaupt nicht müde. Das von ihm als Hoffnungsschimmer entdeckte *Gräwele*[98] im Doppelbett entpuppte sich beim Aufbau der Schlafstatt als kaum erkennbare, geschweige denn grenztaugliche Furche. „Des hawwe mia gewollt dorttmols", erklärte Kornfeld unaufgefordert. „Nix zwische uns. Wenn als die Leit vazehle, sie schlofe gedrennt, des kannisch gaa net vastehe."
*Isch schun*, dachte Kommissar Günda.
„De Glaus beispielsweis mit seinare Ingrid, die mache des so. Du weesch, die wu sisch mol fascht gedrennt hawwe."
„Aa, die", erwiderte Kommissar Günda allenfalls ahnungsvoll, aber artig.
„Die hawwe irgendwonn soggaa ä zweddes Woohnmobil heagebrocht."

Ein Gutes gab es allerdings doch, die Musikanlage im Wohnbereich war kaputt: „Hie. Vollischt. Kamma nix mache. Schaad. Höckschdens, isch mach vornne bissl lauda. Des steat kähns do

---

[97] klappe
[98] Bettritze

drauß, des is des Schääne do."
„Nää, net needisch, Weize! Loss mol", wehrte Kommissar Günda ab, eine neue Breitseite *Wamm! Damm! Tsssss…* fürchtend. „Kamma bessa babble."
„Des stimmt alladings. Günda, du bisch so feinfühlisch. Schää, dass mia uns jetzat bissl bessa kennegelärnnt hawwe."

Dabei könnte man es zumindest für diese Nacht auch gerne belassen, dachte Kommissar Günda, doch für Kornfeld gab es damit die ideale Basis, ihm nun alles über den nichtigen Anlass der Trennung anzuvertrauen. Nachdem er zuvor im Plenum so wenig zu den tragischen Vorgängen im Einzelnen hatte beitragen können, angeschlagen wie er nun einmal gewesen war, zeigte er sich nun endlich in der Lage, die Lücken zu füllen.
„Voahien is des net gange. Des vastehsch du, Günda, odda?"
„Hajo. Des is aa gaa net schlimm weidas. Des kannsch du mia annamol vazehle."
„Nänää. Des muss raus. Folgendes: Mia hawwe gesse zamme. Wie imma. Sacht sie uff ähmol: *Hea, du keentsch aa mol rischdisch uffesse!*
Hawwisch gsacht: *Hä? Wie mähnschen du des?*
Sacht sie zu mia: *A, du lesch doch imma was iwwarisch. Mol ä Gadoffl. Mol ä Stiggl vum Kohlrabbi, ä Äabs, zwee Garodde. Bloß des Flaasch*[99]*, des isch imma gonz.*
*Sicksch*, hawwisch gsacht. *Weil mias schmeckt.*
*Hä? Schmeckt dia des annare vleischt net?*
*Doch*, hawwisch gesacht.
*Aaba?*
*Nix.*
*Un wisso lesch du donn imma was iwwarisch?*
*Isch hab des mol gelärnnt in de Schul,* saarisch. *Wemma heeeflisch is, donn kratzt ma sein Della net ab. Donn lässt ma imma bissl was*

[99] Fleisch

*iwwarisch.*
*Wahrscheinz, dass isch mähna zum du hab mim Abwasch. Donge!*
*Alla guud*, saarisch. *Weje mia schleck isch denn Della halt aa noch ab.*
Druff die: *Weje mia musch du gaa nix. Weesch warum? Weil mia uns drenne. Mia langts. Ab soffortt kannsch du so esse, wie du willsch. Fa imma!*
Isch mähn, Günda, stell da des mol voa: Mia drenne uns weje zwee Garodde. Des derfsch du kähm vazehle! Wenn mia uns scheide losse, frägt misch de Rischda: *Wisso?* Saarisch demm: *Härr Rischda, weje zwee Garodde!*
Dea langt sisch doch an de Kopp. Dea sacht doch: *Hea, ia zwee misst zua Strafe än gonze Duddesack voll Garodde fresse.* Deedisch mache. Awwa des nitzt aa nix mea. Isch bin donn, isch gebs zu, aa bissl laut worre. Un am Schluss hawwisch gsacht: *Weesch was, Rossie? Isch glaab, es is bessa, isch geh!*
Un mähnsch du, die heed gsacht *Nää! Bidde! Geh net!*
Nix. Do waadisch heit noch. Isch sach da ähns, wenn Meini fortt wäa, isch heed die Bollezei ghollt! Isch heed die gsucht, iwweraal! Isch heed wahrscheinz soggaa disch eigschaldet, Günda!"
„Hä? Is was bassiat?"
Kommissar Günda hatte seinen Namen vernommen und war erschrocken. Er war kurz sanft eingeschlummert und hatte Mühe, sich zu vergegenwärtigen, wo er überhaupt war. Dann fiel es ihm wieder ein.
„Vleischt stehe mei Sache schun draus voam Haus fa de Sperrmüll."
„Des kannisch ma net voastelle." Kommissar Günda suchte dringend einen versöhnlichen Schluss: „A wa! Dei Rossie, die denkt bstimmt *Moin Weize, dea hot än Hals un muss sich bissl abreagiere.* Isch kann ma voastelle, dass die mogge do ufftaucht."
„Doo? Bei uns? Am Gaddasee?"
„Gönau. Un donn wäas guud, wenn du ausgschloofe wäasch,

Weize. Frisch im Kopp. Un adragdief[100]. Du musch kämpfe um dei Fraa."
Er wusste nicht, woher er das jetzt hatte, und bedauerte sogleich seine Einlassung, denn Kornfeld jammerte unüberhörbar: „Kämpfe? Ich bin zu schwach. Schun weje demm wennische Esse, des wu isch ghabt hab."
„Mogge mache ma ärschda än Waldlauf un weesch, was mia dann mache, mia zwee?"
„Nää."
„Mia kaafe paa zwee Garodde. Un donn iibsch du bissl die zum esse."
„Tschief, du bisch escht in Orddnung."
„Un jetzt schloof! Mogge wärdd hartt. Garoddemarathoon."

Kommissar Günda brauchte noch eine Weile, um einzuschlafen. Erst beschäftigte ihn das Gehörte. Wahrscheinlich war alles ganz anders gewesen. In jedem Fall gab es noch eine andere Wahrheit, das hatte ihn seine Erfahrung mit Befragungen von Pärchen gelehrt. Gerade mit denen, die bestens über die Jahre auf sich eingespielt waren. Bei denen mischte sich die eigene Wahrnehmung mit der des anderen, die man wie selbstverständlich mitbedachte. Alles verschwamm. Sie sprachen nicht nur für sich, sondern auch für den anderen. Nahmen vorweg, sodass dem nur noch die Bestätigung blieb: *Stimmts? – Gönau!*
Und dann genügte eine Winzigkeit, ein nichtiger Anlass, und alles stürzte in sich zusammen. Weil plötzlich hervorbrach, was sich über lange Zeit angestaut hatte. Und fortan befand sich nichts, aber auch gar nichts mehr im Einklang. Nicht einmal in der Rückschau.
Mit Sicherheit hatte Rosie Kornfeld einiges zu erdulden gehabt, selbst wenn ihr Mann nur ein Maulheld war. Kommissar Günda kannte sie nur flüchtig. Er war überrascht, dass sie so eine

---

[100] attraktiv

attraktive Frau war. Für Kornfeld eigentlich bedeutend zu attraktiv und entschieden zu sanftmütig. Er erinnerte sich gut an eine Begegnung mit ihr. Irgendein Ehrungsabend vom Präsidium mit anschließendem Tanz. Kornfeld hatte ungeniert mit etlichen Frauen geflirtet, geradezu gebalzt und seine Frau mehr oder weniger alleine sitzen lassen. Kommissar Günda hatte das sehr gut beobachten können, denn sie waren am selben Tisch gesessen. Irgendwann hatte er es nicht mehr mitansehen können und hatte ganz entgegen seinen Bedürfnissen die so verlassen Wirkende zum Tanzen aufgefordert. Eine höchst angenehme Erfahrung, und das nicht nur, weil sie ihn schon währenddessen überschwänglich gelobt hatte für sein Rhythmusgefühl. Wenn ihn nicht alles täuschte, hatte sie ihm beim Abschied sogar zugezwinkert. Kornfeld hatte nichts davon mitbekommen. Der hatte nur Augen für alle anderen Frauen gehabt.

Plötzlich und völlig unerwartet war Kommissar Günda wieder beim aktuellen Fall Funke, den offenbar nur er als solchen sah. Alles scheint eingespielt, alles funktioniert, Familie, Freunde, Beruf und Hobby, alles läuft bestens, da geschieht etwas, womit keiner gerechnet hätte. Und im Zuge dessen könnte sich herausstellen, dass in Wirklichkeit nichts so war, wie es schien. Alles bröckelt. Entpuppt sich schließlich als das, was keiner erkennen konnte oder wollte: nur Schein, ein Trugbild.
Vielleicht war etwas dran an Freeses Idee, die er ja gar nicht ernsthaft vertreten hatte: Rainer Funke, der perfekte Mann, hatte vielleicht eine andere, eine dunkle Seite. Ein düsteres Geheimnis, das ihm zum Verhängnis geworden war.

„Schleefsch du schun, Günda?"
„Jetz nimmie."
„Grad ähns. Des, was voahien uffkumme is. Mähnsch du, mei Rossie, die hot än annare?"

„A wa! Wie kummschn du dodruff?“
„Isch mähn, des is ä adragdiefi Fraa.“
*Des fällt dia bissl spoot*[101] *ei*, dachte Kommissar Günda.
„Odda net?“
„Schun“, antwortete er vage.
„Gebs zu, ia habt jo aa mol heffdisch gfläddet, dorttmols beim Bollezeifescht. Du a-innasch disch.“
„Isch un die Rossie? Hea uff!“
„Die is uff disch gstanne, des hab isch gönau gemeiikt.“
„Des hosch du dia eigebildet. Un jetz schloof, Weize!“, sagte Kommissar Günda bestimmt, drehte sich demonstrativ zur Seite und kam nicht umhin, sich geschmeichelt zu fühlen: *Die Rossie, die is mol uff misch gstanne? Guggemoldo!*

[101] spät

Zu seiner Überraschung rief ihn Ronnie Vorderhofer bereits am frühen Morgen, kurz vor 9 Uhr, zurück. Fritjof Freese saß noch am Frühstückstisch.
„Schön, dass Sie sich gleich melden!"
„Kää Probblähm. In de Kambannje binnisch diszipliniat. Voll. Exzesse ärscht widda ab Aschamittwoch."
„Ich hätte ein paar Fragen an Sie. Können wir uns treffen?"

Er war schon ein bisschen aufgeregt, als er eine halbe Stunde später die Klingel am Gartenmäuerchen des schmucken Einfamilienhauses drückte. So oft hatte er es nicht mit Leuten zu tun, die er noch vor kurzem auf der Bühne hatte erleben dürfen.
In der Tür erschien ein Mann: „Was gibts?"
„Ist denn der Herr Vorderhofer da?"
„Sin Sie des, dea vun de Bollezei?"
Freese stutzte, Vorderhofer sah schon anders aus, als er ihn in Erinnerung hatte. Nun ja, jeder hatte das Recht auf Privatsphäre. Bestimmt wollte er nicht überall erkannt und behelligt werden. Verständlich. Britney Spears, für die Freese eine heimliche Leidenschaft hegte, hatte sich, wie man wusste, auch sehr oft zu tarnen. Im Falle Vorderhofer war die Tarnung besonders gut gelungen.
„Freese, Fritjof Freese, Sokodo. Wir hatten gerade telefoniert. Ich fand übrigens Ihren Auftritt neulich in Glickerbach ganz großartig!"
„Donge! Wolle Sie net reikumme?"

Auch das Wohnzimmer sah nicht so aus, wie sich Freese das Zuhause eines bekannten Künstlers vorgestellt hatte. Keine Goldenen Schallplatten, keine Oscars, Bambis und wie die zu ergatternden Trophäen alle hießen, dafür allerlei Stofftiere. Aber Freese hatte bislang auch recht selten mit Prominenten aus dem Showbusiness zu tun gehabt. Genau genommen, noch nie.

„Isch hab awwa schun alles Iam Kommissaa vazehlt."
„Gewiss, aber würden Sie es noch einmal mir erzählen?", bat Freese und suchte nach einer halbwegs plausiblen Erklärung dafür. „Kommissar Günda ist unterwegs… bei einer Schulung. Und ich hatte noch keine Zeit, mit ihm zu reden. Wenn Sie mir einfach noch einmal von diesem Abend berichten würden."
„Alla guud."

Freese war sofort klar, welcher Punkt für sie von Belang war: „Kannten Sie den Mann in der Garderobe?"
„Nää."
„Wie alt schätzen Sie ihn?"
„A, so wie Sie."
*Und wie alt schätzen Sie mich?*
Freese hatte sich diese Nachfrage angewöhnt. Denn die Antworten fielen durchaus unterschiedlich aus. Die Spanne war enorm, sie reichte von achtzehn, wenn ältere Damen ihn schätzten, bis Ende 50, wenn Jugendliche befragt wurden. Hier dagegen würde die Schätzung vermutlich der Realität entsprechen, der Sänger war seinerseits höchstens Mitte 40.
„Wissen Sie noch, was der Mann anhatte?"
„Mandl. Soän korzze, modische. Un soä dabbischi Wollmitz, wie sie die gonze Kabbe heit uffhawwe. Voa allem im Summa. Sieht aus, als wollde sie Aaija briide[102]."
„Braten?"
„Nää, briide. Dass die klähne Kikke ausschlupfe."
Freese beließ es bei der für ihn zu Teilen unverständlichen Auskunft und hoffte, es handelte sich dabei um vernachlässigbare Details.
„Kam Ihnen der Mann bekannt vor?"
„Nää. Isch bin awwa aa net vun Gliggabach."
„Hatten Sie das Gefühl, er kennt sich in der Halle aus?"

---

[102] Eier brüten

„Vleischt. Jednfalls bessa als wie isch."
„Und er hatte etwas in der Hand, als Sie reinkamen?"
„Soä Deeßl."
„Und was hat er damit gemacht?"
„Dea hot des Ding so oogeguggt. Un wiea misch gsehe hot, hodda des glei widda in die Dasch vun derre Hos gsteckt, die wua in de Händ ghabt hot. Wisso?"
„Nun, wir haben Grund zu der Annahme, dass dieser Mann für uns ein wichtiger Zeuge sein könnte." Freese bemühte sich um einen neutralen Ton. Dass er verdächtig war, musste er ihm ja nicht auf die Nase binden. „Würden Sie ihn denn wiedererkennen?"
So verwegen der Gedanke war, auszuschließen war in diesem Ermittlungsstadium gar nichts, nicht einmal, dass ein polizeibekannter Straftäter involviert war. Ein Blick des Zeugen in die entsprechende Datei könnte folglich nicht schaden. Vorderhofer zögerte: „Kää Ahnung."
„Würden Sie mit mir in die Sokodo kommen? Dort würde ich Ihnen gerne ein paar Gesichter zeigen. Obwohl, Sie sagten vorhin am Telefon, Sie haben heute noch einen Auftritt."
„Ähna? Fimfe."
„Ich verspreche Ihnen, wir sind rechtzeitig wieder zurück. Zur Not bringe ich Sie persönlich mit Blaulicht zur Bühne."

Freese musste sich eingestehen, dass er diese Vorstellung durchaus reizvoll fand.

*Wamm! Damm! Tsssss…*
„Hea mol, Weize, hosch du net noch ä annares Lied?"
„Wisso? Isch hab gedenkt, dia gfällt des so guud."
„Hä, wie kummschn jetz do druff?"
„Weil du nix gsacht hosch. Isch hab als gedenkt, langsom langts mit demm dabbische *Laaf höads*, awwa isch wollt jo, dass du disch wohl fihlsch. Alla guud, was sollischn uffleje?"
„Was hoschn noch?"
„Isch gugg mol…"
Er nestelte in seiner Türablage.
„Ah, du hosch Glick! Des is die Kassett vun meinare Rossie. Isch spiel da glei mol derre ia Lieblingslied. Moment… Des isses!"
Musik setzte ein. Kommissar Günda fragte sich, ob er zu voreilig gewesen war mit seinem Wunsch nach musikalischer Veränderung. Unverkennbar *Schlagga. Awwa ähna vun de Umpf-Umpf-Umpf-Sortt.*
„Wea issn des?"
„Kennsch die net? Andrea Beag. Des hot sie mia aa mol zum Geborddsdaag gwunsche."
„Wue?"
„A, beim Raddio. Do kamma sisch doch als was winsche."
„Isch kenns", stöhnte Kommissar Günda leise, der mit Wunschsendungen im Radio so seine Erfahrungen gemacht hatte.
„Awwa dann spiele sies net. Weils zu guud is. Bloß Schdäaweeh tu heffn[103], un des aa bloß zwee Mol im Joa."
„Un des Beschde waa, mei Rossie, die hot ma heere kenne, die hot bei denne uff de Aaa Bee gsproche."
„Uff was?"
„De Ooruffbeantwordda."
„A, sachs doch glei."
„Dann hot sie zu mia on meim Geborddsdaag gsacht *Soot, mei*

[103] Stairway to heaven

*Regglsche!* Regglsche. Schää, gell? Des is unsa Geheimnis. Alle annare saare Weize, awwa sie sacht zu mia Regglsche. In gonz bsunnare Momende. Wenn du vastehsch, was isch mähn."
„Isch wills gaa net wisse, Weize."
„Uff jedn Fall hot sie gsacht, isch soll misch voas Raddio hogge, do deed was kumme fa misch. Un donn hawwe die im Raddio gsacht, jetz käm de näckschde Wunsch, un dea wea vun de Rossie vun Kruhne[104]. Un donn, du werschs net glaawe, donn is mei Rossie kumme. Im Raddio! Gonz passöhnlisch hot sie gsacht *Isch wünsche mia fa mei Regglsche zum Geborddsdaag vun de Andrea Beag Du hast misch tausend Mal belogen.* Isch kann da saare, do waa isch gonz schää griat[105]. Awwa des is aa rum heit, des deed die nimmie mache fa misch."
*Odda grad*, kam es Kommissar Günda in den Sinn.
„Ibbrigenz, isch hab mia was iwwalegt, Tschief."
*Des is schun schlescht*, dachte der.
„Was sollisch dehähm? Isch bleib am Gaddasee. Do hawwisch Freunde, guude Luft, des Wassa, bissl Ablenkung. Un was hawwisch dehähm? Nix."
Kommissar Günda fiel nicht ein, wie er widersprechen könnte. Ein kleines Problem gab es allerdings schon: „Un isch?"
„Gonz äfach, Günda. Du bleibsch aa doo."
„Des geht net."
Die Antwort kam prompt, doch sie überzeugte nicht einmal ihn selbst. Wieso ging das eigentlich nicht? Wer wartete auf ihn? Seine Frau, seine Freundin, seine Freunde? Seltsam, dass er ausgerechnet jetzt über sein Privatleben nachdachte. Andererseits war das nicht wirklich verwunderlich beim hiesigen Themenschwerpunkt. Dann rief er sich zur Ordnung und wurde dienstlich: „Wejem Freese. Mia hawwe Ärwet. Än neie Fall."
„Des mit demm Donzbäa? Als noch? Bloß, weil dea gedopt

---

[104] Kronau
[105] gerührt

waa? Selwa die Schuld! Hea uff, Tschief, do is doch nix weidas droo. Des is doch grad dei Hobbii.“

*Apropoo Hobby!* Siedendheiß fiel es ihm ein, er hatte das erste Tanztraining versäumt und bis eben vergessen. Unverzeihlich.

„Weize, dud ma leid, des is valockend, awwa isch muss hähm. Isch hab aa noch annare Tammiene.“

„Arzzt?“

„Nää.“

„Mia kannschs saare. Mia hawwe jo kää Geheimnisse mea zuänanna. Hosch du aa irgendwelsche Probblähme?“

„Abba. Doch!“ Eine Eingebung zur rechten Zeit: „Handweiiga. Isch krigg ä neiji Heizung. Do muss isch doo sei.“

„Ou! Des is klaa. Schaad, Günda. Donn gewwisch dia mei Audole. Un du kummsch, wenn des rum is mit derre Heizung, äfach widda do hea.“

„Ähä.“ So nett er gemeint war, der Vorschlag behagte ihm nicht.

„Un wu schleefsch du donn?“

„Egaal. Drauß. Am See. Innämme Tretboot. Un wenn isch halt unnageh, isses jo aa worscht.“

Kommissar Günda schüttelte den Kopf. Aus verschiedenen Gründen.

„Des geht net. Des is mia zu groß, dea Kaiisch. Isch hab mol än VW-Bus ghabt, awwa soän Wescha[106], des is zu aiig. Außadähm, dea hot doch Dobblreife?“

„Stimmt.“

„Donn derfischs gaa net. Vun moim Labbe[107] hea. Isch glaab, du musch misch doch hähmfahre.“

„Moomendemol. Langsoom.“

Andrea Berg hatte ihre gesungene Anklage gerade beendet, Axel Kornfeld schnalzte mit der Zunge: „Isch glaab, isch habs, des is die Idee…“

---

[106] hier: riesiges Teil

[107] Führerschein

Freese staunte nicht schlecht, als sein Zeuge tatsächlich meinte, jemanden in der Kartei entdeckt zu haben. Was ihn noch mehr verblüffte, auch er kannte diesen Mann. Ihre letzte Begegnung war noch gar nicht so lange her. Umgehend machte er sich auf den Weg, und er hatte Glück.
„Ach, Sie schon wieder!“ Markus Funke schien mit erneutem Besuch der Polizei gerechnet zu haben.
*Ganz schön abgebrüht, der Bursche*, dachte Freese.
„Ich hätte doch noch ein paar Fragen an Sie.“
„Aber ich habe Ihnen doch schon alles gesagt.“
„Wea issn do?“, erscholl es aus dem Hintergrund.
„Kähna. Bloß die Bollezei.“
Sofort stürzte Babette Funke heraus und stellte sich vor ihren Sohn. Ihre verquollenen Augen deuteten darauf hin, dass sie vor kurzem geweint hatte: „Hea, kenne Sie uns net äfach in Ruh losse?“
„Das würde ich gerne, aber es sind ein paar Fragen aufgetaucht, die ich dringend mit Ihrem Sohn besprechen möchte.“
Der tippte sich an die Stirn: „Nix Neies. Isch kenn des. Wenn was bassiat bei uns in de Reggioon, kumme sie imma glei als ärschdes zu mia.“
„Moin Monn, dea hot än Härzzkaschba ghabt. Saare Sie bloß, Sie glaawe, moin Soohn hot was dodemit zum due!“
„Bei allem Respekt, Frau Funke, ich möchte gerne mit Ihrem Sohn alleine sprechen.“
„Kummt net in Frooch.“
„Dann muss ich darauf bestehen, dass er mich in die Sokodo begleitet.“
„Isch kumm mit.“
„Losses, Mamme, isch bin eh glei widda doo.“

„Nun, manchmal wachsen eben älteren Männern Flügel."
Kommissar Günda runzelte fragend die Stirn, während die anderen, die sich wieder unter den wohlig wärmenden Pilzen versammelt hatten, nachsichtig schmunzelten. Es duftete schon wieder nach Essen, diesmal nach Speck und Rührei. Ein üppiges Frühstücksbuffet wartete auf ihn, das jedem erstklassigen Hotel alle Ehre machen würde. Kommissar Günda konnte sehr gut nachvollziehen, dass Kornfeld jede Gelegenheit nutzte, einen Abstecher in diese Wohlfühlgefilde zu machen.
„Schade, dass du uns schon verlassen musst, aber wir verstehen das, die Arbeit geht vor."
„Keine Sorge, wir kümmern uns um deinen Freund."
„Vielleicht kannst du auch einfach deine Sachen erledigen und kommst wieder. Wir sind bestimmt noch acht Wochen hier, wir machen nur ab und an ein paar Ausflüge. Bozen, Mailand..."
„Florenz. Venedig haben wir übrigens auch geplant."
„Und wir nehmen dich gerne mit."
Kommissar Günda nickte nachdenklich: „Schmuss gugge."
„Aber nun zu deinem Problem!"
Nach den Frauen, die ihm ihre weitere Planung offengelegt hatten, ergriff ein Mann das Wort. Kommissar Günda tippte auf Jens: „Unser Axel…"
Ihm wurde erstmals bewusst, dass Kornfeld hier von allen mit seinem richtigen Namen angesprochen wurde. Auf diesem Hintergrund besah er ihn sich eindringlich. Womöglich gab es dafür einen guten Grund. Vielleicht war *de dabbische Weize* tatsächlich hier ein anderer.
„Unser Axel bleibt auf jeden Fall hier. Das ist bestimmt in seiner Situation am besten. Mit seinem Wagen willst du nicht fahren, kann ich gut verstehen. Ist ja ein ganz schönes Schiff." Er lächelte nachsichtig. „Mit dem Zug, davon würde ich dir abraten, das zieht sich, habe ich einmal gemacht. Nie wieder. Ich würde dir empfehlen zu fliegen."
„Ähä." Kommissar Günda war nicht abgeneigt. Etwas umständ-

lich, er müsste sehen, wie er von Frankfurt nach Hause käme, aber das ließe sich irgendwie bewerkstelligen.
„Das Problem ist, der nächste Flughafen ist ziemlich weit weg."
„Ou."
„Aber…"
„Nun komm endlich zur Sache! Du platzt ja schon fast vor Stolz." Ein Einwurf von Frauenseite.
Jens holte tief Luft: „Wie ich eben sagte, manchmal wachsen älteren Männern Flügel."
Kommissar Günda hoffte, niemand bemerkte, wie er bestimmt gerade ziemlich blass wurde. Er konnte sich gut vorstellen, dass unter diesen betuchten Pensionären einer über einen Pilotenschein verfügte und am Ende sogar über ein eigenes Flugzeug. Aber bei aller Liebe, ein verwegener Flug mit so einer kleinen Propellermaschine über die Alpen, das musste nun wahrlich nicht sein: „Mim Flugzeug, des is aba nix fa misch."
„Nun, ich habe nichts von einem Flugzeug gesagt."
*Des wärdd jo imma bessa, wahrscheinz Gleitfliega. Un in Gliggabach abspringe mim Fallschiam. Am End soll isch misch in soä unbemannde Droohn hogge. Des fehlt mia grad.*
„Ich zeige dir mal was, komm mit! Wir müssen ein paar Schritte gehen, wir sind gleich wieder da."
Jens führte ihn zu einem Wellblechschuppen. Dessen Tür öffnete sich quietschend und gab den Blick frei auf etwas, das sorgfältig in einen Plastiküberzug gehüllt war. Sein persönlicher Routenplaner schaltete das Licht ein und entfernte den Überzug mit einer theatralischen Geste: „Wie wäre es damit?"
„Alda Schlabbe!"

Blitzblank geputzt stand da ein imposantes Motorrad, an dem ein gülden-glänzender Schriftzug prangte: *Gold Wing.*

Schon auf dem Weg zum Roten Ochsen beschlichen Freese Zweifel an dem Gedanken, Markus Funke könnte etwas mit dem Verschwinden des Kommissars zu tun haben. Derart selbstsicher gab sich sein Nebenmann. Würde er so agieren, falls er etwas zu verbergen hätte, einen Polizisten in seine Gewalt gebracht, ihm etwas angetan haben sollte?
„Was gibt es denn so Dringendes, Herr Kommissar?“
Eigentlich wollte Freese den Weg zum Roten Ochsen schweigend absolvieren, um Funke zu verunsichern. Dessen Ton klang jedoch aufreizend entspannt, geradezu belustigt. Und sorgte dafür, dass wiederum Freeses anfängliche Souveränität schwand.
„Herr Funke, wir haben Grund zu der Annahme, dass Sie am fraglichen Tag in der Nähe des Ortes waren, an dem Ihrem Vater etwas zugestoßen ist.“
„Aha. Typisches Beamtendeutsch. Sagen Sie es doch klar und deutlich: Sie glauben, ich war in der Halle. Völliger Quatsch! Ich bin Fasnachtsmuffel.“

Der Rote Ochse kam in Sichtweite. Freese ging in Gedanken bereits die Planung einer Gegenüberstellung durch. Selbstverständlich in Abstimmung mit Vorderhofers straffem Tourplan.
„Sie behaupten also, Sie waren am Samstag zur fraglichen Zeit nicht in der Halle.“
„So ist es.“
„Und wenn es jemanden gibt, der Sie dort gesehen hat?“
„Dann irrt sich dieser Jemand. An Fasnacht sind doch eh alle besoffen. Der hat Gespenster gesehen. Wer sagt das denn überhaupt?“
„Das spielt jetzt keine Rolle. Der Zeuge ist auf jeden Fall glaubwürdig. Sehr glaubwürdig sogar. Jetzt gehen wir erst einmal in den Roten Ochsen, und ich nehme Ihre Aussage auf. Sie muss ich ja bestimmt nicht belehren, dass Sie sich nicht selbst belasten müssen.“

„Sie, Härr Freese?“ Marion Helche kam ihnen entgegen. „Unne? Gibts was Neies?“
„Nein“, antwortete Freese wortkarg. Das war nicht der Moment, das Verschwinden des Kommissars zu thematisieren.
„Doch!“, korrigierte ihn sein Nebenmann. „Allerdings gibt es etwas Neues. Der Herr Kommissar hier hat nämlich einen brandheißen Verdächtigen. Nicht wahr, Herr Kommissar?“
„Subba!“, frohlockte Marion Helche. „Un wenn? Wea is dea Sseggl?“
„A, isch nadierlisch!“
„Due?“
Marion Helche sah Freese entgeistert an.
„Ea mähnt, misch heed ebba gsehe. In de Hall. Bei de Sitzung. In de Gaddroob. Un des bei denne gonze Bsoffene dortt. Die misses jo wisse. Awwa jetz wärrisch halt vahaft.“
„Moment, Herr Funke…“, setzte Freese an, aber Marion Helche unterbrach ihn rüde: „Wissoen des?“
„Des is doch nommal, Marioon! Des is tibbisch fa die vun de Bollezei. Wenn die ähna brauche, än Vadäschdische, donn kumme sie als ärschdes glei mol zu mia. *O, des waa bstimmt widda de Funge.* Dodebei hawwisch bezahlt fa alles, was isch mol Bleedes oogstellt hab. Un des net zu knapp. Alla guud, steckt misch in de Knascht, wenn eisch des Spass mescht! Isch bin mied. Isch bins leid, isch will nimmie. Kannsch du des vastehe, Marioon?“
„Alladings!“, antwortete die entschieden und mit vorwurfsvollem Blick zu Freese: „Des is ufäa! Awwa voll!“
„Des stimmt. Awwa was sollischn mache. Isch kann mei Uuschuld beteuare, wie isch will. Kää Schangs! Weesch, wie sisch des oofihlt fa misch?“
„Fuaschbaa.“
„Gönau. Mia glaawe die eh nix. Do misst isch schun än Zeuge hawwe, dea wu fa misch aussagt.“
„Des kannisch ma guud voastelle“, meinte Marion Helche

verständnisvoll.
„Ä Zeugin wie disch, Marioon."

Damit hatte Freese beim besten Willen nicht gerechnet. Er hatte sich die ganze Zeit gefragt, worauf Funke wohl hinauswollte mit seiner Litanei vom ewig unschuldig Verfolgten. Dass Funke abgebrüht war, das wusste er, aber dass er versuchen würde, jemand anderen zu seinen Gunsten in die Sache hineinzuziehen, das war unverfroren.
„Zum Glick hawwisch disch als Zeugin, Marioon. Du weesch, isch waa am Samschdaag net in de Hall. Isch waa wuannascht."
„Hm?" Auch die Angesprochene schien irritiert. Freese betrachtete das unwürdige Schauspiel nun seinerseits mit Belustigung. Funkes Rechnung würde nicht aufgehen.
„Isch waa nämmlisch bei dia. Die gonz Zeit. Stimmts, Marioon?"

Marion Helche zögerte und schaute erst zu Freese. Schließlich wanderte ihr Blick zu Markus Funke und blieb auf diesem ruhen.
„Des stimmt", sagte sie mit fester Stimme.
„Des is des Bsunnare an dia, Marioon. Uff disch kann isch misch valosse. Schun imma. Waas des, Härr Kommissaa?"

„Na, wie gefällt es dir?"
Kommissar Günda zuckte zusammen. Woher kam aus dem Nichts diese Stimme? Etwas näselnd, leicht verzerrt, aber sehr gut verständlich.
Er klammerte sich noch ein wenig fester an seinen Sitz. Der Fahrtwind war nicht unerheblich, die Motorengeräusche dagegen erstaunlich leise. Wahrscheinlich hatte er sich das eben eingebildet. Die Folgen der anstrengenden, schlafarmen Nächte.
„Günda?"
Er erschrak erneut. Hatte er eben richtig gehört? Eine Geisterstimme sprach ihn mit Namen an?
„Kannst du mich hören?"
Sollte er antworten? Einer imaginären Stimme? Was sollte Jens von ihm denken, wenn er Selbstgespräche auf einem Motorrad führte?
„Moment, ich regele die Lautstärke nach… Jetzt?"
Die Stimme wurde lauter.
„Besser?"
Nein, sie kam nicht aus seinem Kopf, die Stimme kam aus dem Helm. Das jüngste Gericht? Die Strafe, dass er sich einer solchen Gefahr aussetzte? Eine Mahnung: *Steig ab, noch kannst du das. Noch hast du die Alpen nicht erreicht!*
„Also ich höre dich gut, Günda, Dein Atmen. Und ich glaube, du hast eben geseufzt, kann das sein? Sag mal was!"
„Hallo?"
„Na also, funktioniert. Alles andere hätte mich auch gewundert, die Maschine kommt gerade aus der Inspektion."
„Jens? Bisch du des?"
„Wer sonst? Ich meine, du sitzt bei mir auf dem Rücksitz."
„Wie gehtn des?"
„Das ist eigentlich gar kein Motorrad mehr, das ist purer Luxus, alles drin, alles dran. Eben auch die Sprechverbindung zwischen Fahrer und Beifahrer. Musik?"
„Liewa net!" Kommissar Günda wollte kein Risiko eingehen.

Und er wollte auch auf etwaige Geräusche in seiner Umgebung achten, die Ungemach bedeuten könnten. Immerhin befand er sich auf einem Motorrad. Ausgeliefert. Man musste allerdings Jens lassen, er fuhr ausgesprochen ruhig. Er war ein geübter Fahrer, das merkte man. Sanftes Anfahren, kaum merkliches Schalten, schon gar keine spektakulären Beschleunigungsorgien mit waghalsigen Überholmanövern, kein übertriebenes In-die-Kurve-Legen, wenns geht noch mit Bodenkontakt des Knies. Man spürte gar nicht, dass man sich auf einem Motorrad befand, das sich geradezu majestätisch fortbewegte. Auch sein Anzug – die Zweitausstattung seines Fahrers für alle Fälle – passte und hielt Wind und Kälte verlässlich ab. Selbst an den Helm, den sprechenden, hatte er sich mittlerweile gewöhnt. Einzig störte ihn, dass er sich festklammerte und bestimmt aussah *wie än Aff uffm Schleifstoo*[108].

„Jens?"

„Ja?"

„Suffarähn, wie du des mesch, so gleischmäßisch, so mit oohne Hegdig, des gfällt mia."

„Die Maschine macht es einem aber auch leicht", wiegelte Jens ab. „Tempomat."

„Tembomat? Hot des Ding aa? Was noch? Äabääg? Nafffiiii?"

„Selbstverständlich. Das kann man in der Preisklasse durchaus erwarten. Wir haben heute aber auch Glück, ich habe die Strecke schon anders erlebt. Alles gut bei dir?"

„Uff jedn Fall."

„Bald kommt eine Raststätte, da machen wir eine Pause. Bis dahin genieße die Fahrt. Entspann dich, Günda!"

„Schvasuchs."

---

[108] wie ein Affe auf dem Schleifstein

Fritjof Freese wollte Marion Helche alleine und in Ruhe befragen. Ihr zu bedenken geben, welche Konsequenzen eine Falschaussage für sie haben könnte. Doch schon sein Auftauchen kam gar nicht gut an. Sofort ergriff sie ungefragt Partei: „Sie wolle awwa jetz net geje de Hansi stängare. Jeda hot ä zweddi Schangs vadient. Un dea hot enoam an sisch gschafft. Rum is rum. Fria hot dea viel Kees gemacht, awwa dea hot sisch ge-ännat. Dea hot sisch gemacht. Voll."
„Schön, wenn Sie meinen. Heißt der jetzt eigentlich Hansi oder Markus?", fragte Freese in der Hoffnung, so die Schärfe aus dem Gespräch zu nehmen.

Tatsächlich entspannten sich Marion Helches Gesichtszüge etwas. Eigentlich heiße er Markus, erklärte sie. Aber sein Spitzname, der laute eben *Hansi.*
„Merkwürdig." Freese kratzte sich am Kinn.
„Wisso? S gibt jo aa Leit, die saare zu Ihne Härr Annaschda."
„Das ist etwas anderes."
„Ähä. Un wie siehtsn aus mim Vornoome? Saare eigentlisch alle Fritjof zu Ihne?"
Freese spürte, wie er rot anlief.
„Ja."
„Ealisch?" Marion Helche bohrte nach. Erfolgreich.
„Nun, zu Hause werde ich manchmal anders genannt."
„Nämmlisch?"
„Meine Mutter, aber das muss unter uns bleiben, meine Mutter sagt *Fritti.*"

Das schallende Gelächter fasste Freese als Anzeichen dafür auf, dass ihr Gespräch von nun an in eine bessere Richtung laufen würde.
„Ja, das amüsiert mich auch immer wieder."
„Heit aa noch? Friddi?"
„Manchmal."

„Goldisch."
„Nun ja, Fritti, das lässt sich ja irgendwie herleiten von Fritjof, was schon ein bisschen streng klingt. Aber wie wird aus Markus *Hansi*? Hat er das selbst gewählt? Manchmal ist jemand ja nicht mit seinem Namen zufrieden und sucht sich einen neuen."
„Nää."
„Oder vielleicht ist Hans ja sein zweiter Vorname."
„Aa net."
„Schon eigenartig, finden Sie nicht?"
Marion Helche zögerte.
„Scheint interessant, die Geschichte. Also, raus mit der Sprache! Von wem stammt der Spitzname Hansi? Wie kam es dazu?"
„Alla guud! Kenne Sie de Millas Hansi?"
„Wen?"
„Hansi Milla, isch mähn Mülla."
„Wer soll das sein?"
„De Fußballa."
„Fußballer? Müller? Da kenne ich keinen. Aber ich kenne mich im Fußball auch nicht so aus."
„Des meiikt ma. Vau Eff Bee Stuttgartt, kenne Sie des? De Varei?"
„Hab ich schon mal gehört."
„Immahien. Die hawwe mol ähna ghabt, Hansi Milla hot dea gheeße."
„Aha. Und was hat unser Hansi Funke damit zu tun?"
Wenn es ihn nicht täuschte, wurde nun Marion Helche verlegen.
„Etwas Schlimmes? Korruptionsskandal? Doping?" Es war eindeutig, in welche Richtung Freese automatisch dachte.
„Nää. De Hansi Milla, dea hot ä Maiikezeische ghabt."
„Ein Markenzeichen? Und welches? Dicke Füße? X-Beine? Ein guter Trickser? Torschützenkönig?"
„Ä-ä. Wie dea ausgsehe hot."
„Aha. Und wie hat der ausgesehen?"
„Äfach schää."

„Schee?“
„Nää. Schää. Aiig schää. Schö-höön.“
„Ach so. Schön, schön war der. Und nochmal, was hat das mit unserem Hansi Funke zu tun?“
„A, dea hot doch aa Fußball gspielt. Un des waa schun imma soän schnuggelische.“
„Ein was?“
„Schnugglisch is dea. Zum oobeiße. Legga. Dea sieht demm nämmlisch aiig ähnlisch, unsan Maiiguss. Un desdaweje hawwe mia zum Maiiguss *Hansi* gsacht. Mansche aa *de schääne Hansi*.“
„Wann war das?“
„Ou, schun ä Weil.“
„Aber der Spitzname hat sich gehalten.“
„Wie mähne Sie des?“
„Ich meine, er hat also nicht nachgelassen. Manchmal ändert sich ja der Mensch im Alter.“
„De Hansi, dea hot sisch guud ghalde. Dea hot imma noch was. Einiges!“
„Bestimmt.“
„Finne Sie des net?“
„Also, wenn Sie mich fragen, *schön*, den Begriff würde ich jetzt vielleicht nicht verwenden…“
„Des kenne Sie halt net beuadeile.“
„Meinen Sie?“ Freese wurde ungehalten, man befand sich hier schließlich nicht in einer Casting-Show. „Und warum kann ich das nicht beurteilen? Die falschen Hormone?“
Eine Bemerkung, die er gerne zurückgenommen hätte, trieb sie doch Marion Helche sofort wieder in das Hansi-Lager.
„Weila so schää is. Weila schun imma Probblähme ghabt hot mit de Männas, mit de annare. Die wolle denn bloß fäddisch mache. So wie Sie jetz aa. Des is ufäa. Un des lossisch net zu.“

„Hier mache ich immer Rast, wenn ich alleine unterwegs bin. Und das bin ich oft. Ich brauche das. Hat eine Menge mit Freiheit zu tun. Deine erste Fahrt auf einer Gold Wing, Günda?“
„Ähä.“
„Aber Motorrad bist du schon gefahren.“
„Hajo. Awwa klähna. Kloina. Viel. Grad ä Huddl[109].“
„Hu was?“
„Achzischa. Un fria Mofa.“
„Da liegen nun wirklich Welten dazwischen. Du musst dich übrigens nicht verbiegen. Sprich, wie du magst. Mir gefällt das. Ich hatte mal einen Stubenkollegen bei der Bundeswehr. Der hat genauso gesprochen. Zum Schießen. Im wahrsten Sinne des Wortes. Du und Axel, ihr kennt euch schon lange, oder?“
„Schun ä Weil.“
„Und ihr habt euch über den Beruf kennengelernt und angefreundet. Schön. Gibt es ja nicht so oft.“
„Des stimmt.“
„Axel ist ein feiner Kerl. Wir sind so froh, dass wir ihn haben. Wann immer irgendwas nicht funktioniert – und auf so einem Campingplatz kommt das ständig vor – einfach Axel fragen. Der ist handwerklich derart geschickt. Und so hilfsbereit. Ich glaube, den könntest du nachts um vier aufwecken, weil der Wasserhahn tropft, der käme sofort. Toll. Auch mit seiner Rosie. Immer bemüht wie am ersten Tag. Morgens holt er Brötchen, mittags kauft er ein, und um den Abwasch kümmert er sich auch. Zuverlässig, pünktlich, freundlich. Immer gut gelaunt. Noch dazu ein lieber, feinfühliger Mensch. Wenn es mal einem von uns nicht so gut geht – kommt vor in dem Alter –, er versteht es, jeden aufzumuntern. Immer ein flotter Spruch, aber auch immer sehr sensibel. Vielleicht ist er einfach zu perfekt für seine Rosie. So einen Mann ohne Fehl und Tadel, das muss man auch aushalten.“

---

[109] Moped

Kommissar Günda verstand die Welt nicht mehr. Was für ein Lobgesang! Er hatte Kornfeld stets völlig anders gesehen. Zu laut, zu zotig, zu distanzlos. Völlig ichbezogen und stets ignorant gegenüber seiner Umgebung. Bei der Arbeit alles andere als zuverlässig, eher einer, der sich dünne machte in der Hoffnung, es würde sich schon ein Dummer finden, der für ihn einspränge. Sensibel? Ein Trampeltier, ein Poltergeist, ein nervtötender *Owwadummbabbla*, der nie erkannte, wann er Grenzen überschritt, geradezu seine Spezialität.

Jens riss ihn aus seinen Gedanken: „Wir müssen weiter, sonst wird es ungemütlich, es könnte anziehen. Und das ist selbst für so eine Maschine nicht ungefährlich. Kommst du?"

Kommissar Günda stülpte sich den Helm über und nahm sich nach den Schilderungen von *Mista Pöafekt Weize* vor, wenigstens in einer Hinsicht tadellos zu sein: als *Aff uffm Schleifstoo.*

Als solcher hatte er nun alle Zeit der Welt, seine Gedanken schweifen zu lassen. Seine anfängliche Unruhe hatte sich endgültig verflüchtigt. Er vertraute Jens voll und ganz. Der Maschine nicht minder.

Schon bald stellte sich das ein, was ihm selbst bei wesentlich unruhigeren Situationen gelang: Anknüpfend an ein Bild, ein Wort, einen Gesichtsausdruck, bewegten sich seine Gedanken frei und unberechenbar, schafften Verknüpfungen, mit denen er nie rechnen würde. Immer wieder gerne ließ er sich von seinen eigenen Gedanken überraschen.

Derzeit landeten die häufig bei der Formulierung *perfekter Mann.* Was machte jemanden dazu? Dafür gab es keinen objektiven Maßstab, das hing immer am Betrachter.

Kam es nicht auch auf die Situation an? War man nicht allenfalls perfekt in bestimmten Bereichen? Oder sogar nur in bestimmten Momenten? Gut, es gab sie ohne Frage, diese vielseitigen Mehrkämpfer unter den Mitmenschen. Aber selbst die hatten ja auch ihre Schwächen.

Und umgekehrt? Taugte das als Lebensziel, perfekt zu sein? In den eigenen Augen oder nicht doch viel eher in denen anderer? Man selbst sah sich doch ohnehin nicht so wie die Welt. Die neue Frisur schreckte einen doch tagelang beim seltenen Blick in den Spiegel, wohingegen sich die Umgebung längst daran gewöhnt hatte. Wenn sie die Veränderung denn überhaupt bemerkt hatte.

Perfekt in den Augen anderer? Behaupteten das nicht nur die, die sich etwas von einem versprachen, die von einem profitierten. Was sie doch eigentlich schon disqualifizierte als Juroren.

Zudem spielte doch jeder so viele Rollen in seinem Leben. Sprössling, Bruder, Vater, Kollege. Obwohl, *Rollen*, schon der Begriff war falsch gewählt, bedeutete er doch, dass man etwas vorgab, vortäuschte. Die Anforderungen an einen waren nun einmal unterschiedlich. Allen konnte man nicht gerecht werden. Der ideale Vorgesetzte, der sich für die Firma und für seine Mitarbeiter aufopferte, geriet daheim in Erklärungsnot, weil er dort alles und jeden vernachlässigte. Schließlich, wer gestern noch perfekt war, konnte heute schon ein Auslaufmodell sein, gerade in der Arbeitswelt. Vielleicht wurden ja deshalb viele im Alter so garstig. Weil sie keiner mehr ernst nahm, weil sie keiner mehr zu fürchten hatte, weil sie nichts mehr zu sagen hatten, mussten sie umso lauter werden, umso unangenehmer, umso unzufriedener, umso unerträglicher. Auf dass man überhaupt von ihnen Notiz nahm.

*Hoschun gheat, wassa jetz widda losgelosst hot, de Alde?*
*Lossen doch schwalle. Des hot sisch eh ball aledischt.*

Wieso beschäftigte ihn das derart? Nahe lag, dass er auch diesen Anspruch des Perfektseins hatte. Wer würde ihn so bezeichnen? War er der perfekte Nachbar, Kunde, Koch, Trinker, Chef? Jedenfalls war er wenigstens für Freese unangefochten als Dialektsprecher. Indes, das konnte man auch nur einem An-

fänger wie Freese weismachen. Dabei genügte er da nicht einmal den eigenen Ansprüchen, er hatte sich für seine Ohren dem Hochdeutschen schon zu sehr angepasst.
Ein perfekter Liebhaber? Nun, da gäbe es bestimmt noch einiges zu verbessern. Wie funktionierte das überhaupt mit der Liebe? Pries man nicht bevorzugt alle Stärken, aber auch und gerade die Schwächen des Partners? So wurde es doch gerne beteuert. Weil die den Menschen ausmachten. Oder war das nur Ausdruck einer Selbstberuhigung, für den Fall, dass man im Laufe der Jahre erkannte, wie unerklärlich verklärt der Blick zu Anfang gewesen war?
*Was isch an derre mol gfunne hab, isch vasteh des net!*

Er spannte den Bogen weiter. Sind es nicht ganz besonders die unperfekten Figuren in Filmen, in Romanen, die wir favorisieren? Weil wir uns mit ihnen so schön identifizieren können? Oder weil wir uns ihnen überlegen fühlen dürfen? Wem alles misslingt, dem schenken wir gerne unsere Sympathie. Wie passte das zusammen? Alle beteuern unablässig ihre vielseitigen Qualifikationen, ihre besonderen Fähigkeiten, ihren Einsatzwillen, überall gellt dieser Tarzanschrei durchs Land. Aber wer will das wirklich hören, außer, er ist dazu gezwungen? Höchste Zeit für ein alternatives Erfolgsmodell: *Rent a Loser!*

Und wie stand es in seinem beruflichen Umfeld? Auch das Negative, das Verwerfliche ließ sich trefflich optimieren. Da gab es den perfekten Lügner, Betrüger, Hochstapler. Und es gab die Faszination vom perfekten Verbrechen, vom perfekten Mord. Nicht zuletzt huldigten dem Millionen Krimifans. Warum?

Schlussendlich, und das war doch hier auf diesem Rücksitz einer *Gold Wing* die entscheidende Frage: Gab es bei diesen Überlegungen einen wie immer gearteten Zusammenhang mit dem Fall Funke?

Schon früh hatte sich Kommissar Günda den Spitznamen *Mister Nochdenkerles* erworben. Weil er ein ums andere Mal bewiesen hatte, dass man, mit den entsprechenden Informationen ausgestattet, einen Fall allein durch Nachdenken lösen konnte. Höchste Zeit, wieder etwas für seine diesbezügliche Reputation zu tun!

Rainer Funke schien das zu sein, der perfekte Mann. Vielleicht musste man gar nicht versuchen, daran zu rütteln. Vielleicht galt es, in eine völlig andere Richtung zu denken. Wie hatte es Jens vorhin formuliert? Diesen perfekten Mann, den müsse man auch aushalten können.
Das war in der Tat ein hochinteressanter Ansatz.

Womöglich hatte er sogar noch ein wenig mehr Zeit, diesen Aspekt zu durchdringen. Es schneite leicht, und sie hatten den Drackensteiner Hang noch vor sich.

Dass es offene Fragen im Zusammenhang mit Rainer Funkes Tod gab, das ließ sich nicht verheimlichen. Es sickerte bald durch, dass die Sokodo hierzu ermittelte. Das sorgte für Spekulationen in Glickerbach.
Könnte etwa *ähna vun doo* dafür verantwortlich sein?
Diesen Gedanken wies man in Bausch und Bogen von sich. Die Vorstellung hingegen, jemand aus der Nachbargemeinde habe *Dregg am Stegge*, der fand schnell Fürsprecher: „Wenn ähna, dann die."
Der stetige Niedergang der Fußheimer Fasnacht, die allgemein als müder Abklatsch galt, mithin der Neid der Besitzlosen, das wäre ein gut vorstellbares Motiv. So einen wie Funke hatten die nicht aufzubieten.
„Die genne uns jo eh nix", war man in Glickerbach überzeugt.
„Die hawwe des net vawunne, dass mia bessa sin. In allem."
„Außa im Bleedsei."

Indes, es gab sehr bald auch Verfechter anderer Theorien, vor allem, als der Vorfall in die Medien gelangte. Die Zeitungen und auch der regionale Rundfunk berichteten zwar mit der gebotenen Sachlichkeit und verzichteten auf jede Mutmaßung. Völlig anders jedoch wurde das Thema im Internet behandelt. Dort war alsbald die Rede von einem feigen Anschlag, einem bewaffneten Überfall auf eine Prunksitzung mit zahllosen Verletzten. *Terror gegen den Karneval*, so lautete eine besonders griffige Meldung, die sich rasch verbreitete.
Durch einen für die Glickerbacher glücklichen Umstand jedoch wurde das Geschehen irgendwo in einen Kölner Vorort verlegt. Wo die Tat stattgefunden hatte, interessierte ohnehin niemanden, viel wichtiger war, dass sich ohne Probleme zahlreiche Augenzeugen fanden sowie Schrebergartennachbarn, Saunafreunde und Ex-Partner von Opfern, allesamt zu umfassenden Aussagen bereit und in der Lage.
Dies wiederum diente als vorzügliche Basis für einschlägige

Experten, die sich in Schuldzuweisungen und Mutmaßungen ergingen.
So sehr hatte sich die Geschichte bald verselbstständigt, dass niemand mehr die schrille Berichterstattung samt zügelloser Kommentierung mit Glickerbach in Verbindung brachte.

In dieser befriedeten Situation tauchte dort ein Mann auf. Schwarz gekleidet von Kopf bis Fuß. Eine Gestalt, von der etwas Unheimliches ausging, das spürte jeder, der ihn sah, auch wenn dies nur wenige waren. Genauer gesagt handelte es sich bei den ihn Beobachtenden um drei ältere Herren auf einer Bank.
„Guggemol doo!“, sagte der eine.
„Was issn des fa ähna?“, fragte der andere.
„Bstimmt Zorro. Odda demm soin Bruda“, mutmaßte der Dritte.

Der Mann bewegte sich betont langsam mitten auf der Straße. Die drei blickten sich um.
„Koomisch.“
„Kähna doo außa uns.“
„Hawwe sisch wahrscheinz alle vastecklt.“
„Gärrie Kuuba[110]“, meinte der eine.
„Is schun zwelfe middags?“, ergänzte der andere.
„Jetz bräuschde mia än Scheriff fas Duell mit demm Gerrie“, frohlockte der dritte Rentner.
„Du Sseftl, de Gerrie, des is doch de Scheriff. Deado, des is de Bronzoon.“
„Bronzoon? Des waa doch *Spiel ma des Lied vum Tod!*“
„Is jo worscht, uff jedn Fall soä Duell allää, des funzioniat net.“

Nun erst entdeckten sie, dass der Mann – dass es sich um einen

110 Gary Cooper

solchen handelte, dessen war man sich sicher: „So schebb leeft kää Fraa“ – einen dunklen Helm trug.
Das nährte die nächste Assoziation der filmisch Bewanderten: „Oh leck! Än Rogga[111]! Wahrscheinz denne ian Tschief.“
„Bstimmt de Malloon[112]! Dea weeß als noch net, wassa zum du hot.“
„Odda *Iisii Raida*[113].“
„Des waa doch viel späda, du hosch jo kää Ahnung vun nix.“
„Awwa du. Du hosch doch bis voa paa Joa gedenkt, Kinno, des sin die klähne Färnnseh, die wu ma voas Aag hält un druffklickt.“
„Isch sach da ähns, wenn isch bissl jinga wäa, demm deed isch glei mol die Hack nei mache.“
„Oogewwa. Du drausch disch doch eh net.“
„Awwa wohl.“
„Oukey. Donn zeig mol, was du druff hosch.“

Der eine hob erst seinen Stock, dann seine Stimme: „Hea?! Hoiisch! Fremda!“
Der Mann ging unbeirrt weiter.
„Bisch du daub? Isch hab gsacht: Hea, Fremda! Sträinscha in se Nait! Isch babbl mit dia!“
„Hea“, raunte ihm sein Nachbar leise zu: „Proffezia denn doch net!“
„Wisso, isch hab gedenkt, du wäasch bereit.“
Und erneut rief er in dessen Richtung; „Unsan Scheriff, dea hot grad Woche-End. Pesch. Awwa de Ää, dea wäa parat faä Duell mit dia.“
„Spinnsch jetzat? Isch habs vleischt im Kreiz.“
„Obacht! Des hodda gheat. Sicksch, jetz kummda zu uns.“

---

[111] Rocker
[112] Marlon Brando
[113] Easy Rider

Tatsächlich veränderte der Mann seine Richtung. Er steuerte direkt auf die betagte Kleingruppe zu. Nun verflüchtigte sich die aufgeräumte Stimmung der drei Bankhelden schlagartig.
„Hilfä!"
„Heat uns kähna in demm dabbische Kaff. Mia wärre vleischt glei massakriat."
„Hilfäää!"

Den ersten Schrei verbuchte er als irgendein Geräusch aus einem Fernsehgerät. Als er jedoch den Hilferuf ein zweites Mal vernahm, wollte er zumindest nach dem Rechten sehen. Beim dritten Mal stand für Freese fest, hier war Eile geboten.
Schnellen Schrittes stob er in Richtung des Rufers, der sich unweit von ihm aufzuhalten schien.
Als er um die Ecke bog, sah er drei wohlbekannte ältere Herren auf ihrer Bank, jetzt allerdings mehr kauernd als entspannt sitzend. Ihr neuerliches Schreien ging in einen Ausruf der Erleichterung über, als sie seiner gewahr wurden.
„Hilf… Ähgottseidonk!"
„Bollezei zum Glick."
„Net grad de rischdische, awwa immahien."
„Haben Sie eben so geschrien?"
„Äh, gerufe, gonz ruisch grufe hawwe mia: Hilfö."
„Was ist denn los um Himmels Willen?"
„Doo!"

Gleichzeitig deuteten die Männer in eine Richtung. Zuerst wusste Freese nicht, worauf sie hinauswollten, dann jedoch entdeckte auch er die dunkle Gestalt, die auf sie zukam.
„Wer ist das?", fragte Freese.
„Kää Ahnung."
„Des spielt jo jetz kää Roll."
„De Gerrie Kuuba isses jednfalls net."

„Wer?“
„Is jo worscht. Än Mördda wahrscheinz.“
„Sie meinen, der Mann stellt eine Bedrohung dar?“
„Isch vasteh net, wie die denn bei de Bollezei genumme hawwe. Eh dea mol reagiat, sin mia all schun längscht massakriat.“
„Hie.“
„Vollischt.“
„Keine Sorge, meine Herren, ich werde mir den Mann mal näher anschauen.“
„Hawwe Sie iwwahaupt Ia Pischdool debei?“
„Ob ich eine Pistole dabei habe? Entschuldigung, es ist Sonntag.“
„A donn kann jo nix bassiere. Sunndaags mache die jo all Paus, die gonze Lumbesseggl.“
„Des deedisch demm glei mol saare, kumm doch am Muundaag widda.“
„Kein Grund zur Besorgnis, bestimmt nur ein Tourist, der eine Bleibe sucht.“
„Än Turischt? Gonz in schwarzz?“
„Sie haben Recht“, spöttelte Freese. „Wahrscheinlich ist das der Darth Vader.“
„Dea kennt denn aa noch.“
„Isch sach da ähns, die stegge unna ähnare Deck, mia sin aleedischt.“
„Mein Herr!“ Freese wandte sich nun direkt an den Mann, der jetzt keine zehn Meter von ihnen entfernt war. „Kann ich Ihnen helfen?“
Stoisch und ohne jede Reaktion setzte die Gestalt ihren Weg fort. Nun wurde es auch Freese mulmig. Konnte das im Zusammenhang stehen mit den Ereignissen um Rainer Funke und Kommissar Günda? Organisiertes Verbrechen in Glickerbach?
„Halt! Ich muss Sie bitten, stehen zu bleiben!“
Der Mann ging weiter. Sehr langsam, was seine O-Beine zur Geltung brachte.

„Stopp! Sofort! Ich bin von der Polizei!"
Eine Schrittlänge entfernt blieb der Mann endlich stehen. Freese stellte sich schützend vor die drei Männer, die sich auf der Bank aneinander gedrängt hatten.
„Können Sie sich ausweisen?"
„Dea is vleischt dabbisch. *Die Händ hoch!*, des wäa de rischdische Text!"

War der Mann bislang regungslos vor ihnen verharrt, so geriet er nun in Bewegung. Er machte Anstalten, den Reißverschluss seiner Jacke zu öffnen.
„Obacht, dea zieht was!"
Freese ließ sich von der Unruhe der hinter ihm Sitzenden anstecken: „Hände hoch!"

Und tatsächlich, der Mann leistete Folge, allerdings nicht ganz so wie erwartet. Er hob beide behandschuhten Hände, legte sie an den Helm und drückte diesen langsam, sehr langsam nach oben.
Freese war nicht sicher, wie er verfahren sollte. Seiner Aufforderung wurde nachgekommen, wenn auch in anderer Art und Weise, als er es verlangt hatte. Gleichwohl ging vermutlich von dem Mann keine Gefahr aus, solange er sich an seinem Helm zu schaffen machte. So ließ er ihn gewähren.
Ein Männerkinn kam zum Vorschein. Stoppeln.
„Denn kennisch", sagte der eine.
„Isch aa", bestätigte der andere.
„Des is doch…", rief der Dritte.
„Tschief? Sind Sie das?"

Es dauerte eine ganze Weile und bedurfte Freeses tatkräftiger Hilfe, bis Kommissar Günda den Helm endlich abgenommen hatte.

„Was gibtsn do zum gugge?“, japste er. „Isch mach kähn Striptiis, isch muss bloß sehe, dass isch bissl Luft krigg. Un des is halt net so äfach.“

„Ma siehts.“

„Gibts denn Helm aa in Ihra Greeß?“

„Was än rischdische Rogga is, dea fäat sowisso mit oohne Helm.“

Offensichtlich hatten die Rentner wieder Oberwasser.

„Bin ich froh, Sie gesund und munter zu sehen, Tschief!“ Freese wirkte sehr erleichtert. Nicht nur aus diesem Grund. „Aber was machen Sie denn in dieser Motorradkluft?“

„Des, des is ä langi Gschischt. Wea sinnen die drei Koomika doo?“

„Darf ich vorstellen, meine Hilfssheriffs: Herr Öh, Herr Ahna und Herr Herbst.“

„Hea mol, Freese, was hoschn du eewe so rumgekaschbat?“

„Ich habe versucht, mit Ihnen Kontakt aufzunehmen. Aber Sie haben ja nicht reagiert, als ich Sie angesprochen habe.“

„Gsproche is guud“, sagte der eine.

„Gschrawwe[114], bessa gsacht“, präzisierte der andere.

„Voa lauda Ängscht“, spöttelte der Dritte.

Kommissar Günda untermalte seine Erklärung gestenreich, was ihm in Anbetracht der schweren Kleidung nicht leicht fiel: „Isch hea doch nix unna demm dabbische Helm. Was annares, wie finsch du des eigendlisch, mei neiji Mondua?“

„Ihr Outfit? Na ja, ich bin schon ein wenig überrascht. Ich dachte zuerst, da kommt Darth Vader.“

„Wea?“

---

[114] Geschrien

„Na, der aus Star Wars."
„Schtaa was?"
„Science Fiction."
„Kennischnet. Isch kenn bloß *Raumbadrullje. Raumschiff Orioon.* Unne? Jetz sach mol: Wie finschs, Freese?"
„Nun, Sie sehen in dieser Motorradkluft auf jeden Fall ganz anders aus. Ungewohnt."
„Wieä?"
„Na so…"
„Männlisch, gell?"
„Ist das für Ihre Prunksitzung, für den Tanz?"
„Hea mol, des is doch kää Vakleidung. Des braucht ma, wemma Modoarad fäat."
„Hm."
„Uff de Audobahn…"
„Aha."
„Iwwa die Grenz."
„So so."
„Hea mol, Freese, wie wäas, du deedsch misch mol endlisch froore, wu isch waa die gonz Zeit!"

Freese nickte in Richtung der drei Männer. „Ich dachte, wir ziehen uns dazu erst einmal in die Sokodo zurück. Es gibt einiges zu besprechen."
„Mia kumme grad mit."
„Klähna Witz."
„Awwa net schlescht, odda?"

Bedächtigen Schrittes machten sich die beiden Ermittler auf den Weg. Kommissar Günda gab das Tempo vor. Wenn sich Freese nicht täuschte, summte er etwas vor sich hin.
Als sie außer Hörweite waren, hakte er nach: „Also gut, Tschief, wo waren Sie? Ich habe mir allergrößte Sorgen gemacht, ich dachte, es ist Ihnen etwas zugestoßen."

„Isch? Isch waa am Gaddasee."
„Der in Italien?"
„Kennsch du noch än annare?"

Freese war sprachlos.
„Gekidneppt", erklärte Kommissar Günda leichthin, als berichtete er von einer Kreuzfahrt.
„Also doch! Ich habs gewusst. Mein Gefühl hat mich nicht getrogen. Gott sei Dank konnten Sie sich befreien. Können Sie den Entführer beschreiben?"
„Des is schwierisch."
„Das glaube ich, Tschief. In einer solchen Stresssituation! Aber Sie wissen, jeder kleinste Hinweis kann uns weiterbringen."
„Schvasuchs. Än Monn."
„Ein Mann. Wie alt?"
„So wie isch. Sieht awwa älda aus."
„Aha. Groß, klein?"
„Middl."
„Hat er etwas gesagt?"
„Die gonz Zeit."
„Das hilft uns bestimmt."
„Un donn halt gegrillt."
„Gegrillt hat er Sie? Was wollte er denn aus Ihnen herauspressen? Welche Informationen?"
„Wie isch des seh."
„Wie Sie was sehen?"
„Die Ehe."
„Die Ehe? Welche Ehe?"
„A, demm seini."
„Der Entführer hat Sie um Rat gefragt bei seinen Eheproblemen? Das ist ja merkwürdig. Klingt nach einem gefährlichen Psychopathen."
„Do sachsch du was. Un des mescht dea mit jedem. Du kennsch denn jo aa."

„Wie? Ich kenne Ihren Entführer?“
„Sebvaständlisch.“
„Tschief, das wäre ja phantastisch. Ich habe nämlich Grund zu der Annahme, dass Ihr Entführer noch mehr auf dem Kerbholz hat.“
„Hä?“ Nun war es an Kommissar Günda, seiner Verwunderung Ausdruck zu verleihen. „De Weize? Des kannisch ma net voastelle. Gsteat is dea. Aber so gsteat aa widda net.“
„Weizen? Sagten Sie eben Weizen?“
„Gönau.“
„Jetzt verstehe ich überhaupt nichts mehr. Sie meinen, Herr Kornfeld hat Sie entführt? Ich weiß, er ist im Moment neben der Spur, aber eine Entführung, das hätte ich ihm nicht zugetraut.“

Es war an der Zeit, dass Kommissar Günda für Aufklärung sorgte. Kornfeld habe ihn schon gewissermaßen entführt, aber nur in guter Absicht.
„Wie? In guter Absicht?“
„Fa sisch selwa. Un bissl aa fa misch. Luftva-ännarung. Vastehsch?“
„Nein, das verstehe ich nicht. Und wie hat er das angestellt mit der Entführung?“
Kommissar Günda druckste. Er habe eben einen Moment der Müdigkeit bei ihm ausgenutzt, und als er aufgewacht sei, habe vor ihm der Gardasee gelegen.
„Sie sind eingeschlafen?“
„Gönau.“
„Wo?“
„Bei demm im Woohnmobil.“
„Kornfeld hat ein Wohnmobil?“
„So was Ähnlisches jednfalls. Do drin lebt dea, seitdähm dass denn sei Fraa nausgschmisse hot. Desdaweje hot dea aa imma so ausgsehe wie frisch ausm Boddisch. Isch kann da saare, gonz schää proffissoorisch, demm sei Beddelaga.“

„Und Sie haben ihn also in seinem Wohnmobil besucht.“
„Hm.“
„Und dort sind Sie eingeschlafen? Und das derart tief, dass Sie nicht gemerkt haben, wie er wegfährt?“
„Gönau.“
„Bis nach Italien?“
„Scheinz.“
„K.O.-Tropfen!“
„Nää.“
„Etwas anderes? Ich meine, Herr Kornfeld sitzt ja bei der Spurensicherung gewissermaßen an der Quelle.“
„Jetz hea mol uff Freese, des is jo worscht. Des spielt jo jetz kää Roll, isch bin jo widda doo. Alles in Orddnung.“

Kommissar Günda kürzte die Erzählung ab, schließlich gab es noch genügend Fragen, die er sich selber stellte. Jedenfalls sei der Gardasee Kornfelds bevorzugter Lieblingsplatz, er hätte da seinen festen Kreis von Mitcampern, und einer von diesen habe ihn heimgebracht, denn er habe doch so bald wie möglich wieder in Glickerbach sein wollen.
„Isch weeß, Freese, du glaabsch des net, des mim Funges Roina, dass do was net stimmt. Awwa isch bin mia mittlaweil sischa. Isch hab bissl Zeit ghabt zum Nochdenge. Un isch hab ä Theorie.“
„Sie täuschen sich, Tschief. Es ist tatsächlich einiges passiert in der Zwischenzeit, ich war fleißig, habe einiges herausgefunden, und ich bin jetzt ganz Ihrer Meinung: Es war Mord. Und es gibt aus meiner Sicht zwei Verdächtige.“

Längst hatten sie den Roten Ochsen erreicht, aber Kommissar Günda schlug vor, eine weitere Runde um den Block zu laufen. Wenn sich Freese nicht täuschte, war es seinem Chef dabei daran gelegen, einen Blick auf seine eigene Erscheinung zu erhaschen, etwa, wenn er sein Spiegelbild in einem Schaufenster sah. Und es kam ihm auch so vor, als ob er mit kaum verhohlenem Stolz Ausschau hielt, ob sich hinter den Gardinen etwas tat und er beobachtet würde. Schon erstaunlich, wie Kleidung einen Menschen veränderte. Freese beschloss, darüber hinwegzusehen, und berichtete von seinen Ermittlungen, zunächst die in Fußheim, wo es diesen eitlen Eintänzer gebe, der durchaus ein Motiv habe: „Gekränkte Eitelkeit, Neid. Und vor allem diese krankhafte Geltungssucht. Ich kann mir vorstellen, dass dieser Mann unangenehm werden kann, wenn man ihm in die Quere kommt. Und – er ist schließlich Pharmareferent."

„Ähä."

„Das heißt, er kennt sich aus mit solchen Mitteln und deren Wirkung."

„Du mähnsch also, die is vun demm, die Pill. Also, isch mähn die Pill vun de Abdeeg, net de Balle. Mia saare nämmlisch aa als *Pill* zum Balle. Beim Fußball."

„Tschief, darf ich Sie mal etwas fragen?"

„Bidde!"

„Kann es sein, dass Ihr Dialekt ganz schön unlogisch ist, jeder halbwegs nachvollziehbaren Regel entbehrt?"

„Wisso?"

„Nun, Sie sprachen doch eben von der *Pille*, von der Tablette."

„Gönau."

„Und da fällt das *e* hinten weg im Dialekt."

„Stimmt, die Pill. Is mia noch gaa net uffgfalle."

„Aber es heißt der Ball. Und da wiederum wird bei Ihnen draus *der Ballö*."

„Korräckt. Halwa."

„Das ist doch merkwürdig."

„Finsch?"

„Ich kann da jedenfalls keine Systematik erkennen."

„Unne?"

„Sehen Sie, das ist genauso merkwürdig. Statt *Und?* sagen Sie *Unnö?* Wieder so ein zusätzlicher Vokal, von dem keiner weiß,

wo er herkommt, was er soll.“
„Des *e*, des is wischdisch wejem Klong.“
„Weswegen?“
„Wejem Klong. Wies klingt.“
„Ah, der Klang.“
„Rischdisch. Des *e*, des bringt Rhythmus. Des klingt äfach viel bessa als wie mit oohne *e*.“
„Aber bei der *Pille* lassen Sie es lieber weg.“
„Was weeßn isch. Freese, nämm des doch äfach so hie. Desdaweje is des eewe so schwea, unsan Dialekt zum lärnne. Du, du müschtsch imma froore *mit e oder mit oohne*. Des weeß ma äfach. Des kriggsch du bei uns schun mit de Muddamillisch.“
„Milch.“
„Nää, Millisch. Do gheat noch ä *i* nei.“
„Ich gebe es auf.“
„Nänää, Freese. So lang isch do bin, froog misch narre.“
„Dann frage ich Sie nochmal wegen unseres Falles, was halten Sie vom Fußheimer Eintänzer?“
„Nix.“
„Schon klar. Und als Täter?“
„Do wäa de zwedde mei ärschdi Wahl.“
„Aber Sie wissen doch gar nicht, wen ich noch im Verdacht habe.“
„Glaabsch?“
„So kenne ich Sie, Tschief. Sie haben sich also auch Ihre Gedanken gemacht.“
„Voll. Un du hosch Rescht.“
„Freut mich. Nebenbei, diese Männerballettidee haben Sie doch bestimmt in der Zwischenzeit verworfen, oder?“
„Nää. Nadierlisch net.“
„Sagen Sie bloß, Sie haben am Gardasee trainiert!“
„Bloß halwa“, räumte Kommissar Günda ein. „Aber, Freese, des meischde, des bassiat eh im Kopp. Do drin wärdd entschiede, wie des alles riwwakummt.“

Wieder summte Kommissar Günda diese Melodie. Eine Melodie, die Freese nicht kannte.
„Auf, mia gehe noch ä Rund, ä klähni!"
„Können wir gerne später machen, aber ich würde Ihnen erst etwas zeigen wollen. Im Büro. Wir sind ja gleich da."
„Vun mia aus. Auf jetzat, spucks aus, Freese: Wea is fa disch de annare Vadäschdische?"
Wie auf Stichwort erschien Markus Funke vor dem Roten Ochsen. Offenbar hatte er gerade jemanden besucht. Privat, denn geöffnet war das Gasthaus noch nicht.
„Dea? Was meschtn dea Sseftl doo?"
„Genau darüber wollte ich mit Ihnen reden, Tschief."

Auch in Glickerbach kreisten die Gedanken nach wie vor um Rainer Funkes Tod, um dessen Beerdigung und um die weiteren Fasnachtsaktivitäten, aber es gab ein neues Thema, das hinzugekommen war. Gut unterrichtete Quellen wussten zu berichten, dass sich zwischen Marion Helche und dem schönen Hansi etwas anbahnte. Erneut. Die Älteren erinnerten sich gut, dass es da bereits vor langer Zeit eine Liaison gegeben hatte. Das Wiederaufleben romantischer Gefühle zwischen den beiden wurde in der Glickerbacher Damenwelt allerdings nicht nur mit Wohlwollen betrachtet und das, obwohl die Zeiten, da Markus *Hansi* Funke einer der begehrtesten Junggesellen in Glickerbach gewesen war, längst der Vergangenheit angehörten. Bereits in seiner aktiven Zeit als Star des 1. FC Glickerbach war diese Ära eingeleitet worden, er war der Flankengott, der Linksaußen, dessen ungebändigte Lockenpracht ihn umwehte, wenn er zu einem seiner umjubelten Sprints ansetzte. Lange her, doch noch immer ging von ihm eine nicht zu leugnende Faszination aus. Und das, obwohl er einiges dazu getan hatte, seinen Ruf nachhaltig zu schädigen. Da waren zunächst seine zahllosen Liebschaften: *De Hansi, denn kannsch net heewe*, so lautete ein geflügeltes Wort im Ort.

Des Weiteren verfügte Markus Funke über besondere Begabungen, die er allerdings zumeist im kleinkriminellen Bereich einzusetzen wusste. Er war ein mehrfach staatlich anerkannter Betrüger, etliche Verurteilungen waren erfolgt, als Jugendlicher eher milde und mahnend, als Erwachsener hatte er schließlich sogar eine Gefängnisstrafe zur Bewährung erhalten. Die Liste der von ihm Belogenen, Hereingelegten und Hintergangenen war lang. Was ihm aber zugute kam – zumindest in Glickerbach –, seine Opfer waren nie *vun doo*. In dieser Hinsicht war er konsequent. Das sicherte ihm die nachhaltige Sympathie der Glickerbacher, die immer wieder bereit waren, ihn in Schutz zu nehmen:

„Dea kann nix defoa, unsan Hansi!“

„Dea hot imma Pesch ghabt."
„Des hot dea gaa net so gewollt."

Für manche war er gar ein Glickerbacher *Robin Hood*, der es lediglich den Nichtglickerbachern nahm und der dafür regelmäßig seinem Heimatort etwas zukommen ließ, vor allem seinem alten Verein.
Das sorgte für nachhaltiges Wohlwollen gegenüber dem immer wieder Strauchelnden, gepaart mit einem leisen Stolz, dass man in Glickerbach eine solch schillernde Persönlichkeit hervorgebracht hatte, über die Region hinaus berühmt.
Denn bei allem Fehlverhalten, letztlich fiel es jedem, selbst seinen Opfern schwer, ihm böse zu sein. Er war und blieb ein gewinnender Typ, ein Lausbub, dessen Eskapaden und Verfehlungen man gerne mit einem *Schwamm drüber!* quittierte. Ein Lebenshungriger, ein Lebenskünstler, den das Abenteuer immer wieder lockte und in so manches Verderben trieb. Unverschuldet, wie man immer wieder geneigt war anzunehmen.

Marion Helche und der schöne Hansi hatten eine Zeitlang als das Glickerbacher Traumpaar gegolten. Und dieser Nimbus hatte sich gehalten. Umso mehr, als sie als grundsolide und bodenständig galt. Ihr traute man es zu, den Ungestümen, den nicht mehr ganz jungen Wilden zu zähmen und auf den rechten Weg zu bringen. Tatsächlich schien er sich besonnen zu haben, und das wurde allgemein auf Helches Einfluss zurückgeführt.
Er, der andernorts mehrere Kneipen geführt hatte und dabei stets krachend gescheitert war: „Weila die Leit alle eiglade hot, unsan Hansi."
Er, der auch mit Alkohol und Drogen seine Erfahrungen gemacht hatte: „Dea hot nix ausglosst, awwa die hawwe denn allweil vafiat, unsan Hansi. Iwweraal. Die Sseggl!"
Er, der Glickerbach eine Zeitlang gemieden hatte: „Weila imma noch ghange is an de Marioon, die waa äfach sei großi Liebe."

Er war nun: „De Hans im Glick. Soin Vadda wäa froh gewest."

Wie es dazu gekommen war, das wusste man auch zu berichten: Marion Helche hatte ihn getröstet, als Markus Funke seinen Vater verloren hatte, dem er es nie leicht gemacht hatte. Jener Vater, der doch eigentlich nur sein Stiefvater war, sich aber immer rührend um ihn gekümmert hatte und ihn das nie hatte spüren lassen. Der ihm seine Freiheit gelassen hatte. Der alles in seiner Macht Stehende für ihn getan hatte. Der es selbstredend gerne gehabt hätte, dass sein Markus den Betrieb übernimmt. Aber das war nun einmal einfach nicht sein Metier, dafür hatte er kein Talent, und auch das hatte Rainer Funke schweren Herzens und mit dem ihm eigenen Großmut akzeptiert. Wie das ein liebender Vater eben tut. Rainer Funkes Tod also, so schlimm der war, hatte sein Gutes, so sah man das in Glickerbach. Denn er hatte Markus Funke und Marion Helche wieder zusammengebracht.
Er zeigte ihr die Freiheit, sie ihm die Grenzen.

All das interessierte Freese nicht. Für ihn spielten die Liebesgeschichte, deren Hintergründe und das zweifelhafte Happy End keine Rolle. Für ihn stand nur fest, dass Markus Funke sein Hauptverdächtiger war und dass der auf welchem Wege auch immer Marion Helche dazu gebracht hatte, ihm ein Alibi zu verschaffen. Solange dieses Alibi Bestand hatte, sah er keine Chance, Funke zu überführen.
Freese wusste zugleich, dass er offenbar nicht der richtige Mann war, um an diesem Alibi zu rütteln. Insofern war er nicht nur beruhigt, dass sein Chef wieder da war – unversehrt –, er erhoffte sich von ihm auch eine Einflussnahme auf Marion Helche. Denn dass die nicht die Wahrheit sagte, das stand für ihn fest.

Marion Helche reagierte zunächst mit finsterer Miene, als sie Freese sah, doch Kommissar Günda fiel sie sogleich um den Hals: „Bin isch froh, dass Sie widda do sin, Tschief. Un dass Ihne nix bassiat is. Mia hawwe uns schun gonz schää Sorje gemacht weje Ihne."
„A wa, Marioon! Nix bassiat. Isch hab grad än klähne Ausflug gemacht. Uffm Modoarad. Unn, Marioon, wie moanschen? Mei neiji Mondua!"

Freese war reichlich ernüchtert. Kommissar Günda hatte sich zwar schnurstracks auf die Suche nach Marion Helche gemacht, ganz in Freeses Sinne. Aber ihm ging es erkennbar lediglich darum, dass sie sich zu seinem neuen Outfit äußerte.
„Des steht Ihne awwa guud, Tschief. Isch heed Sie schiaga nimmie gekennt."
„Unne? Weje Fasnacht? Wäa des was?"
„Hm?"
„A, weje de Sitzung? Weje de Houli Haxe. Wie wäas, wenn isch so uff die Bihn gähngt[115]?"
„Tschief, des is die Idee. Des mit denne Muufs, denne gonze, des krieje ma wahrscheinz eh net hie. Awwa so bissl rumdabbe, mol links, mol reschts, des glabbt bstimmt. Des gfällt mia. Un de Tschennie wahrscheinz aa. Isch ruf sie glei mol oo."
„Sicksch, Freese, so macht ma des!", triumphierte Kommissar Günda. „Un schun hawwe mia die Korreo."
„Aha." Freese ließ sich seine Enttäuschung anmerken.
„Un wu ware Sie, Tschief? Auf, mia hogge uns bissl zamme." Marion Helche war neugierig.
„Isch? Am Gaddasee."
„Aldale, do hawwe Sie jo schää was geleischdet. Isch hab des jo gaa net gewisst, dass Sie soän Baika sin. Wu stehtn Ia Maschin?"
„Äh… die hawwisch zuämme Kumbl vun mia. Muss bissl was

115 ginge

gemacht wärre."
„Reschbeckt, des heedisch Ihne gaa net zugedraut."
Freese hatte das ungute Gefühl, er war gerade überflüssig.
„Dann will ich nicht weiter stören, Tschief. Ich glaube, ich gehe."
„Mach des, Freese. Bis mogge!"
„Sie derfe sisch ruisch frei mache, Tschief, des is doch bstimmt waam in denne Glamodde."
„Des mescht mia nix, Marioon. Isch glaab, des bhalt isch jetz imma oo."

Die Stimmung war frostig, als sich die Ermittler am nächsten Morgen in der Sokodo gegenübersaßen. Von beiden Seiten. Man hatte sich höflich begrüßt, aber dabei blieb es auch. Freese war in seinen Laptop vertieft, Kommissar Günda, der als erster vor Ort gewesen war, kritzelte etwas auf seine Schreibtischunterlage und nestelte immer mal wieder an seiner Lederjacke. Keiner nahm Notiz vom anderen. Jedenfalls ließ sich keiner anmerken, dass er sehr wohl registrierte, was der andere tat. Lediglich das Klappern der Kaffeetassen unterbrach gelegentlich die ungewohnte Stille im Lagezentrum der Sokodo.

Schließlich war es Kommissar Günda, der das Eis brach: „Hea mol, kann des sei, du bisch bissl beleidischt, Freese?"
„Wieso sollte ich beleidigt sein?", erklärte der kühl. „Ich wollte gestern mit Ihnen unseren Fall weiter besprechen, wollte Frau Helche ein wenig in die Zange nehmen, um an unseren Hauptverdächtigen heranzukommen. Aber Sie interessiert das alles überhaupt nicht. Ausgerechnet Sie, der Sie doch angeblich von Anfang an wussten, dass es sich hier um ein Verbrechen handelt. Sie wollen von mir jetzt aber nicht einmal mehr wissen, wen ich da im Verdacht habe und warum. Sie bevorzugen lieber das Schaulaufen vor Frau Helche. Was sollte mich daran stören?"
„Freese, is dia was uffgfalle?"
„Ja. Sie sind jetzt Rocker."
„Nää. On de Marioon."
„Sie hat etwas übrig für Rocker und andere Spießgesellen."
Kommissar Günda zerrte erfolglos an seinem linken Ärmel.
„Wahrscheinz muss isch noch bissl waade. Isch bin noch zu babbisch vun de Nacht."
„Sie haben diese Montur über Nacht getragen?"
„Was sollischn mache? Isch bring des net aus."
Immerhin, ein Anflug von Entspannung geisterte durch den Raum, Freese konnte sich ein Grinsen nicht verkneifen.
„Nää, unsa Marioon, die is bissl duasch de Wind. Weje demm

Hannebambl."
„Das ist Ihnen aufgefallen?"
„Hea mol, Freese. Du mischtsch[116] misch bissl bessa kenne. Isch bin än Daggdigga[117]. Du hosch des doch fria als gsacht, isch wäa än Fuchs. Un geschdan hawwisch misch eewe vawandlt in denn. *Mutaboa* hawwisch gsacht. Gonz leis, wie isch mit de Marioon gebabblt hab. Wie sisch des gheat. Wie in demm Measche."
„Mutabor? Ich dachte, damit wird man zum Storch."
„Isch net. Misch mescht des glei mol zum Fuchs."
„Ah ja, gut zu wissen."
Freese wirkte etwas besänftigt.
„Die hot sisch vaguggt in denn Sseggl. Awwa voll. Die hawwe jo aa mol was ghabt middenanna. Fria. Long hea."
„Hat sie Ihnen das erzählt?"
„Halwa. Un jetz isses scheinz widda uffgflammt."
„Ich fürchte, dieser feine Herr nutzt sie bloß aus."
Kommissar Günda legte den rechten Zeigefinger mahnend über die Lippen und vergewisserte sich, dass die Tür zu war. Und die Durchreiche verschlossen.
„Soot. Un jetz vazehl ma mol die gonz Gschischt."

Freese berichtete von seinem Gespräch mit Vorderhofer, nachdem er dessen Telefonnummer entdeckt hatte: „Ein hochinteressanter Typ übrigens, ein echter Künstler."
„Ähä. Des hawwisch aa schun gemeiikt. Gradn Moment…"
Wieder begann Kommissar Günda zu summen.
„Bin glei fäddisch."
Er summte weiter.
„So, jetz gehts widda. Weida, Freese!"
Es habe eine Begegnung in der Umkleidekabine gegeben, an die sich Vorderhofer erinnerte. „Er meint – oppacht! –, er hat un-

---

116 müsstest

117 Taktiker

seren Markus Funke erkannt als denjenigen, den er dort hinter der Bühne angetroffen hat. Er ist sich jedenfalls ziemlich sicher."
„Un de Maiiguss, was sescht dea? Hosch schun mit demm gebabblt?"
„Der bestreitet hartnäckig, dass er überhaupt dort gewesen ist. Das sei eine Verwechslung. Und Frau Helche behauptet, Funke sei bei ihr gewesen. Die ganze Zeit. Wir müssen es schaffen, dass sie davon Abstand nimmt, sonst kommen wir nicht weiter. Vorderhofer ist ein guter Zeuge, aber ich weiß nicht, ob wir uns auf ihn allein verlassen können. Bestimmt war an diesem Abend Alkohol im Spiel. Vielleicht auch bei ihm. Aber wenn wir Funkes Alibi knacken, dann kommen wir womöglich auch an diesen feixenden Schönling heran."
„Un was wisse ma donn?"
„Nun, dann wissen wir, dass er dort war."
„Hm. So wie isch des seh, wisse mia bloß ähns gonz gönau."
Kommissar Günda richtete sich auf.
„Jetzt bin ich aber gespannt."
„Mia wisse gonz genau, dass du in meine Sache rumschnifflsch."
Freese war erstaunt über den unerwarteten Vorwurf und die Heftigkeit, mit der er vorgetragen wurde.
„Entschuldigung!" Er fühlte sich in jeder Hinsicht ungerecht behandelt. „Ich habe mir erlaubt herauszufinden, mit wem Sie zuletzt Kontakt hatten. Der Name findet sich auf Ihrer Schreibtischunterlage, er ist nicht unter Verschluss, also kein Geheimnis."
„Un wisso waasch du dann an moim Schreibtisch, wenn du alles schun gfunne hosch? Wisso kruschtlsch du in meine Schubblade rum?"
„Das… war ich nicht, Tschief."
„Halt misch net fa bleed, Freese. Des sieht zwar net so aus bei mia, awwa isch seh des soffortt, wenn ähna an meim Zeigs rumgfummelt hot, un isch kanns net hawwe!"

„Also gut, ich war an Ihrem Schreibtisch, aber nur, weil ich mir Sorgen gemacht habe. Ich dachte, erst kommt dieser Funke zu Tode, Sie springen für ihn im Männerballett ein, und dann verschwinden Sie plötzlich. Ich habe befürchtet, da besteht ein Zusammenhang. Sie waren doch einfach weg, nicht zu erreichen. Sie haben mir nicht hinterlassen, dass Sie sich zu einem Ausflug in Kornfelds Wohnmobil begeben haben. Sie haben es nicht für nötig befunden, sich vom Gardasee aus bei mir zu melden. Dort gibt es doch Telefon, oder etwa nicht? Selbst wenn Sie Ihr eigenes wieder einmal vergessen hatten oder der Akku leer war, wie eigentlich immer, es wäre ein Leichtes gewesen, jemanden zu bitten *Leih mir mal dein Handy, ich muss mich kurz bei meinem Assistenten melden*. Bestimmt hatte Kornfeld eines dabei, wahrscheinlich verfügt sogar Ihr Motorrad über ein eingebautes Telefon. Die Welt ist voll von solchen Geräten, aber ich sage Ihnen, wie es war: Sie haben mich vergessen. Sie haben sich überhaupt keine Gedanken gemacht, was hier los sein könnte. So sieht es aus. Und ausgerechnet Sie machen mir einen Vorwurf, dass ich mich auf die Suche nach Ihnen gemacht habe? Dass ich alle Hebel in die Welt setze, um Sie zu finden, um zu verhindern, dass Ihnen jemand etwas antut? Sie machen mir ernsthaft einen Vorwurf, weil ich bei einem plötzlich verschwundenen Kommissar Ermittlungen aufnehme? Tut mir leid, dass ich mir Sorgen gemacht habe, kommt nicht wieder vor!“

Es dauerte einen Moment, bis Kommissar Günda auf Freeses Vorhaltungen antwortete. Man sah ihm an, dass er von dessen emotionalem Monolog getroffen war. Und gerührt: „Du hosch dia Sorje gemacht? Weje mia? Ealisch?“
„Was glauben denn Sie? Und was ich im Schreibtisch entdeckt habe, hat meine Befürchtungen nicht gerade zerstreut.“
„Du hosch des gsehe, denn Bleedsinn?“
„Wenn es denn bloß Blödsinn ist. Da sind handfeste Drohungen darunter.“

„A wa! Des derf ma net so ärnscht nämme. Des kummt voa. Wenn du ä öffentlisches Amt hosch, donn musch du dodemit reschle."
Kommissar Günda hatte erkennbar ein schlechtes Gewissen: „Isch bin halt bissl dabbisch, Freese. Isch bin bissl empfindlisch, wenns um mei Zeigs geht. Des waa isch schun imma. Awwa des hosch du nadierlisch iwwahaupt net vadient. Dud ma leid, was isch gsacht hab. Simma widda guud?"
Freese zögerte einen Moment: „Nur damit das klar ist, das war eine Ausnahme. Ich habe noch nie Ihre Schubladen angefasst."
„Des weeß isch doch. Isch heed des jo glei gemeiikt. Geh mol hea, loss disch mol drigge!"
„Einverstanden."
Beide standen auf und gingen aufeinander zu.
„Simma widda guud?"
„Aber unter einer Bedingung!"
„Vun mia aus."
„Kein Weizenkuss, bitte!"

Die Umarmung dauerte ungewöhnlich lange. Beiden merkte man die Erleichterung über die ausgestandene Auseinandersetzung an.
„Übrigens, wenn mich nicht alles täuscht, hat Frau Helche schon wieder Besuch. Der schöne Hansi ist da."
„Hosch denn gsehe?"
„Nein, aber gehört."
„Desdaweje simmia soä guudes Tiim. Isch hea so schlescht. Wahrscheinz is des vum Modoarad noch bissl schleschda worre. Auf, do gehe ma glei mol hie. Die freue sisch bstimmt gonz aiig."

In der Tat, Marion Helche, die gerade dabei war, die Tische einzudecken, schien es nicht sonderlich angenehm zu sein, dass ihr die beiden Ermittler gegenüberstanden. Ihre Begrüßung fiel entgegen ihrer sonstigen Art verhalten, fast abweisend aus, was wohl an der Anwesenheit von Markus Funke lag. Der dagegen strahlte demonstrativ. Akribisch widmete er sich hinter dem Tresen dem Spülen und Trocknen der Biergläser.
„Vom Millionär zum Tellerwäscher“, kommentierte er seine Tätigkeit trocken.
Kommissar Günda konnte sich ein herzhaftes Lachen nicht verkneifen, der Spruch hatte ihm gefallen.
Marion Helche fühlte sich sogleich aufgerufen, eine Erklärung zu liefern. Markus Funke habe eine Zeitlang einen sehr erfolgreichen Gastronomiebetrieb in Bremen geführt. Sie habe tolle Fotos gesehen. Mit einer riesigen Terrasse.
„Ich hatte Probleme mit der Brauerei, eine unschöne Geschichte, bin über den Tisch gezogen worden.“
„Privatinsolvenz?“, streute Freese ungefragt ein.
„Lange her. Sie haften ja mit allem, was Sie haben und sind. Den Brauereien ist das egal. Ich habe aber auch nicht aufgepasst, hab tolle Konzerte veranstaltet, immer draufgelegt.“
Er habe eben die Künstler immer anständig bezahlen wollen, beeilte sich Marion Helche zu erläutern.
„Des stimmt“, nickte er ihr zu. „Das ist doch selbstverständlich. Konnte aber auf Dauer nicht gutgehen. Ein schlechter Sommer, und meine Reserven waren aufgebraucht.“
„Und jetzt?“
„Mache ich mich hier nützlich. Ich habe verschiedene gute Angebote.“
„Münsche, Leipzisch, Ballien. Dea hot viele, die wu denn wolle.“
„Aber im Moment zieht es mich nicht weg von hier. Gell, Schätzl?“
Marion Helche lächelte dankbar. Kommissar Günda sah das mit Unbehagen. So kannte er die Wirtin nicht. Markus Funke hatte

diese sonst so patente Frau offenkundig um den Finger gewickelt.
„Nochmal zu dem fraglichen Abend mit Ihrem Vater, Herr Hansi, äh, Funke…“ Freese hatte offenkundig beschlossen, ihm weiter zuzusetzen.
Marion Helche sandte einen mahnenden Blick zu Kommissar Günda. Der zuckte mit den Achseln.
„Ich habe Ihnen bereits alles dazu gesagt.“
„Un isch aa“, ergänzte Marion Helche. „Wenna wollt, kennda liewa mithelfe, spüle, abdriggle[118].“
„Tut mir leid, für mich sind Ihre Antworten nicht zufriedenstellend.“
Marion Helche baute sich drohend zwischen Funke und Freese auf.
„Lossen narre, Schätzl. Herr Kommissar, worum geht es? Sie halten es offenbar für möglich, dass ich etwas mit Rainers Tod zu tun haben könnte. Sagen Sie es ruhig frei heraus!“
Freese schwieg.
„Und ich weiß auch warum. Weil Sie jemanden brauchen, einen Sündenbock. Weil Sie sich in den Kopf gesetzt haben, dass der Rainer sich unmöglich gedopt haben kann. Anderenfalls gäbe es nämlich kein Verbrechen. Sie haben offenbar das dringende Bedürfnis, mir irgendwas ans Bein zu binden.“
So ganz konnte Freese in diesem Moment nicht widersprechen.
„Tschief, jetz mol unna uns.“ Marion Helche richtete sich an Kommissar Günda. „Des stimmt doch äfach. Ian Freese, isch mähn, des issn liewe Kärll, awwa dea hot sisch do in was neigridde, neigsteigat. Vleischt kenne Sie defoa sorje, dass dea demit uffheat, uns des Leewe schwea zum mache.“
„Mia, Schätzl. Du hosch nix demit zum du.“
„Un ob, des hawwisch wohl. Isch kanns net hawwe, wemma ufäa is, wemma ähm kää Schangs gibt, bloß weila mol Mischt

[118] abtrocknen

gebaut hot. Des bringt misch uff die Palm."
„Und deshalb verschaffen Sie ihm ein Alibi?"
„Nää. Weils stimmt."
„Sie bringen sich in Teufels Küche, Frau Helche, wenn sich herausstellen sollte, dass Sie nicht die Wahrheit gesagt haben."
„Lassen Sie gefälligst meine Marion in Ruhe!"
Kommissar Günda registrierte, wie deren Augen leuchteten.
„Eines haben Sie völlig außer acht gelassen. Wieso sollte ich dem Rainer, der alles für mich getan hat, etwas antun wollen?"
„Ganz einfach!", triumphierte Freese. „Allerweltskonflikte, Streit ums Geschäft. Vielleicht brauchten Sie wieder einmal Geld, und das wollte er Ihnen nicht geben. Es sind viele Gründe denkbar. Gerade bei Ihnen!"
Markus Funke polierte ungerührt das nächste Glas.
„Meinen Sie wirklich, irgendein lächerlicher Konflikt könnte mich veranlassen, alles kaputt zu machen? Diesem Mann etwas anzutun? Dem Mann, der immer für mich da war, der mich nie fallen gelassen hat, der für alles Verständnis hatte. Auf den ich mich immer verlassen konnte. Meinen Sie wirklich, ich tue dem Mann etwas an, der für mich der perfekte Vaterersatz war?"
„Vleischt grad desweje."
Kommissar Günda, der die ganze Zeit über geschwiegen hatte, sorgte mit seinem unvermuteten Einwurf für einen Moment der Stille. Freese schaute zu ihm, Marion Helche ebenso, Markus Funke hielt in der Bewegung inne.
„Wie meinen Sie das, Herr Kommissar?"

Der ging langsam in Richtung Tresen und baute sich vor Funke auf: „Derfisch?"
Er nahm das Glas, das Markus Funke gerade fertig abgetrocknet hatte, in die Hand und hielt es gegen das Licht: „Doo! Net gonz sauwa. Net pafekkt. Kää bissl."
Er nahm sich das nächste Glas.
„Des aa net."

Die Prozedur wiederholte er noch weitere fünf Mal.
Dann sagte er sehr leise: „Bei Ihne derf ma nämmlisch nie genau hiegugge. Sunscht entdeckt ma imma was. Un gönau des is des Probblähm, was Sie ghabt hawwe mit demm Roina. Dea, dea waa nämmlisch pafekkt. Fa alle. Aa fa Sie. Un des bei demm, was Sie alles gemacht hawwe. Dea is net ausgflippt, dea hot net de Beddl hiegschmisse un gsacht: *Was hawwisch mit demm Kärll zum schaffe? Des is doch gaa net moin Soohn. Isch bin doch net bleed, dass isch fa denn Sseggl imma de Kopp hiehalt!* Hodda net. Nie. Im Gejedeil. Un alle hawwe gsacht: *De Roina, unsan Roina, was fan pafekkde Monn!*
Un des haawe Sie irgendwonn nimmie ertraare. Selbscht mit soim Härzz, soim Schwachpunkt, issa pafekkt umgange. Un do musste Sie endlisch mol kratze, an demm Denkmal. Oddas am beschde glei stärzze[119]."

Markus Funke nahm eines der Gläser, das er gerade ins Regal gestellt hatte, wieder heraus und hielt es gegen das Licht. Ein unangenehmes Lächeln umspielte seine Mundwinkel.
„Interessanter Gedanke, Herr Kommissar. Sogar ein überaus interessanter Gedanke. Hätte ich Ihnen gar nicht zugetraut."

In die nun folgende Stille platzte das klirrende Geräusch einer Gabel auf Porzellan. Marion Helche rang sichtlich mit sich: „Tschief, isch glaab, isch muss Ihne was saare."

---

[119] stürzen

Aus dem Gespräch in der Gaststube vom Roten Ochen wurde eine veritable Beschuldigtenvernehmung in der Sokodo. Marion Helche hatte ihr Alibi für Markus Funke widerrufen. Sie hatte zu einer wortreichen Erklärung angesetzt, aber Kommissar Günda hatte abgewunken. „Späda, Marioon, späda. Loss da bissl Zeit."

Im Nebenzimmer vom Roten Ochsen saßen sich nun der Beschuldigte und die beiden Ermittler gegenüber.
„Also schön", setzte Markus Funke an. „Und jetzt?"
„Sie haben ein paar Fehler gemacht, Herr Funke. Gravierende Fehler." Freese beugte sich nach vorn und faltete die Hände. „Fehler Nummer eins, und der ist unverzeihlich: Sie haben Marion Helche in die Sache hineingezogen."
Funke schwieg.
„Fehler Nummer zwei: Bei unserem letzten Gespräch habe ich Ihnen von unserem Zeugen erzählt, der Sie identifiziert hat als denjenigen hinter der Bühne. Sie haben darauf geantwortet, Sie seien nicht in der Garderobe gewesen. Von einer Garderobe war jedoch vorher nie die Rede. Damit haben Sie sich verraten, Herr Funke. Diesen kleinen Trumpf habe ich mir aufgehoben. Das bricht Ihnen das Genick. Ihr Kartenhaus fällt gerade in sich zusammen."
Nicht ohne Genugtuung lehnte sich Freese zurück und suchte Kommissar Gündas Blick. Der nickte ihm anerkennend zu.
„Also gut, ich war an dem Abend in der Halle."
Freese atmete durch: „Na also. Dann geben Sie es zu. Das ist sehr vernünftig."
„Moment!" Funke legte seine Handflächen auf die Tischplatte. „Was soll ich zugeben?"
„Dass Sie etwas mit dem Tod Ihres Stiefvaters zu tun haben."
„Ja."
„Dann empfehle ich Ihnen ein umfassendes Geständnis, das kann sich strafmildernd auswirken."
„Ich gebe zu, ich habe ihm das Mittel gegeben, das ihn offenbar

das Leben gekostet hat."
„Aha."
„Aber nur, weil er mich darum inständig gebeten hat."
„Wie bitte?"
„Der Rainer wollte an diesem Abend halt eine Topleistung bringen, aber er fühlte sich ein bisschen schlapp. Er hat mich gefragt, ob ich ihm ein leistungssteigerndes Mittel besorgen kann."
Fritjof Freese zögerte, wie er auf Funkes Einlassung reagieren sollte. Noch wusste er nicht, worauf dieser hinauswollte.
„Sie sollten ihm ein leistungssteigerndes Mittel besorgen? Aha. Und das konnten Sie natürlich."
„Ich habe meine Kontakte."
„In der Drogenszene..."
„In der Sportlerszene natürlich."
„Natürlich."
„Machen Sie sich nicht lächerlich." Funke wurde laut. „Das hat doch mit Drogen überhaupt nichts zu tun. Davon bin ich schon lange meilenweit weg. Die Verfahren, die gegen mich eingeleitet wurden, die sind alle eingestellt worden. Und lange her."
„Sie haben also das Gewünschte besorgt, und dann sind Sie in die Halle, um ihm das Mittel zu geben."
„Nein. Das habe ich ihm schon vorher gegeben. Heimlich. Er wollte nicht, dass es meine Mutter erfährt."
„Das ergibt keinen Sinn. Was wollten Sie dann später in der Halle? Immerhin hat man Sie beobachtet, wie Sie sich an der Pillenschachtel zu schaffen machten. Oder wollen Sie das immer noch bestreiten?"
„Nein."
„Dann geben Sie es also zu!"
„Nein."
„Ja, was nun?"
„Ich war in der Halle, um ihn daran zu hindern, das Mittel zu nehmen. Ich hatte ihn schon vorher eindringlich gewarnt, aber er meinte, er habe das alles im Griff. Erst dachte ich *Na gut*, aber

dann hatte ich kein gutes Gefühl. Ich hatte Sorge um ihn. Mir war die Sache zu gefährlich. Es war seine Entscheidung, sein Leben, aber ich fühlte mich für ihn verantwortlich und wollte ihm das ausreden."

Freese atmete tief durch. Er war verblüfft über die Volte: „Sie wollen uns erklären, Sie waren nur in der Halle, um Ihren Stiefvater davon abzubringen, das Mittel zu nehmen?"
„Genau. Aber es war leider zu spät."
Freese schaute zu Kommissar Günda. Der erwiderte den Blick diesmal nicht und schaute stur auf den Tisch, während er sich schneidend vernehmen ließ: „Un wisso hawwe Sie donn nix unnanumme? Notarzt vleischt!"
„Können Sie sich vorstellen, was dann passiert wäre? Ich hätte die Veranstaltung gesprengt, und der Rainer wäre blamiert gewesen. Und das in aller Öffentlichkeit. Das wollte ich ihm nicht antun. Ich habe dann einfach darauf gehofft, es geht alles gut. Leider ist es das nicht."
„Langsam, Herr Funke. Und wieso haben Sie dieses Schmierentheater mit dem Alibi aufgeführt? Sie hätten Frau Helche beinahe in Teufels Küche gebracht."
„Wer hätte mir denn geglaubt? Sie? Sie hätten höchstens gedacht, ich habe meinem Vater das Mittel heimlich untergejubelt, habe dann kalte Füße bekommen und versucht, das ursprüngliche Medikament wieder in die Schachtel zu schmuggeln."
„Vleischt waa des aa so."
„Herr Kommissar, ich kann Ihnen nur sagen, wie es sich wirklich zugetragen hat."

Als Markus Funke das Büro verlassen hatte, saßen sich die Ermittler eine Weile stumm gegenüber. Freese schrieb den Bericht an die Staatsanwaltschaft, sein Chef summte vor sich hin.
„Glauben Sie ihm, Tschief?"
„Eigendlisch net. Eigendlisch kamma demm kää Wortt glaawe. Annaraseits, so wiea des vazehlt, klingt des schun iwwazeugend. Demm sei Ausstrahlung. Pafekkt. Wiea guggt, die Mimmik, die Händ, wiea uffsteht, wiea leeft, soin Gong, wiea sisch vun uns va-abschiedet hot, wie wenna die Wahrheit gsacht hot. Un nix annares. Awwa wea weeß des schun? Außa demm selwa."
„Und wenn er uns ganz raffiniert vorgeführt hat? Ich meine, er lässt uns Schritt für Schritt die Karten auf den Tisch legen, wir meinen, wir haben ihn überführt, und ganz am Schluss spielt er seinen Trumpf aus, diese reumütige Selbstanklage, weil er nicht verhindern konnte, dass Rainer Funke sich aus freien Stücken in Lebensgefahr begibt. Damit wertet er sich auf und demontiert gleichzeitig seinen Stiefvater." Freese redete sich in Rage: „Wenn Sie mich fragen, durchtrieben, hinterhältig. Zutiefst verwerflich. Einfach ein mieser Typ."
„Du kannsch denn net ab, sellen Hansi, gell?"
„Wie meinen Sie das?"
„Du willsch des net woahawwe, dass dea mol was Guudes gmacht hot. Dass dea sisch geännat hot."
„Ich glaube ihm nicht. Ganz einfach. Sie?"
„Dodedrum gehts awwa ab jetz nimmie. Entweda mia kenne des demm beweise odda net. Wenn de Staatsanwalt denn weje unsam Berischt ooklagt – wenn! –, donn kummt de Hansi voas Gerischt. Un donn muss de Rischda iwwazeugt sei, dass dea schuld is. Ansunschde gilt…"
„*Im Zweifel für den Angeklagten*. In diesem Fall kann ich diesem Grundsatz nichts abgewinnen."
„Des muss awwa fa alle gelde. Mia hawwe än Rechtsstaat, Freese. Zum Glick!"
„Sie gehen davon aus, dass er davonkommt?"

„Scheinz."
„Damit möchte ich mich nicht abfinden."
„Es gibt bloß noch ää Mööglischkeit..."
„Ein Geständnis, ich weiß. Sie glauben doch nicht, dass dieser berufsmäßige Halunke Funke irgendetwas zugibt, was ihm eine Strafe einbringen wird."
„Außa jemand iwwazeugt denn, dass des bessa wäa. Wennas waa, dassas zugibt. Un dezu steht, wassa gemacht hot."
„Appellieren? An sein Ehrgefühl? An seinen Anstand? Sie meinen, dazu wäre wirklich jemand von uns in der Lage?"
„Nää, Freese. Mia kenne des net. Awwa vleischt die, die imma uff demm seina Seit gwest is. Die denn imma vateidischt hot."
Freese nickte: „Seine Mutter. Gute Idee, Tschief, ich werde sie gleich aufsuchen und ihr reinen Wein einschenken über ihr Früchtchen."
„Des lesch du mol schää bleiwe!"
„Machen Sie das?"
„Des hot aa kähn Docht. Des kann bloß ähni: unsa Marioon. Die muss mit de Babett schwetze un die donn mit iam Soohn. Odda aa alle drei middenanna. Isch sach da ähns, Freese, donn werre ma sehe. Die misse sisch nämmlisch entscheide, alle drei. Net fa die Vagangeheit, fa die Zukunft. Un wie des ausgeht, des weeß kähna."

Kommissar Günda machte sich auf, das Gespräch mit Marion Helche zu suchen, und er ließ einen nachdenklichen Freese zurück. Die Gaststube jedoch war leer, keine Spur von der Wirtin.
„Pesch ghabt, Freese, isch vasuchs späda nochmol. Die hot wahrscheinz die Nas voll fa heit. Die muss isch donn nadierlisch ärschda widda bissl uffbaue, befoa dass isch mit derre schwetz weje de Babett."
„Da haben Sie sich ja einiges vorgenommen, Tschief."
„Ich hab des druff, Freese. Froog de Weize. Isch bin de geborene Therapeut. Fa Paare un fa Zingles aa."

„Ehe ichs vergesse, eine Frage habe ich noch. Mir ist etwas aufgefallen, Sie summen in letzter Zeit immer so eine Melodie."
„Stimmt. Subba, gell? Awwa aa Notwea."
„Notwehr? Inwiefern das?"
„A, weje denne gonze Oawüam, die wu isch krigg. Ob isch will odda net. Un isch will die net."
„Ohrwürmer? Ich kenne nur den einen: La la la la lala laa…"
Kommissar Günda hielt sich die Ohren zu: „Mischt, do issa widda."
Freese verstummte, sein Chef summte. Ausgiebig. Dann schob er eine Erklärung nach: „Än Oawuam, denn kannsch du bloß middeme annare Oawuam bekämpfe."
Noch einmal summte er voller Inbrunst. Freese hörte nicht ohne Interesse zu.
„Ich finde, Ihr Lied ist auch ein Ohrwurm. Neu?"
„Nää."
„Kennt man das?"
„Leida nimmie."
„Wiebke?"
„Die kennts nadierlisch."
„Also ein Oldie."
Kommissar Günda verzog das Gesicht: „Ouldie. Isch kanns net hawwe."
„Vielleicht wäre das ja etwas für die nächste Prunksitzung."
Kommissar Günda stutzte.
„Des is vleischt gaa kää schleschdi Idee, moin Liewa. Wu du Rescht hosch, hosch du Rescht."

Es war eine Trauerfeier der ganz besonderen Art. Die zweite große Prunksitzung geriet zu einem einzigen Fest zu Ehren von Rainer Funke. Über der Bühne prangte ein überdimensionales Foto des strahlenden Fasnachters sowie ein Transparent: *Danke für alles!*

Die Glickerbacher Mehrzweckhalle war wieder bis auf den letzten Platz gefüllt. Ganz vorne saß Babette Funke, neben ihr Marion Helche, die immer wieder ihre Hand auf die ihrer Nachbarin legte. Die blickte meist ernst, aber sie musste sogar bisweilen lachen, wenn auch unter so mancher Träne.

Man verzichtete im Programm auf allzu Lautes, Schrilles, Vordergründiges. Büttenreden wurden nur wenige gehalten, dafür gab es umso mehr Tanzvorführungen. Keiner der Mitwirkenden, die zu Wort kamen, versäumte es, sehr persönlich und wertschätzend an Rainer Funke zu erinnern.
Auf einen Programmpunkt warteten freilich alle besonders gespannt: *uff die neie Houli Haxe.*

Kommissar Günda befand sich schon seit Stunden *bäggschdäidsch*[120] und war entsetzlich nervös. Das letzte Mal, dass er auf einer Bühne gestanden hatte, das war… *Loss misch mol reschle…* Er hatte keine Ahnung, und er konnte sowieso keinen klaren Gedanken fassen.
Immer wieder ging er zum Hausmeister, um noch ein letztes Mal den Ablauf durchzusprechen. Der war schon genervt: „Mach da net ins Hemm, Tschief! Des glabbt schun alles."

Vom Geschehen auf der Bühne hatte er wenig mitbekommen, vom letzten Auftritt vor dem Männerballett – selbstredend Ronnie Vorderhofer – gleich gar nichts. Seine größte Sorge war,

---

120 backstage

er könnte sich doch wieder diesen Ohrwurm einfangen *vun demm Voddahufa*. Dagegen hatte er Vorkehrungen getroffen: Oropax.

So kam es, dass er seinen Auftritt beinahe verpasst hätte. Erst seine Trainerin, der beim herzlichen „Toitoitoi" mit zwei Küsschen seine Ohrstopfen *glei mol uffgfalle sin*, machte ihn darauf aufmerksam, dass es höchste Zeit war, sich bereit zu halten. Der Vorhang wurde geschlossen. Die Houli Haxe nahmen Aufstellung. Durch den Vorhang gedämpft hörte man die Ansage, das Johlen des Publikums. Das Anschwellen der Begeisterung, als die Musik einsetzte: die Erkennungsmelodie vom Beat-Club.

Die Männer brachten sich nun in Position, den Kopf gesenkt, ein jeder voll konzentriert. Er hätte sich noch einmal die Fußnägel schneiden sollen, dachte Kommissar Günda beim Anblick seiner nackten Füße. Aber dafür war es zu spät, der Vorhang öffnete sich bereits langsam.

Aus den Lautsprechern dröhnte Noddy Holder: „Baby! Baby! Baby!" Die Band setzte ein: Schläiid[121], großer Favorit in seiner frühen Jugend. Noch rührte sich keiner der Houli Haxe, doch allein die Optik der Männer zeigte schon Wirkung: sieben Wonneproppen im *Subba*-Minikleid mit Langhaar-Perücke. Kommissar Günda hatte zur Vorbereitung mit Hilfe der Trainerin Videos der Gogo-Girls aus dem Beat-Club gezeigt – *„Isch kenn misch doch net aus mit demm gonze Jutuub-Kees, des musch du mache!* –, und alle waren auf Anhieb von der Idee begeistert, sich daran zu orientieren. Fortan wurde an eine Leder-Montur kein Gedanke mehr verschwendet. *Voll audendisch* war die Optik allerdings nicht. Eigentlich gehörten hohe Stiefel zu diesem Gogo-Girl-Look, doch die waren in dieser Größe nicht zu bekommen, und die behaarten Männerbeine entlockten dem

[121] Slade

Publikum auch so Schreie des Entzückens.

Kommissar Günda überlegte kurz, ob man wirklich noch tanzen müsste, ob es nicht eigentlich genügte, das ganze Lied über so zu verharren, die Begeisterung war ja bereits entfacht. Und vor lauter Nachdenken verpasste er knapp seinen Bewegungseinsatz zu Noddy Holders „So you think I got a dirty mind, well I tell you honey…“
Die leichte Verzögerung schleppte er fortan mit. *Was solls.* Genau besehen, so richtig *sinngroon*[122] waren sie in keiner einzigen Probe gewesen. Das hatte doch sogar einen besonderen Reiz.

Waren die Bewegungen zunächst auf große Gesten beschränkt, Arme hoch, Arme runter, Arme links, Arme rechts, so galt es mit Einsetzen des Refrains wild und ekstatisch alle Extremitäten von sich zu schleudern, ohne Rücksicht auf das, was der andere tat, und selbstverständlich lauthals mitzusingen: „Kammon fiel se no-hois!“[123]

Ab dem zweiten Refrain kam ihm die Nummer deutlich länger vor als in den Proben, nicht wegen der Musik, die hatte einfach Klasse, doch konditionell waren die Akteure ganz schön gefordert. Bei der Zugabe – *Auf! Grad nochmool!* – sogar überfordert. Doch die Hochstimmung im Saal machte etwaige Schwächen auf der Bühne vollauf wett, nahezu alle im Publikum hatten sich dem ekstatischen Gogo-Tanz angeschlossen.

Erschöpft, aber überglücklich ließen sich die Houli Haxe feiern. Gerne hätten sie ihre Trainerin zum Dank für ihre Leistungen auf Händen getragen und in den Himmel gehoben, aber dazu

---

[122] synchron

[123] Cum on feel the noize

wäre keiner von ihnen mehr in der Lage gewesen. Und so nahmen sie sie in ihre Mitte, standen unter nicht enden wollendem, tosendem Beifall auf der Bühne, und Kommissar Günda ließ seinen Blick durch die Halle schweifen.

Ganz vorne entdeckte er eine sichtlich angegriffene, aber zufrieden nickende Babette Funke, Arm in Arm mit Marion Helche, was ihn immens freute und beruhigte. Unweit davon schunkelte Fritjof Freese. Auch ohne Musik. An seiner Seite eine schöne Unbekannte. U30. Und dann traute Kommissar Günda seinen Augen kaum: Etwas weiter hinten entdeckte er den strahlenden Axel Kornfeld. Neben ihm seine Frau!
*Schää! Aiig schää!*

Kommissar Günda winkte spontan in deren Richtung. *De Weize* reckte darauf anerkennend den rechten Daumen. Seinen linken Arm legte er um seine Rosie. Die strahlte nun ebenfalls.

Und nicht nur das – Kommissar Günda war perplex: *Des gibts jo net, was meschtn die do?*
Rosie Kornfeld zwinkerte ihm zu. Zwei Mal.
*Isch wärdd Härsch!*

Mein Dank gilt Irina Brunsch, die aus meiner dürren Skizze ein ansprechendes Titelmotiv gezaubert hat.

Ich bedanke mich bei Bettina Gantert, die wie immer geschmackssicher und pfiffig-kreativ für die grafische Gestaltung des Buches gesorgt hat.

Claudia Verclas verdanke ich wichtige Anregungen. Sie hat meinen Text genauestens und mit dem für Mundart unabdingbaren Einfühlungsvermögen nach Fehlern durchforstet.

Helga Föll ist und bleibt für mich eine wichtige Ratgeberin. Sie hat nicht nur von Büchern Ahnung, sie hat einfach Gespür für Leserinnen und Leser.

Nicht zuletzt danke ich für die vielen Anregungen, die mich immer wieder erreichen: *Weesch, was noch eibaue musch?*

www.arnim-toepel.de

Cover-Illustration: Irina Brunsch, Mannheim
Grafische Gestaltung: Bettina Gantert, Mannheim
Foto: Jaspar Töpel
Druck: CPI Clausen & Bosse

ISBN 978-3-9817294-9-8

Von Arnim Töpel bisher erschienen:

De Schorle-Peda

SBN 978-3-9812773-8-8

Auch als mp3-Hörbuch

Muffzekopp

ISBN 978-3-9812773-9-5

Auch als mp3-Hörbuch

Die Luddarisch Brick

ISBN 978-3-9817294-1-2

Auch als mp3-Hörbuch

Fagrumbelung

SBN 978-3-9817294-3-6

Auch als mp3-Hörbuch

Männas!

ISBN 978-3-9817294-8-1

Auch als mp3-Hörbuch

Isch, de Krutze

ISBN 978-3-9817294-4-3

GÜNTER HARITZ

Aus dem Leben eines Radsportbesessenen

ISBN: 978-3-9817294-5-0